Inteligência Policial Judiciária

Romano Costa

Inteligência Policial Judiciária

Os limites doutrinários e legais na assessoria eficaz à repressão ao crime organizado

Rio de Janeiro
2019

Copyright© 2019 por Brasport Livros e Multimídia Ltda.

Todos os direitos reservados. Nenhuma parte deste livro poderá ser reproduzida, sob qualquer meio, especialmente em fotocópia (xerox), sem a permissão, por escrito, da Editora.

Editor: Sergio Martins de Oliveira
Gerente de Produção Editorial: Marina dos Anjos Martins de Oliveira
Revisão: Maria Helena A. M. Oliveira
Editoração Eletrônica: Abreu's System
Capa: Trama Criações

Técnica e muita atenção foram empregadas na produção deste livro. Porém, erros de digitação e/ou impressão podem ocorrer. Qualquer dúvida, inclusive de conceito, solicitamos enviar mensagem para **editorial@brasport.com.br**, para que nossa equipe, juntamente com o autor, possa esclarecer. A Brasport e o(s) autor(es) não assumem qualquer responsabilidade por eventuais danos ou perdas a pessoas ou bens, originados do uso deste livro.

Dados Internacionais de Catalogação na Publicação (CIP)

C837i	Costa, Romano
	Inteligência Policial Judiciária : os limites doutrinários e legais na assessoria à repressão ao crime organizado / Romano Costa. – Rio de Janeiro: Brasport, 2019.
	224 p. : il. ; 17 x 24 cm.
	Inclui bibliografia.
	ISBN 978-85-7452-935-6
	1. Inteligência policial. 2. Crime organizado. 3. Função judicial – Polícia. 4. Segurança pública. I. Título.
	CDU 343.123.12

Bibliotecária responsável: Bruna Heller – CRB 10/2348

Índice para catálogo sistemático:
1. Função judicial da polícia 343.123.12

BRASPORT Livros e Multimídia Ltda.
Rua Teodoro da Silva, 536 A – Vila Isabel
20560-005 Rio de Janeiro-RJ
Tels. Fax: (21)2568.1415/3497.2162
e-mails: marketing@brasport.com.br
vendas@brasport.com.br
editorial@brasport.com.br
www.brasport.com.br

Filial SP
Av. Paulista, 807 – conj. 915
01311-100 São Paulo-SP

A meu pai "in memoriam"; à minha mãe, que sempre buscou me passar amor e sabedoria; a meus irmãos; à minha esposa Cecília, por me apoiar incondicionalmente; a meus filhos Isabela e Gabriel, razão da minha vida e a minha motivação diária de buscar um mundo melhor; e à toda minha família que, com muito carinho e apoio, não mediram esforços para que eu chegasse a essa etapa da minha vida. Aos amigos de labuta diária, guerreiros do silêncio, nossa arma é o conhecimento.

Sobre o Autor

Romano Costa possui Graduação em Bacharelado em Direito pela Universidade Católica de Pernambuco (UNICAP, 1996). Delegado de Polícia desde 1998. Gestor da Unidade de Análise e Planejamento da Gerência de Inteligência da SDS/PE de 2001 a 2007. Coordenador do Centro Integrado de inteligência de Defesa Social (CIIDS/SDSPE) de 2007 a 2012. Subchefe da Polícia Civil de Pernambuco de 2012 a 2014. Coordenador Geral de Inteligência da Diretoria de Inteligência da Secretaria Extraordinária de Segurança para Grande Eventos (DINT/SESGE) de 2015 a 2016. Coordenador Geral de Inteligência da Diretoria de Inteligência da Secretaria Nacional de Segurança Pública (SENASP) de 2017 a 2018. Está há 15 anos na atividade de inteligência. Possui Mestrado em Ciências Policiais pelo Instituto Superior de Ciências Policiais e Segurança Interna (Lisboa, Portugal, 2015). Especialização em Direito Público na Escola da Magistratura de Pernambuco (ESMAPE, 1998). Pós-graduação *lato sensu* em Direito Público com ênfase em Direito Processual Penal pela Universidade Potiguar (2007). Curso de Altos Estudos em Política e Estratégica da Escola Superior de Guerra/MD/RJ (2009). Curso de Especialização em Política e Estratégica pelo Instituto COPPEAD de Administração da Universidade Federal do Rio de Janeiro (2009). Integrante do Grupo de Trabalho do MJ/SENASP (2005/2006) que elaborou Doutrina de Inteligência de Segurança Pública/DNISP; Coordenador do Grupo de Trabalho do MJ/SENASP (2013) que revisou a Doutrina de Inteligência de Segurança Pública/DNISP.

Coautor de um capítulo do livro "Inteligência de Segurança Pública, teoria e prática no controle da criminalidade" (2013).

Professor em várias pós-graduações na área de inteligência, dentre os quais: no Curso de Pós-Graduação *lato sensu* em Administração com Ênfase em Inteligência de Segurança Pública – Cuiabá/MT – UFMT/MT – SENASP/MJ – 2006. Professor do Curso de Pós-Graduação em Inteligência Penitenciária da Facotur (Faculdade Comunicação Tecnologia e Turismo) – Paraíba – 2014. Professor no Curso de Pós-Graduação em Inteligência Policial nas disciplinas: Introdução à Inteligência Policial, Fundamentos Doutrinários e Crime Organizado pela Faculdade UNIBRA – Recife/PE – de 2015 a 2019.

Prefácio

Nos últimos anos, assistimos ao crescimento das taxas dos crimes contra a vida e o patrimônio além do fortalecimento das organizações criminosas pelo país, notadamente as voltadas para o tráfico de drogas e de armas, causando diversos impactos na segurança pública.

Com frequência, um estado brasileiro sofre com essa problemática, especialmente com guerras entre facções no sistema prisional, ataques praticados contra instituições de segurança pública, incêndio a ônibus, tentativas de explosões de pontes e assassinatos de policiais.

Especialistas ou aqueles que assim se intitulam responsabilizam, por vezes, a omissão dos órgãos de inteligência. Diante da crise, governantes prometem investimento nessa área. Mas qual será o papel da inteligência policial nesse cenário?

No ano de 1910, a Universidade de Sorbonne presenciou um espetacular discurso de Theodore Roosevelt intitulado "O Homem na Arena". Em um dos trechos asseverou a importância daqueles que se encontram na "linha de frente":

> *Não é o crítico que interessa; não é aquele que aponta onde o homem forte tropeça, ou como aquele que age poderia ter feito melhor. O crédito pertence ao homem que está de fato na arena, cujo rosto está maltratado pela poeira, pelo suor e pelo sangue.*

Nessa vanguarda, insere-se o delegado de Polícia Civil de Pernambuco, Romano Costa. Com mais de vinte anos dedicados à atividade policial, grande parte deles voltados à atividade de inteligência de segurança pública, possui a qualidade de homem de frente da atividade de Inteligência, com autoridade para abordar o assunto como poucos no país.

X Inteligência Policial Judiciária

Conheço Romano desde o ano de 2005, quando este foi coordenador do 1º Curso de Inteligência de Segurança Pública, ministrado na cidade de Recife. Durante esses anos dedicados à atividade de inteligência, alcançou grande protagonismo na área com diversas apresentações em seminários, congressos e capacitação no Brasil e no exterior. Ademais, os cargos por ele exercidos – Coordenador Geral de Inteligência da Diretoria de Inteligência da Secretária Extraordinária de Grande Eventos/SESGE e Coordenador-Geral de Inteligência da Secretaria Nacional de Segurança Pública, ambos do Ministério da Justiça e Segurança Pública –, além de ter sido responsável pelo grupo de trabalho que reformulou a Doutrina Nacional de Inteligência de Segurança, credenciam-no como profundo conhecedor da área e com autoridade para falar sobre a temática.

Nesse contexto, a presente obra escrita por Romano Costa aborda, por completo, a importância da atividade de inteligência de polícia judiciária e sua aplicação nas investigações com foco nas organizações criminosas, ainda que de forma excepcional.

Ao fazer uma abordagem histórica sobre a atividade de inteligência, as etapas na produção do conhecimento e seu papel de assessoramento nas investigações, o autor assegura, tanto ao pesquisador quanto ao profissional da área, processos e produtos com credibilidade, completude e objetividade

Durante mais de 15 anos dedicados à atividade de inteligência, já tive a oportunidade de ler diversos livros sobre inteligência policial, todavia, nenhum deles fora tão completo na abordagem do tema inteligência policial quanto esta obra.

Boa leitura!

Alesandro Gonçalves Barreto[1]

---

[1] Delegado de Polícia Civil do Estado do Piauí. Possui graduação pela Universidade Regional do Cariri (1998). Pós-graduado em Direito pela Universidade Federal do Piauí. Diretor da Unidade do Subsistema de Inteligência da Secretaria de Segurança Pública do Estado do Piauí de 2005 até 2016. Integrou o Grupo de Trabalho que revisou a Doutrina Nacional de Inteligência de Segurança Pública. Professor na Academia de Polícia Civil das Disciplinas Inteligência de Segurança Pública e Investigação Policial e professor convidado das Escolas de Magistratura do Mato Grosso, Paraíba e Bahia. Colaborador eventual da SESGE-MJ e Coordenador do Núcleo de Fontes Abertas da Secretaria Extraordinária para Segurança de Grandes Eventos do Ministério da Justiça durante a Olimpíada do Rio de Janeiro em 2016. Atualmente atua como Colaborador Eventual da Secretaria de Operações Integradas do Ministério da Justiça e Segurança Pública. Coautor dos livros: "Investigação Digital em Fontes Abertas", "Manual de Investigação Cibernética" e "Vingança Digital". Autor de diversos artigos publicados nos sites Direito & TI, Migalhas e Consultor Jurídico.

Sumário

Introdução 1
    Questão central 2
    Questões derivadas 3
    Hipótese central 4
    Metodologia do trabalho 5
    Revisão da literatura 5
    Referencial teórico 6

1. Inteligência Policial Judiciária 9
    1.1. Aspectos históricos 9
    1.2. Conceitos de Inteligência de Segurança Pública e Inteligência Policial 13
    1.3. Classificação das inteligências 19
    1.4. Aspectos diferenciadores das inteligências policiais 21
    1.5. Fundamentos da atividade de Inteligência Policial Judiciária 24
        1.5.1. Finalidade 24
        1.5.2. Características e princípios 25

2. Produção de Conhecimento 30
    2.1. Dados e conhecimentos 30
        2.1.1. Tipos de conhecimento 31
        2.1.2. Informação no sentido amplo 33
        2.1.3. Valor da informação 34
        2.1.4. Estados da mente perante a verdade 36
        2.1.5. Trabalhos intelectuais 38
    2.2. Fontes de dados 39
        2.2.1. Sigilo da fonte 41
    2.3. Metodologia da produção do conhecimento 43
        2.3.1. Planejamento 45
        2.3.2. Reunião 46
        2.3.3. Processamento 49
        2.3.4. Formalização e difusão 62
        2.3.5. Processo cíclico da Inteligência Policial Judiciária no plano operacional 64
    2.4. Organização da informação 66

XII Inteligência Policial Judiciária

2.5. Níveis de assessoramento 69
    2.5.1. Inteligência estratégica... 71
    2.5.2. Inteligência tática.. 72
    2.5.3. Inteligência operacional 74
2.6. Técnicas de análise estruturada.. 77
    2.6.1. Rigor na análise... 84

3. Organizações Criminosas **87**
3.1. Introdução 87
3.2. Conceito 89
3.3. Características 94
    3.3.1. Transnacionalidade 94
    3.3.2. Divisão de tarefas 95
    3.3.3. Estrutura gerencial.. 96
    3.3.4. Grande potencial financeiro 97
    3.3.5. Diversificação de atividades.................................. 98
    3.3.6. Alto poder de corrupção 99
    3.3.7. Ações violentas... 101
    3.3.8. Lavagem de dinheiro 102
3.4. Fatores atraentes para as ações das organizações criminosas no Brasil.... 104
    3.4.1. Desenvolvimento econômico................................ 104
    3.4.2. Proximidade com os países produtores de drogas e grande faixa de fronteira 105
    3.4.3. Dimensões continentais e grande malha de transportes 106
    3.4.4. Fragilidade da fiscalização e corrupção 107
    3.4.5. Grande produtor de insumos químicos................ 108
3.5. Pontos fracos e fortes das organizações criminosas 109
    3.5.1. Pontos fortes... 109
    3.5.2. Pontos fracos 111
    3.5.3. Oportunidades para as organizações criminosas 112
    3.5.4. Ameaças às organizações criminosas................... 114
3.6. Políticas e estratégias 119
    3.6.1. Óbices.. 120
    3.6.2. Políticas e estratégias... 120

4. O Papel da Inteligência de Polícia Judiciária no Assessoramento à Investigação Policial com Foco no Crime Organizado **133**
4.1. Perspectivas e técnicas de repressão 134
    4.1.1. Rastreamento dos lucros ilícitos e medidas assecuratórias 135
    4.1.2. Interceptação telefônica.. 136
    4.1.3. Infiltração em organizações criminosas 144
    4.1.4. Delação premiada e proteção à testemunha......... 146
    4.1.5. Ação controlada.. 148
    4.1.6. Acesso à base de dados 149
    4.1.7. Assessoria das ações especializadas da IPJ à investigação policial .. 150
    4.1.8. Compartimentação 152

4.1.9. Métodos de processamento de dados	153
4.1.10. Sistemas de inteligência	154
4.1.11. Operações de inteligência	155
4.1.12. Planejamento operacional	159

5. Fatores Diferenciadores entre a Inteligência Policial Judiciária e a Investigação Policial ... **161**

5.1. Limites na assessoria da IPJ às investigações policiais	165
5.2. Aspectos jurídicos da utilização dos elementos de prova excepcionalmente coletados pela IPJ	166
5.3. Inteligência Policial Judiciária como coletora de elementos de prova	169
5.4. A excepcionalidade da utilização dos elementos de prova coletados pela IPJ	172
5.5. Consequências negativas da assessoria às investigações policiais	176

Considerações Finais ... **179**

Referências Bibliográficas ... **183**

Introdução

A sociedade atual passa por um processo progressivo e acelerado de mudanças. Os efeitos positivos e negativos da globalização, somados à universalização da informação, à pulverização de conhecimentos[2], à expansão dos meios e formas de comunicação e à facilitação da circulação das pessoas e mercadorias entre países, acarretam facilidades para o mercado, bem como dificuldades de fiscalização estatal.

A interligação entre os mercados mundiais potencializa as multinacionais e gera facilidades de circulação do dinheiro lícito. Por outro lado, também possibilita a circulação, a ocultação, a dissimulação e a colocação do dinheiro oriundo da criminalidade organizada. Por sua vez, o processo de fortalecimento dos aglomerados privados e o enfraquecimento do poder de controle estatal, combinados com o desenvolvimento célere de novas tecnologias, compõem um somatório gerador de grande impacto e transformações tanto no cotidiano, nas relações e no meio social, como nos mecanismos de produção.

Em concordância com esse diagnóstico, o diretor executivo do Escritório das Nações Unidas sobre Drogas e Crime (UNODC), Costa, em um documento intitulado *The Globalization of Crime: a transnationl organized crime threat assessment*, afirma que "uma abertura sem precedentes no comércio, finanças, viagens e comunicação criou um crescimento econômico e bem-estar, que também deu origem a maciças oportunidades para os criminosos para tornar seu negócio próspero"[3].

---

[2] MATOS, H. J. E depois de Bin Laden? Implicações estratégicas no fenômeno terrorista internacional. *In*: **Politeia**, Revista do ISCPSI, ano VIII. Lisboa: ISCPSI, 2011, p. 10.

[3] UNITED NATIONS OFFICE ON DRUGS AND CRIME. **The Globalization of Crime:** a transnational organized crime threat assessment. Vienna: UNODC, 2010, p. 2.

2 Inteligência Policial Judiciária

O excesso de informações[4] geradas na atualidade não significa uma melhoria da confiabilidade destas, haja vista que, em muitos casos, não são analisadas de maneira adequada. Inexiste uma cultura geral de metodologia, processamento dos dados e transformação em conhecimento verificável com alto grau de confiabilidade. A velocidade da difusão não obedece a critérios de qualidade, mas, sim, em alguns momentos, tão somente ao chamado princípio da **Oportunidade**.

No que diz respeito à área de segurança pública, os desafios relacionados à criminalidade organizada[5] e ao terrorismo provocam uma instabilidade na segurança pública de algumas sociedades. No relatório de 2005, denominado "Em liberdade ampliada", o Secretário Geral da Organização das Nações Unidas (ONU) ressaltou que a criminalidade organizada e o terrorismo corroem a paz, o desenvolvimento e a segurança da sociedade, sendo imperioso estabelecer estratégias de prevenção e repressão para se manter a estabilidade econômica e a democracia[6].

Questão central

No Brasil, há uma cobrança social, midiática e, muitas vezes, irracional por respostas policiais rápidas, eficientes e que retornem a uma "normalidade" e/ou mesmo a uma sensação da segurança. Cabe ao estado criar e incentivar, nas instituições policiais, setores com metodologia eficiente, aptos a planejar e tratar uma grande quantidade de dados, bem como reuni-los, por meio da adoção de um largo espectro de fontes[7], além de processá-los e difundi-los com confiabilidade. O propósito é alcançar a eficiência da ação estatal perante a criminalidade organizada e o terrorismo.

Na perspectiva do direito processual penal brasileiro, as investigações policiais[8] são essenciais para identificar a materialidade de crimes, individualizar condutas, redes

---

[4] Informação em uma perspectiva genérica, coloquial. Na visão de Almeida Junior (1996, p. 241): "Aceitar o paradigma da informação requer a conceituação do termo informação. É comum o emprego dessa palavra sem que o seu conceito seja explicitado, pois se admite ser ele já entendido e consensualmente aceito. [...] A maioria simplesmente a emprega, sem reflexões, nas ações cotidianas".

[5] Será utilizado o conceito da Convenção das Nações Unidas contra o Crime Organizado Transnacional, adotado em Nova York, em 15 de novembro de 2000.

[6] QUAGLIA, G.; FREITAS, C.; PUNGS, R.; EICHHORN, S. **Marco Estratégico, Brasil 2006-2009**. UNODC, 2006.

[7] FIÃES, L. F. **Intelligence e Segurança Interna**. Lisboa: ISCPSI, 2014, p. 102.

[8] O conceito utilizado ao longo do estudo será o de Couto (2015, p. 196): "[...] procedimento (relativamente) público que objetiva exteriorizar formalmente a execução de atos do Estado para a produção de provas da prática de um crime, com identificação de autoria e materialidade delitiva, cujos resultados poderão subsidiar o oferecimento de denúncia e início de ação penal".

de relacionamento criminosas e coletar provas, com o intuito de desmantelar as organizações criminosas.

Dentro do contexto brasileiro, a Atividade de Inteligência Policial Judiciária (IPJ)[9] dispõe do importante papel de assessorar o cumprimento dessa missão. Em nível operacional, o assessoramento especializado possui uma similaridade umbilical com as técnicas de investigação policial, o que resulta tanto em áreas de interseções doutrinariamente conflituosas, como na ausência de nitidez dos limites e atribuições entre a investigação policial e o próprio suporte da atividade de IPJ.

Na Holanda, há casos em que a Atividade de Inteligência recebeu relatórios de inteligência de agências de outros países e iniciou procedimentos investigativos com base nas provas produzidas, como relata Vervaele:

> *Los informes tampoco desvelaban cómo fue obtenida esta información, por ejemplo, por vigilancia continuada digital, o mediante el uso de un informante, ES decidir que los modus operandi de recaudación de La inteligencia permanecían encubiertos por El secreto profesional. Informes de este tipo fueron utilizados en Holanda como base para abrir investigación judicial, como sospecha razonable para ejecutar medidas coactivas y hasta se ha utilizado como fuente probatoria en el juicio*[10].

Como questão central a ser abordada, vale indagar: quais os limites da atuação da IPJ no assessoramento às investigações com foco nas organizações criminosas? Pretendemos analisar a ação da IPJ brasileira em face da atividade investigativa policial, relacionada aos limites de suas prerrogativas e às zonas de conflito interinstitucional entre os seus agentes e doutrinas.

Questões derivadas

Na primeira questão derivada, pretendemos identificar, dentro dos limites do assessoramento, de que modo é possível a atividade da IPJ, de forma eficaz, cooperar no assessoramento dos procedimentos investigativos sem invadir essas atribuições legais previstas na legislação brasileira.

---

[9] Será adotada a definição da Doutrina Nacional de Segurança Pública (DNISP).

[10] VERVAELE *apud* GIL, J. P. (coord.). **El proceso penal em La sociedad de La información**: las nuevas tecnologías para investigar y probar el delito. Madrid: La Ley, 2012, p. 30.

4 Inteligência Policial Judiciária

Outra possibilidade analítica se centra nas ações voltadas a identificar e registrar os elementos de provas, no assessoramento à investigação policial, a cargo da Atividade de Inteligência Policial Judiciária. Esses registros podem ser utilizados, com muitas ressalvas, na formalização da investigação por meio do inquérito policial. Os limites dessa excepcionalidade, bem como as consequências da formalização à investigação policial, devem estar em harmonia com a Doutrina Nacional de Inteligência de Segurança Pública (DNISP) e o ordenamento legal brasileiro.

No Brasil, a DNISP estabeleceu como excepcionalidade a possibilidade de registro e captação dos elementos de prova. A partir de então, foi criado um documento intitulado de Relatório Técnico, a fim de materializar essa produção. Ainda não foram definidos, de forma doutrinária, os parâmetros excepcionais para essa produção e captação dos elementos de provas, tampouco a proporção de ganhos e perdas advindas. Também é difícil depreender, com precisão, se essa produção aumenta a eficácia da ação da IPJ e da investigação policial.

Hipótese central

A hipótese central, que orientou a presente obra, derivada, em sua base empírica e epistemológica, de uma dissertação de mestrado realizada no Instituto de Ciências Policiais e Segurança Interna em Lisboa, Portugal, a qual alcançou o grau máximo, versa sobre o assessoramento especializado da IPJ à investigação policial, nos limites da DNISP, de modo a propiciar uma eficácia maior ao trabalho dos agentes e sistemas policiais contra as organizações criminosas.

Propomos as seguintes hipóteses secundárias:

a. No decorrer da atividade de IPJ, excepcionalmente no intuito de aumentar a eficiência do seu assessoramento, é mister participar de ações que possam resultar no registro e na identificação de elementos de provas dentro dos parâmetros doutrinários e do ordenamento legal brasileiro.

b. A IPJ, no assessoramento à investigação policial com foco nas organizações criminosas, recorre a técnicas e ações especializadas passíveis, de modo excepcional, de registrar e identificar elementos de provas, com a possibilidade de gerar consequências legais para os seus profissionais e causar inobservância a alguns princípios doutrinários da atividade de IPJ, além de competição e invasão às atribuições da Polícia Judiciária.

c. A Atividade de Inteligência Policial Judiciária no assessoramento em nível operacional à repressão das organizações criminosas aumenta a eficácia da investigação policial.

Metodologia do trabalho

A metodologia do trabalho se baseia em uma ampla e diversificada pesquisa bibliográfica de livros, artigos científicos, jurisprudência e legislações nacionais e estrangeiras, bem como em um levantamento de fontes digitais, portanto, primárias e secundárias. Vale demarcar que o enfoque é na análise documental.

A nossa obra se debruça sobre a Atividade de Inteligência de Polícia Judiciária, além das atribuições, limites, competências, semelhanças e diferenciações entre a IPJ e a investigação dentro da polícia brasileira.

Revisão da literatura

São escassas a literatura, as doutrinas e as decisões judiciais que abordam essa temática. Empreendemos a análise, segundo a perspectiva doutrinária e à luz da legislação vigente, da Atividade de Inteligência de Polícia Judiciária, suas especificidades, princípios e características, bem como conflitos, similitudes e delimitações entre as ações da IPJ e da investigação policial na repressão eficiente das organizações criminosas.

As doutrinas configuram caminhos e balizamentos de procedimentos que guiam a atividade de inteligência no mundo. Foi feito o estudo da DNISP, como principal marco teórico doutrinário no Brasil, além de alguns doutrinadores estrangeiros. Em alguns aspectos será correlacionado o conhecimento doutrinário com a literatura especializada na atividade de inteligência dos autores brasileiros, portugueses, americanos e espanhóis, bem como as orientações emanadas da ONU.

O estudo do papel da atividade de IPJ no assessoramento ao trabalho de repressão às organizações criminosas tem como objetivo final propor e assessorar o debate doutrinário, além da criação e adoção de boas práticas na prevenção e repressão eficazes à criminalidade.

Sob a perspectiva da legislação brasileira e da DNISP, a nossa pretensão foi a de identificar o papel da atividade de Inteligência Policial Judiciária no suporte eficaz à repressão das organizações criminosas.

Referencial teórico

Conforme os ensinamentos de Lakatos e Marconi (2003) quanto à metodologia científica, o referencial teórico possibilita a visualização da conjuntura do problema a ser analisado, tanto a partir de outros estudos e pesquisas quanto sob o aspecto também técnico[11]. Portanto, tem de ser constituído no sentido de embasar a pesquisa na coleta de dados e conhecimentos já produzidos no estado da arte, assim agregando consistência ao estudo, analisando-os sob a perspectiva de uma teoria sólida.

São incipientes os livros associados à Inteligência de Segurança Pública no Brasil, em especial a Inteligência Policial Judiciária. Uma parte dessa fragilidade advém do fato de que a Inteligência de Estado como gênero também não possui uma produção científica expressiva. Outro aspecto a ser considerado é o de que a Atividade Policial também não dispõe dessa cultura. Vale ressaltar ainda que a criação da IPJ é muito recente.

A criação do atual modelo de Inteligência de Segurança Pública (ISP), implementado pelo Decreto nº 3.695, de 21 de dezembro de 2000, é fonte indispensável para analisar a finalidade e a composição da ISP.

Em 2005, a Secretaria Nacional de Segurança Pública (SENASP), por meio da Co-ordenadoria Geral de Inteligência, órgão central do Subsistema de Inteligência de Segurança Pública (SISP), criou um Grupo de Trabalho com o intuito de elaborar uma Doutrina de Inteligência de Segurança Pública/DNISP[12]. A referida doutrina entrou em vigor com a Portaria nº 22/09[13] da SENASP/MJ, da qual decorre o referencial teórico para a Atividade de Inteligência de Segurança Pública no país. Em 2013, foi constituído outro Grupo de Trabalho com a finalidade de revisar a DNISP.

Como guia basilar da Inteligência de Segurança Pública no Brasil, a DNISP é o principal documento de referência, contendo todos os princípios, características e metodologias utilizadas pelas polícias no país.

O estudo da Atividade de Inteligência em um espectro mais amplo é imprescindível para se compreender como a ação transcorre e é conduzida. Nesse sentido, Fiães analisa de modo crítico e pormenorizado a complexidade dos tempos atuais e, em particular, dos decisores policiais:

---

[11] LAKATOS, E. M.; MARCONI, M. A. **Fundamentos de metodologia científica**. 5.ed. São Paulo: Atlas, 2003.

[12] Portaria nº 03/2005, publicada no Diário Oficial da União, de 14 de abril de 2005.

[13] Portaria nº 22/2009. D.O.U. nº 139, de 23 de setembro de 2009.

> *As sociedades actuais representam para os decisores policiais ambientes de decisão e actuação complexos, em permanente mutação, gerando elevados graus de incerteza. Os decisores policiais são colocados perante um contexto onde são difíceis, ou mesmo impossíveis, de identificar e quantificar as associações causa-efeito entre numerosas variáveis[14].*

Dentro de um estudo comparativo, vamos abordar a Investigação Policial, acompanhada de suas definições doutrinárias, missões, princípios, limites, além da metodologia de investigação com foco nas organizações criminosas.

É muito vasta a literatura nacional conjugada à temática das organizações criminosas. A ONU elabora diversos estudos sobre essa temática, dado o reconhecimento da importância, do crescimento das organizações e da sua lesividade. Em nossa obra, adotamos as concepções da ONU e da Convenção de Palermo, que expõem os mecanismos de conceituação e repressão, bem como a legislação brasileira e a ampla literatura associada.

Recorremos a essa plêiade crítica e teórica com o intuito de comparar a problemática de utilização da prova com as informações colhidas por meio das ações da atividade de inteligência. Cussac aponta a tendência de utilizar as informações oriundas desse tipo de atividade no processo penal[15] ao afirmar que "La judicialización de La inteligencia, o lo que es lo mismo, La utilización cada vez mayor de recursos de inteligencia em procedimientos judiciales penales"[16].

Alguns aspectos da IPJ, porém, não foram explorados de modo pormenorizado. Quanto ao estudo comparativo entre Inteligência Policial Judiciária e investigação policial, empreendemos a análise dos aspectos similares e os pontos de interseção entre as diferenciações e os limites.

Na composição deste livro, seccionamos a sua estrutura em três fases: introdução; desenvolvimento, subdividido em cinco capítulos, e conclusão.

Na primeira parte, abordamos aspectos introdutórios a respeito das questões principais e derivadas, das hipóteses central e secundária, dos problemas definidos, da metodologia de trabalho, bem como traçamos uma necessária contextualização do percurso analítico e os desafios que acompanham este trabalho.

---

[14] FIÃES, L. F. **Intelligence e Segurança Interna.** Lisboa: ISCPSI, 2014, p. 157.

[15] CUSSAC, J. L. G. **Inteligencia.** Valencia: Tirant Editorial, 2012, p. 289.

[16] Idem, p. 292.

No primeiro capítulo, apresentamos a evolução da atividade de inteligência, os aspectos históricos, conceitos, fundamentos doutrinários, características, princípios e tipos a ela associados. O nosso objetivo foi demarcar diferenciadores entre a atividade de inteligência, em seu aspecto mais amplo, e a Inteligência Policial Judiciária.

No segundo capítulo, adentramos na produção de conhecimento, buscando compreender a metodologia brasileira de produção de conhecimento, detalhar as fases e subfases, bem como compará-la com metodologias estrangeiras.

No capítulo seguinte, fizemos clara e direta referência ao crime organizado, para compreender a evolução do conceito, as características das organizações criminosas, fatores que tornam o Brasil atraente para ações criminosas, os seus pontos fracos e fortes e sugestões de estratégias de enfrentamento.

No quarto capítulo, buscamos delimitar o papel da Inteligência Policial Judiciária na assessoria à investigação policial com foco nas organizações criminosas, quais as potencialidades de assessoria e os limites de atuação. É nessa seção que enquadramos e alcançamos a efetiva formulação do problema de investigação, ao versarmos concretamente sobre a questão axial da nossa obra, ao apontarmos os aspectos que levam a IPJ a aumentar a eficiência das investigações policiais.

No último capítulo, fatores diferenciadores entre a Inteligência Policial Judiciária e a investigação policial, os pontos de conflito e de confluência, além dos problemas resultantes do suporte da IPJ à investigação policial.

Por fim, na conclusão, após recontextualizarmos as questões e as especificidades que fundaram e ainda cercam as atividades de inteligência e de investigação policial judiciária, apontamos algumas respostas às indagações por nós levantadas neste trabalho.

1. Inteligência Policial Judiciária

1.1. Aspectos históricos

Remonta-se às primeiras civilizações a necessidade de informação para assessoramento do poder decisório. A afirmação é do cientista político Numeriano[17].Tal situação ocorre e é atestada desde que o homem começou a se aglomerar em comunidade, o que evidenciou a importância de haver pessoas para tomar decisões, organizar e comandar as comunidades. Para legitimar essas ações, naturalmente se exigia conhecimento dos desafios, problemas e insatisfações internas daquela sociedade, bem como das possibilidades de ameaças externas de outras comunidades.

Conforme expõe Cepik, as primeiras organizações permanentes surgiram na Europa moderna a partir do século XVI, como uma necessidade de afirmação dos Estados Nacionais[18]. O autor acrescenta ainda que as três matrizes históricas iniciais da atividade são: a diplomática, a da guerra e a da manutenção da ordem interna[19].

Pode-se conjugar a matriz diplomática à inteligência externa, vinculada à política externa e à defesa nacional. Já a matriz da guerra é direcionada para a inteligência de defesa, voltada para o planejamento e o estudo da potencialidade militar dos países e defesa nacional. A terceira fonte histórica, a da manutenção da ordem interna, é a associada com a atividade policial. Numeriano aponta que a gênese dessa matriz policial baliza a especificidade política da previsão e, mais tarde, caminha para atribuições não apenas na esfera policial-militar, mas no campo político e ideológico[20].

---

[17] NUMERIANO, R. **Serviços Secretos:** a sobrevivência dos legados autoritários. Recife: Editora Universitária, 2011, p. 59.

[18] CEPIK, M. **Espionagem e democracia:** agilidade e transparência como dilemas na institucionalização dos serviços de inteligência. Rio de Janeiro: FGV, 2003, p. 86.

[19] Idem, p. 91.

[20] NUMERIANO, R. **Serviços Secretos:** a sobrevivência dos legados autoritários. Recife: Editora Universitária, 2011, p. 64-66.

No Brasil, em 1927, é constituído o Conselho de Defesa Nacional[21]. De acordo com Antunes, o primeiro registro oficial da criação da inteligência estratégica era um órgão de caráter consultivo que se reunia ordinariamente duas vezes por ano e tinha a função de estudar e coordenar as informações sobre "todas as questões de ordem financeira, econômica, bélica e moral, relativas à defesa da Pátria"[22].

O processo histórico da Atividade de Inteligência ganhou um novo capítulo com o golpe militar de 1964 e a consequente criação do Serviço Nacional de Informações (SNI)[23], e ainda com o advento do Sistema Nacional de Inteligência, em 1970. Nesse período, houve grande crescimento doutrinário e estrutural da atividade de inteligência, com o direcionamento de suas ações para a esperada manutenção do *status quo*.

Com o processo de redemocratização em 1988, não houve uma ruptura imediata do sistema anterior. O modelo atual foi estabelecido pela Lei Federal nº 9.883, 07 de dezembro de 1999, a partir do Sistema Brasileiro de Inteligência (SISBIN), tendo como agência central a Agência Brasileira de Inteligência (ABIN).

No tocante à Inteligência proveniente das instituições policiais, o embrião surgiu no policiamento político, em várias partes do mundo, principalmente em países com governos ditatoriais, a exemplo de Portugal, em 1927, com as Polícias de Informações de Lisboa e do Porto, conforme aponta Cardoso[24]. No Brasil, prevaleceu o mesmo modelo, e, apesar de a literatura ser insuficiente para relatar o início da matriz da inteligência policial, talvez pelo escasso estudo em torno dessa temática pelo mundo acadêmico e policial, a sua origem é anterior à Inteligência Clássica.

A Doutrina Nacional da Atividade de Inteligência expõe que, no emblemático ano de 1808, com a chegada da família real portuguesa para o Brasil, D. João designou o advogado, desembargador e ouvidor da corte Paulo Fernandes Viana para organizar a cidade do Rio de Janeiro, nomeando-o Intendente Geral da Polícia. A cargo de Viana ficaram as ações de contraespionagem, motivadas pelos reflexos da revolta

---

[21] Decreto nº 17.999, de 29 de novembro de 1927. (1927). Disponível em: <http://www2.camara.leg.br/legin/fed/decret/1920-1929/decreto-17999-29-novembro-1927-503528-publicacaooriginal-1-pe.html>. Acesso em: 14 maio 2019.

[22] ANTUNES, P. **SNI e ABIN**: uma leitura da atuação dos serviços secretos brasileiros ao longo do século 20. Rio de Janeiro: FGV, 2002, p. 41.

[23] Lei nº 4.341, de 13 de junho de 1964. Disponível em: <https://www.planalto.gov.br/ccivil_03/LEIS/L4341.htm>. Acesso em: 14 maio 2019.

[24] CARDOSO, P. As informações em Portugal. Revista **Nação e Defesa**, Lisboa, 1980, p. 82.

de escravos no Haiti e da disseminação das ideias revolucionárias francesas pelo continente americano. Viana, que visivelmente se preocupava com estrangeiros, em especial os franceses, recomendou, em memorando, o seu acompanhamento "por espiões confiáveis que saibam línguas, frequentem seus jantares e concorram com eles nos teatros, nos passeios e divertimentos públicos"[25].

Em 1923, foi criada a 4ª Delegacia Auxiliar pelo Decreto nº 16.107, subordinada à Seção de Ordem Social e Segurança Pública da Polícia Civil do Distrito Federal, com a atribuição de repressão aos crimes contra a fé pública e o patrimônio, a vigilância geral, a captura de foragidos, entre outros, exercendo o nítido papel de policiamento político. Essa delegacia representa o núcleo inicial da Divisão de Polícia Política cuja finalidade foi a de combater as agitações políticas da época. Filinto Muller, chefe de Polícia da época, dedicou particular atenção e relevo à Polícia Especial, aparelho de elite, empenhada na luta contra as agitações políticas e manifestações violentas de rua. A 4ª Delegacia Auxiliar foi extinta em 1933, com a criação da Delegacia Especial de Segurança Política e Social, e a Delegacia Especial de Segurança Política e Social era independente da polícia administrativa e judiciária, subordinada apenas ao chefe de polícia[26].

Com a redemocratização política nacional em 1988, as estruturas que desenvolviam uma inteligência, cuja finalidade era realizar a polícia política, praticamente se extinguiram. De modo gradual, as agências renasceram com uma nova roupagem, abandonaram o foco anterior e direcionaram os seus esforços para assessorar as investigações policiais complexas e a distribuição do efetivo ostensivo, além de empreender uma efetiva análise criminal.

Como consequência da Operação Rio I e II, conforme explica Romeu, o estado do Rio de Janeiro criou, em 1995, uma Agência de Inteligência (AI) ligada ao Secretário de Segurança, o então Centro de Inteligência de Segurança Pública (CISP), momento no qual pela primeira vez foi adotada essa terminologia no Brasil[27]. Kent, em 1967, já denominava como Informações de Segurança aquelas produzidas pela atividade policial[28]. O Decreto nº 3.695, de 21 de dezembro de 2000, inseriu no ordenamento

---

[25] Doutrina Nacional da Atividade de Inteligência: Fundamentos Doutrinários. Brasília: ABIN, 2016, 2016, p. 17.

[26] POLÍCIA CIVIL. **Uma breve exposição da História da Polícia Civil**: início da colonização até dezembro de 1994. Disponível em: <http://www.policiacivil.rj.gov.br/historia.asp>. Acesso em: 14 maio 2019.

[27] ROMEU, A. F. Disciplina 01: Fundamentos Doutrinários, Unidade Didática 01. Rio de Janeiro: ESISPERJ, 2016, p. 6.

[28] KENT, S. **Informações estratégicas**. Rio de Janeiro: Bibliex, 1967, p. 204.

12 Inteligência Policial Judiciária

legal brasileiro a Atividade de Inteligência de Segurança Pública (ISP) e o Subsistema de Inteligência de Segurança Pública (SISP). A finalidade foi coordenar e integrar as Atividades de Inteligência de Segurança Pública em todo o país, bem como suprir os governos federal e estaduais de informações capazes de subsidiar as tomadas de decisão nesse campo.

Sem dúvida, o SISP representa um grande avanço para a atividade de ISP. O Decreto, contudo, possui algumas incongruências. A primeira é a sua própria composição, que inclui ministérios da Justiça, Fazenda, Defesa e Integração Nacional, além do Gabinete de Segurança Institucional da Presidência da República. Foi adotada, portanto, uma composição de órgãos federais que ignorou as polícias estaduais, as quais dispõem de uma maior totalidade de agentes e de capilaridade, tanto na estruturação do SISP como na constituição do Conselho Especial do Subsistema. Podemos destacar também o fato de ter sido encampada a terminologia subsistema, e não Sistema de Inteligência de Segurança Pública. Importante elucidar que, no caso do Sistema de Inteligência das Forças Armadas, a nomenclatura incorporada não foi subsistema, mas, sim, Sistema de Inteligência de Defesa (SINDE), conforme denominado.

Em 2005, a SENASP do Ministério da Justiça, por meio da Coordenadoria Geral de Inteligência (CGI), órgão central do SISP, constituiu um Grupo de Trabalho com o intuito de elaborar a Doutrina de Inteligência de Segurança Pública (DNISP)[29]. Tais normas entraram em vigor através da Portaria nº 22/09[30], da própria SENASP/MJ. Apesar de concluída, antes da sua aprovação, a doutrina foi postergada em razão dos preparativos e da execução dos Jogos Pan-americanos[31], marco decisivo para a constituição do referencial teórico e dos pilares que assentaram a Atividade de Inteligência de Segurança Pública no país.

O dinamismo e a flexibilidade da ISP acabaram suscitando a necessidade de uma nova revisão. Em 2013, foi criado outro Grupo de Trabalho com a finalidade de revisar a DNISP. Terminada a revisão em 2014, sua oficialização foi aprovada em 2016, resultando em sua sexta edição.

Com o processo contínuo de discussão doutrinária, a DNISP vem amadurecendo, em sua última versão, alguns pontos obscuros, gradativamente esclarecidos, como

---

[29] Portaria nº 03/2005, publicada no Diário oficial da União, de 14 de abril de 2005.

[30] Portaria nº 22/2009. D.O.U. nº 139, de 23 de julho de 2009.

[31] BRANDÃO, P.; CEPIK, M. (coords.). **Inteligência de segurança pública:** teoria e prática no controle da criminalidade. Niterói: Impetus, 2013, p. 120.

a distinção terminológica entre Inteligência de Segurança Pública, Inteligência Policial e demais tipos de inteligência. A primeira está circunscrita ao gênero, utilizada para nomear o sistema, a qual engloba várias instituições policiais e não policiais, a exemplo do Corpo de Bombeiro Militar. A segunda é uma espécie do gênero ISP, direcionada às instituições policiais, com diversos subtipos, a exemplo de Inteligência Policial Judiciária, Inteligência Policial Militar, Inteligência Policial Rodoviária Militar, entre outros.

1.2. Conceitos de Inteligência de Segurança Pública e Inteligência Policial

São variados e diversos os conceitos que envolvem a Atividade de Inteligência, os quais se diferenciam pelo tipo de ação – se é mais estratégico ou operacional, ou pela doutrina utilizada e o foco da instituição. Grande parte das acepções possui em comum a abordagem de determinados aspectos que caracterizam a atividade, como o assessoramento ao poder decisório nos níveis estratégico, tático e operacional; a produção de conhecimento; a proteção como forma de viabilizar o assessoramento eficaz e eficiente; e a busca de dados negados para a prevenção de fatos ou situações que potencialmente configuram uma ameaça.

As doutrinas das inteligências conduzidas pelas agências centrais dos países, bem como as incorporadas pela inteligência militar, dispõem de um arcabouço de literatura e doutrinário mais amplo do que as inteligências voltadas para o assessoramento ao policiamento que, de forma geral, encontram-se em processo constante de evolução, sendo menos estudadas no universo acadêmico. Diante desse cenário, demarcamos as conceituações de ISP e de Inteligência Policial, além de algumas definições advindas de outras polícias no mundo.

A polícia federal americana – *Federal Bureau of Investigation* (FBI) – define, de modo mais estratégico e genérico, inteligência como aquela informação que foi devidamente analisada e aperfeiçoada, com o objetivo de ser útil para os decisores políticos nas tomadas de decisão[32].

Já a *National Crime Agency* (NCA), agência inglesa cuja missão é o combate às organizações criminosas, conceitua inteligência como a informação recebida ou coletada

---

[32] FEDERAL BUREAU OF INVESTIGATION. **Intelligence Branch**. Disponível em: <https://www.fbi.gov/about/leadership-and-structure/intelligence-branch>. Acesso em: 09 maio 2019.

14 Inteligência Policial Judiciária

em resposta a perguntas específicas sobre quem, o que, onde, quando, como e por que o crime organizado opera no Reino Unido[33].

Para a *International Association of Chiefs of Police* (IACP), inteligência criminal é definida como as informações compiladas, processadas e/ou divulgadas em um esforço para antecipar, prevenir ou monitorar as atividades criminosas[34].

Um conceito mais amplo, bem como a terminologia Inteligência Policial, é adotado por Tonry e Morris. Para os especialistas, trata-se da informação sistematizada, classificada e analisada, codificada em categorias relevantes para a polícia. É dividida em inteligência retrospectiva, a qual resulta do curso normal do trabalho policial; inteligência aplicada, que busca evidências sobre o suspeito; e inteligência prospectiva, aquela realizada antes do crime ocorrer. Segundo avaliam, e com eles concordamos, esta última é muito pouco aplicada na atividade policial[35].

Importante salientar que a terminologia ISP é brasileira e as doutrinas estrangeiras recorrem a outros termos denominativos. Nesse sentido, Brandão e Cepik mencionam a doutrina americana, que utiliza a terminologia *Criminal Intelligence* ou *Law Enforcement Intelligence* (Inteligência Criminal ou Inteligência para a Imposição da Lei)[36]. Nesse sentido, a doutrina e a legislação da Argentina também se valem da nomenclatura americana, direcionando o conceito para a atividade criminal. Vejamos a Lei nº 25.520, de 27 de novembro de 2001, Art.2, III, que regula o Sistema de Inteligência nacional e expressa este conceito:

> *Inteligencia Criminal a la parte de la inteligencia referida a las actividades criminales específicas que, por su naturaleza, magnitud, consecuencias, previsibles, peligro si dado modalidades, afecten La libertad, la vida, el patrimonio de los habitantes, sus derechos y garantías y las instituciones del sistema representativo, republicano y federal que establece La Constitución Nacional.*

---

[33] NATIONAL CRIME AGENCY. Site. Disponível em: <https://nationalcrimeagency.gov.uk/>. Acesso em: 14 maio 2019.

[34] INTERNATIONAL ASSOCIATION OF CHIEFS OF POLICE. **Criminal Intelligence**: model policy. Virginia, 2003. Disponível em: <https://www.it.ojp.gov/documents/IACP_Criminal_Intell_Model_Policy.pdf>. Acesso em: 14 maio 2019.

[35] TONRY, M.; MORRIS, N. (orgs.) **Policiamento moderno**. São Paulo: Editora da Universidade de São Paulo, 2003, p. 392.

[36] BRANDÃO, P.; CEPIK, M. (coords.). **Inteligência de segurança pública**: teoria e prática no controle da criminalidade. Niterói: Impetus, 2013, p. 125.

Com a experiência resultante da Operação Rio, iniciada em novembro de 1994, na cidade do Rio de Janeiro, visando a desmantelar a estrutura territorial do crime organizado por meio do trabalho integrado das polícias em conjunto com as Forças Armadas e a esperada ocupação dos morros, foram criados o Decreto Estadual nº 21.258, 01 de janeiro de 1995, no âmbito da Secretaria de Estado de Segurança Pública do Rio de Janeiro, e o Centro de Inteligência de Segurança Pública (CISP), transformado, em 05 de junho de 2000, pelo Decreto Estadual nº 26.438, na atual Subsecretaria de Inteligência (SSINTE).

Outro grande marco histórico foi o desenvolvimento da Doutrina de Inteligência de Segurança Pública do estado do Rio de Janeiro (DISPERJ/2005), aprovada por meio do Decreto Estadual nº 37.272, de 01 de abril de 2005, trazendo a seguinte definição:

> *A atividade de Inteligência de Segurança Pública é o exercício permanente e sistemático de ações especializadas para a identificação, acompanhamento e avaliação de ameaças reais ou potenciais na esfera de segurança pública, orientadas, basicamente, para a produção e para a salvaguarda de conhecimentos necessários à decisão, ao planejamento e à execução de uma política de segurança pública e das ações para neutralizar, coibir e reprimir atos criminosos de qualquer natureza[37].*

De acordo com a Doutrina Nacional de Inteligência de Segurança Pública (2007), a atividade é compreendida do seguinte modo:

> *A atividade de ISP é o exercício permanente e sistemático de ações especializadas para a identificação, o acompanhamento e a avaliação de ameaças reais ou potenciais na esfera de Segurança Pública, basicamente orientadas para produção e salvaguarda de conhecimentos necessários para subsidiar os governos federal e estaduais a tomada de decisões, para o planejamento e à execução de uma política de Segurança Pública e das ações para prever, prevenir, neutralizar e reprimir atos criminosos de qualquer natureza ou atentatórios à ordem pública.*

Já a atual versão da DNISP define a Atividade de Inteligência de Segurança Pública como um gênero da inteligência policial, não havendo mudanças substanciais em relação à anterior.

---

[37] Doutrina de Inteligência de Segurança Pública do Estado do Rio de Janeiro – DISPERJ, 2005, p. 8. Aprovada pelo Decreto Estadual nº 37.272, de 01 de abril de 2005.

16 Inteligência Policial Judiciária

Apesar de pequenas e pontuais mudanças, todos os conceitos de ISP guardam muitas semelhanças, a saber:

- ✓ o exercício permanente e sistemático como forma de atuação constante, incluindo todos os ativos da ISP, principalmente o humano;
- ✓ de modo sistemático, ordenado, com doutrina e procedimentos definidos, bem como trabalho em sistema;
- ✓ ações especializadas, que implicam uma capacitação diferenciada em procedimentos específicos; a identificação, a avaliação e o acompanhamento, como aponta Romeu, constituem os verbos que determinam a missão da ISP[38];
- ✓ ameaças reais ou potenciais na esfera de segurança pública, demonstrando o caráter preventivo de mapear o que vai afetar e pode atingir o campo da segurança pública;
- ✓ para produção e salvaguarda de conhecimentos necessários para subsidiar os tomadores de decisão, os dois ramos da ISP – Inteligência e Contrainteligência –, cuja finalidade é o assessoramento;
- ✓ o planejamento e a execução de uma política de segurança pública, ao apontar os níveis de decisão do político ao operacional;
- ✓ as ações para prever, prevenir, neutralizar e reprimir como outros termos que determinam as ações da ISP, desde as preventivas até as reativas;
- ✓ os atos criminosos de qualquer natureza que atentem à ordem pública e à incolumidade das pessoas e do patrimônio, foco principal da atuação da Segurança Pública conforme preceitua o Art. 144 da Constituição Federal do Brasil.

Em relação à evolução conceitual de Inteligência Policial no Brasil, a Polícia Federal (PF) foi a primeira instituição a definir a inteligência policial, a exemplo deste conceito de 1979:

> As atividades de Informações têm por finalidade a produção de conhecimentos que habilitem as autoridades governamentais, nos respectivos níveis e áreas de atribuição, a oportuna tomada de decisões ou elaboração de planos. Em sua maior amplitude, destinam-se a fornecer subsídios ao Governo para a formulação, execução e acompanhamento da Política Nacional[39].

---

[38] ROMEU, A. F. Disciplina 01: Fundamentos Doutrinários, unidade didática 01.01. Rio de Janeiro: ESISPERJ, 2016, p. 2.

[39] POLÍCIA FEDERAL. **Manual de Doutrina de Inteligência Policial.** Vol. I. Brasília: ANP, 1979, p. 5.

Nessa época, a Atividade de Inteligência era denominada de "informações" e refletia a visão da Inteligência Clássica, um direcionamento somente estratégico, pois ainda não havia a discussão da inteligência policial como assessora da atividade fim.

Foi no processo de evolução doutrinário que se iniciaram as discussões sobre o assessoramento em nível operacional. A doutrina da PF apontava para dois níveis de atuação: o estratégico, em que se buscava o redimensionamento da prestação dos serviços policiais, por meio de estudos e a respectiva elaboração de planos para identificação e obtenção de recursos para a gestão policial; e o de Polícia Judiciária, no qual os conhecimentos são produzidos para facilitar o emprego dos recursos operacionais do órgão policial, favorecendo a prisão de criminosos e o desmantelamento do crime estruturado, estando a Inteligência de Polícia Judiciária voltada para a produção de provas ou a revelação de indícios e evidências sobre a ação criminosa, conforme consta no Manual de Doutrina da instituição[40].

A necessidade de assessorar as atribuições constitucionais de investigação da PF é subliminarmente tangenciada no atual conceito de Inteligência Policial:

> Atividade de obtenção e análise de dados e informações e de produção e difusão de conhecimentos, exercida por órgão policial, relativos a fatos e situações que ocorram dentro e fora do território nacional, em todos os seus níveis, além de fornecer subsídios para a realização das atribuições constitucionais e legais da Polícia Federal[41].

A Resolução nº 01 da SENASP, que regulamentou o SISP, definiu Inteligência Policial do seguinte modo:

> É o conjunto de ações que empregam técnicas especiais de investigação, visando a confirmar evidências, indícios e a obter conhecimentos sobre a atuação criminosa dissimulada e complexa, bem como a identificação de redes e organizações que atuem no crime, de forma a proporcionar um perfeito entendimento sobre a maneira de agir e operar, ramificações, tendências e alcance de condutas criminosas[42].

De forma desconexa com a doutrina, embaralhando mais do que separando, a atividade de inteligência foi conjugada a técnicas especiais de investigação. Na verdade,

---

[40] POLÍCIA FEDERAL. **Manual de Doutrina de Inteligência Policial.** Vol. I. Brasília: ANP, 2005, p. 13.

[41] POLÍCIA FEDERAL. **Manual de Doutrina de Inteligência Policial.** Vol. I. Brasília: ANP, 2011, p. 5.

[42] Resolução nº 1, de 15 de julho de 2009, Ministério da Justiça, Secretaria Nacional de Segurança Pública, p. 1.

18 Inteligência Policial Judiciária

representou uma tentativa de apresentar diferenciações e interligações entre a investigação policial e a atividade de inteligência.

A terceira edição da DNISP (2010) adentrou e aprofundou essa temática, distinguindo as duas vertentes primárias da ISP – a prevenção e a repressão –, ao demonstrar tanto que são esferas distintas quanto que a vertente da repressão assessora uma investigação policial.

A quarta edição da DNISP, em sua última atualização datada de 2015, apontou a ISP como um gênero de várias espécies de inteligência, a qual compõe a Segurança Pública, a exemplo da Inteligência Policial Judiciária:

> *O exercício permanente e sistemático de ações especializadas para identificar, avaliar e acompanhar ameaças reais ou potenciais na esfera de Segurança Pública, orientadas para produção e salvaguarda de conhecimentos necessários para assessorar o processo decisório no planejamento, execução e acompanhamento de uma política de Segurança Pública; nas investigações policiais; e nas ações para prever, prevenir, neutralizar e reprimir atos criminosos de qualquer natureza que atentem à ordem pública e à incolumidade das pessoas e do patrimônio, sendo exercida pelas Agências de Inteligências no âmbito das Polícias Federal e Polícias Civis[43].*

Essa conceituação abrange os níveis estratégico, tático e operacional, explicitando que cabe à IPJ assessorar a investigação policial no âmbito das duas polícias judiciárias brasileiras. Essa doutrina, contudo, por apresentar uma visão minimalista, não adentra nos aspectos diferenciadores da investigação policial e da inteligência policial.

Gonçalves define inteligência policial limitando a IPJ e generalizando o foco da IPJ para os demais órgãos policiais[44]. Na verdade, atestam-se expressivos desconhecimento e confusão em relação à real dimensão das distinções entre a inteligência policial e a investigação policial. Em parte, a DNISP tornou mais compreensível essa questão, interpretando a Inteligência Policial como gênero de várias espécies. Essa orientação levou em conta o fato, por exemplo, de a Inteligência Policial Rodoviária Federal (IPRF), realizada pela Polícia Rodoviária Federal (PRF), na sua normalidade, por ser uma eminentemente ostensiva, não assessorar uma investigação policial, mas, sim, as ações ostensivas e as atribuições previstas na Constituição brasileira. Como

---

[43] Doutrina Nacional de Inteligência de Segurança Pública. Brasília: Ministério da Justiça, Secretaria Nacional de Segurança Pública, 2015, p. 17.

[44] GONÇALVES, J. B. **Atividade de Inteligência e legislação correlata**. Niterói: Impetus, 2009, p. 28.

as doutrinas, em geral, são dinâmicas, o conceito de Inteligência Policial vem sendo constantemente estudado e modificado. O aspecto nevrálgico deste estudo, porém, é a separação entre inteligência policial e investigação policial. Não dispomos, ainda, de uma separação nítida da prática dos organismos policiais.

1.3. Classificação das inteligências

Diversas formas de categoria, divisão e tipos são apresentadas pela literatura, conforme aponta Gonçalves[45]. Nesta obra, abordamos os aspectos macros institucionais da divisão, analisando as divisões e subdivisões a partir dos modelos de taxinomia de família, gêneros e espécies da atividade de inteligência, como também os níveis de assessoramento.

Ao longo da história, a atividade de inteligência assessorou o governante no processo decisório, cujo foco principal é defender a soberania e o território, e nas ações bélicas. O exemplo histórico demonstra que, pela espionagem e serviços secretos, as normas legais internas e externas sempre são relativizadas. De modo amplo e geral, é denominada de Inteligência Clássica ou Inteligência de Estado. Entendemos que a primeira é mais apropriada, por se referir à forma mais antiga e tradicional de se fazer inteligência.

Entendemos, porém, que a chamada Inteligência de Estado não é sinônimo de Inteligência Clássica, já que qualquer órgão estatal que produz conhecimento para o Estado pode e deve fazer uma Inteligência de Estado, ou seja, voltar-se para a preservação do Estado Democrático de Direito, bem como para a segurança da sociedade e das instituições em sentido amplo ou restrito.

Nossa posição é a de que há duas grandes famílias da atividade de inteligência. O primeiro tronco está no âmbito privado, desenvolvido e aperfeiçoado sob o prisma empresarial, de negócios. São diversos os tipos, a exemplo de *Business Intelligence*, Inteligência Empresarial, Inteligência Financeira, entre outros.

O segundo grande tronco é a Inteligência de Estado ou Pública, na qual o foco é a coisa pública, o estado e o bem comum. Possui diversas divisões e subdivisões. Sem a pretensão de exaurir os gêneros e espécies de inteligência, vamos citar as principais:

---

[45] Idem, p. 21.

Figura 1. Organograma dos tipos de inteligência.
Fonte: elaboração do autor.

Durante o processo de evolução do SISP, na última edição da Doutrina Nacional de Inteligência de Segurança Pública[46], foram criadas várias espécies do gênero ISP, quais sejam: Inteligência Policial Militar (IPM), exercida pelas Polícias Militares (PM); Inteligência Policial Rodoviária Federal (IPRF), desempenhada pela Polícia Rodoviária Federal (PRF); Inteligência Bombeiro Militar (IBM), realizada pelos Corpos de Bombeiro Militares (CBM); e Inteligência Policial Judiciária, a cargo das polícias judiciárias, Polícia Federal (PF) e Polícias Civis (PC). Tais espécies retratam a necessidade de moldar as demandas do poder decisório, bem como as especificidades da instituição, aos mecanismos, às peculiaridades, às características do assessoramento e às atribuições previstas no Art. 144 da Constituição da República do Brasil, além dos órgãos pertencentes ao Sistema Penitenciário. Vale demarcar que anteriormente havia a discussão se estes pertenciam à ISP, mas a Lei nº 13.675/2018, em seu artigo 9º, §2º, VIII, incluiu os órgãos do sistema penitenciário no Sistema Único de Segurança Pública[47].

Partimos do ponto de vista de que a Inteligência Clássica subdivide, nas duas espécies mais tradicionais e antigas, a Inteligência Nacional, nomenclatura adotada pela legislação argentina[48], representando as inteligências empreendidas pelas Agências

---

[46] Doutrina Nacional de Inteligência de Segurança Pública. Brasília: Ministério da Justiça, Secretaria Nacional de Segurança Pública, 2016, p. 17.

[47] Lei nº 13.675, de 11 de junho de 2018. Disponível em: <http://www.planalto.gov.br/ccivil_03/_ato2015-2018/2018/lei/L13675.htm>. Acesso em: 10 maio 2019.

[48] Ley de Inteligencia Nacional nº 25.520, de 27 de noviembre de 2001. Disponível em: <http://servicios.infoleg.gob.ar/infolegInternet/anexos/70000-74999/70496/norma.htm>. Acesso em: 13 maio 2019.

Centrais dos países – no caso brasileiro, a Agência Brasileira de Inteligência e a Inteligência de Defesa, realizada pelas Forças Armadas.

Outra categorização da Atividade de Inteligência é o nível de assessoramento ao processo decisório, por meio da produção de conhecimentos em vários níveis, a depender do patamar e da necessidade de utilização do poder decisório. Nesse sentido, vejamos: no nível político, o assessoramento é direcionado ao planejamento e desenvolvimento das políticas de Segurança Pública; no estratégico, o assessoramento e o planejamento se direcionam para a implementação das estratégias de políticas de Segurança Pública; no campo tático, está voltado para o acompanhamento e a execução das ações táticas para implementação das políticas de Segurança Pública; no nível operacional, na IPJ, foca-se no planejamento, no acompanhamento, na organização e na execução de investigações complexas[49].

A nova doutrina publicada pela ABIN defende que a atuação da atividade de inteligência no processo decisório nacional apresenta quatro fases: diagnóstico; política; estratégica; e de gestão. Na etapa de diagnóstico são três as dimensões: estratégica, tática e operacional. O tipo de assessoramento prestado varia conforme a fase, em função da necessidade e demanda do usuário[50].

1.4. Aspectos diferenciadores das inteligências policiais

Pela sua origem histórica e desafios associados à soberania e defesa do território, a Inteligência Clássica utiliza, em muitas ocasiões, métodos por vezes ilegais e que ferem o ordenamento pátrio. Na IPJ, o respeito pelo princípio da legalidade é absoluto, pois os dados utilizáveis no seu assessoramento, em especial no plano operacional, não podem estar eivados de ilegalidade.

Nesse sentido, atesta-se certa desconfiança por parte da opinião pública em relação à Atividade de Inteligência Clássica oriunda dos fatos históricos passados e alguns escândalos presentes no Brasil e no mundo. É essa a avaliação de Gonçalves[51]e

---

[49] Idem.

[50] Doutrina Nacional da Atividade de Inteligência: Fundamentos Doutrinários. Brasília: ABIN, 2016, p. 68.

[51] GONÇALVES, J. B. **Conhecimento e poder**: a atividade de inteligência e a constituição brasileira. Disponível em: <https://www12.senado.leg.br/publicacoes/estudos-legislativos/tipos-de-estudos/outras-publicacoes/volume-iii-constituicao-de-1988-o-brasil-20-anos-depois.-a-consolidacao-das-instituicoes/seguranca-publica-e-defesa-nacional-conhecimento-e-poder-a-atividade-de-inteligencia-e-a-constituicao-brasileira>. Acesso em: 09 maio 2019.

Cepik[52], ao apontarem o desrespeito ao Estado Democrático de Direito, já que, para eles, essas ações ilegais não ganham ressonância junto à atividade de IPJ.

A Inteligência Clássica possui um tomador de decisão que, na maioria das vezes, encontra-se no plano estratégico, em especial a Inteligência Nacional, a qual, de forma cotidiana, tem como poder decisório um político de carreira. Alguns autores discorrem que esse decisor possui uma necessidade de desvincular a sua imagem da atividade de Inteligência Clássica, como também não entende as atribuições, as limitações e os produtos que esta pode oferecer e a sua missão doutrinária[53].

A ISP tem mais de um tomador de decisão em planos distintos: o chefe da instituição, com uma visão estratégica, mas movido pela convicção de que as demandas sempre impactam no operacional, além de um gestor no plano operacional, a coordenar uma investigação ou várias equipes de investigadores. Ambos os profissionais dispõem de conhecimento técnico sobre investigação policial, não necessariamente sobre inteligência, contudo, algumas semelhanças colaboram na assimilação dos produtos da IPJ e nas demandas apresentadas, embora as indefinições dos limites entre investigação policial e IPJ, em alguns momentos, atrapalhem a atividade.

A IPJ, no plano operacional, possui algumas garantias e autorizações que permitem buscar o dado negado dentro da legalidade, ao assessorar o tomador de decisão de investigação policial, trabalhar de modo integrado e de forma a dar suporte à investigação policial, cujo foco principal é a organização criminosa. Nos casos de vigilância sob o manto de uma ação controlada, por exemplo, há assessoramento, mas as regras que norteiam as ações são da investigação policial e dos respectivos ordenamentos que regulam a matéria.

Dessa forma, a IPJ é vista com grande aceitação e respeitabilidade, pois desenvolve um produto objetivo, nítido, especializado e de grande eficiência no assessoramento às investigações policiais tanto para ações operacionais como para as preventivas. Matos argumenta, no tocante ao terrorismo, que a ação preventiva da inteligência, nos aspectos essenciais, incide "na pesquisa, recolha e análise de informações sobre indivíduos/células/grupos cujas acções se relacionem com actividades de incitamento,

---

[52] CEPIK, M. **Sistemas nacionais de inteligência**: origens, lógica de expansão e configuração atual. Rio de Janeiro: Instituto Universitário de Pesquisas do Rio de Janeiro, 2006, p. 208.
[53] LIMA, A. V. F.; LUCENA, M. F.; GONÇALVES, R. J. M. **Inteligência estratégica**: os olhos de Argos. Brasília: Editora do Autor, 2009, p. 19.

apoio, propaganda, radicalização violenta ou recrutamento terrorista"[54]. Apresenta ainda caminhos para prevenção e realização de ações que antevê em possíveis condutas criminosas.

A atividade de Inteligência Clássica dispõe de um arcabouço de conhecimento extremamente vasto e de difícil mensuração quanto à produtividade e eficiência, como, por exemplo, aspectos relacionados à produção energética, agrícola, contrapropaganda, e, em alguns momentos, somente a partir de dados negados, como no caso de espionagem. Vidigal defende que muitas vezes esses conhecimentos são produzidos para esclarecimentos e não para subsidiar uma ação[55], cenário distinto da IPJ cujo assessoramento é mais voltado para subsidiar ações, em consequência da necessidade de rapidez, dinamismo e precisão.

A atividade de IPJ está circunscrita a um foco bem definido, ou seja, as organizações criminosas. Não lida somente com o dado negado, mas com a análise de grande quantidade de dados facilmente encontrados, todavia não corretamente compreendidos – seja pelo grande volume ou porque ainda não foram devidamente separados, decompostos, bem como identificadas as semelhanças e diferenças, os padrões, e analisados os seus vínculos. Como explica Cepik, não foi atribuído significado àquele conjunto de dados[56]. No processo de produção de conhecimento, haverá sempre vazios informacionais que podem ser tanto negados quanto dados, a partir dos quais ainda não se percebeu a sua necessidade, mas que, muitas vezes, é o que falta para se produzir um conhecimento com maior credibilidade.

Contribui para aumentar a eficiência das investigações uma assessoria eficaz prestada pela atividade de ISP às investigações policiais, as quais culminam em grandes operações de repressão qualificadas para desarticular as organizações criminosas. Diante de um produto destacado, enfatizado e objetivo, passível de mensuração, potencializa-se, assim, a credibilidade de suas ações.

No nível operacional, a IPJ assessora a investigação policial, a partir de meios legais, com autorizações judiciais, a fontes intrusivas que proporcionam acesso a grande

---

[54] MATOS, H. J. Contraterrorismo: o papel da Intelligence na acção preventiva e ofensiva. *In*: **Livro de Actas do VII Congresso Nacional de Sociologia**. Porto: Faculdade de Letras da Universidade do Porto, 2012, p. 5.

[55] VIDIGAL, A. A. F. Inteligência e Interesses Nacionais. *In*: Encontro de Estudos. **Desafios para a atividade de inteligência no século XXI**. Brasília: Gabinete de Segurança Institucional; Secretaria de Acompanhamento e Estudos Institucionais, set. 2004, p. 13.

[56] CEPIK, M. **Sistemas nacionais de inteligência**: origens, lógica de expansão e configuração atual. Rio de Janeiro: Instituto Universitário de Pesquisas do Rio de Janeiro, 2006, p. 26.

quantitativo de dados (sigilosos ou não). O processo de análise desses dados conta com a IPJ para processá-los, organizá-los e realizar vínculos com outras fontes.

No caso da Inteligência Clássica no Brasil, como também nas demais espécies de ISP, o ordenamento pátrio não viabiliza acesso a tais dados.

As diferenciações anteriormente mencionadas, as particularidades das atribuições constitucionais originárias das polícias judiciárias e o desafio da IPJ de assessorar as investigações com foco nas organizações criminosas geram uma série de particularidades doutrinárias e fáticas distintas dos demais tipos de inteligências. Conjugado a isso, como disposto nos capítulos vindouros, analisamos ainda as complexidades, as características e os pontos fortes das organizações criminosas, o que impele a IPJ a uma capacidade de dinamismo e evolução, voltada à superação de seus grandes e continuados desafios.

1.5. Fundamentos da atividade de Inteligência Policial Judiciária

Os fundamentos constituem os alicerces que permeiam a atividade de IPJ, configurando o conjunto de regras básicas que devem nortear todas as ações e atividades. Neste trabalho abordamos as finalidades, as características e os princípios da atividade de ISP, previstos na última versão da DNISP, com o intento de adaptá-la à realidade da IPJ.

1.5.1. Finalidade

A finalidade geral da IPJ é promover o assessoramento com conhecimentos precisos, completos e robustos nos vários níveis decisórios. O intuito é aperfeiçoar as ações de Polícia Judiciária (PJ), detectar possíveis ameaças e mitigá-las, como também salvaguardar o conhecimento produzido.

No âmbito estratégico, busca-se assegurar diagnósticos e prognósticos sobre a evolução de situações do interesse tanto da Segurança Pública, de forma geral, quanto da Polícia Judiciária, subsidiando os seus usuários no processo decisório. Fiães afirma que essa categoria busca entender o fenômeno criminal de forma ampla, e não o criminoso individualmente[57]. Matos, ao discorrer sobre o papel da inteligência no combate ao terrorismo, salienta que "no âmbito da acção preventiva, é essencial que

---

[57] FIÃES, L. F. **Intelligence e Segurança Interna**. Lisboa: ISCPSI, 2014, p. 102.

uma análise das causas profundas do fenômeno de cariz estrutural seja efectuada em toda a sua extensão e profundidade"[58].

Espera-se que o planejamento estratégico tenha uma visão abrangente e integrada do Sistema de Segurança Pública sem perder as especificidades e necessidades da PJ, como também o assessoramento à elaboração de planos específicos para as diversas peculiaridades da PJ.

No campo operacional, o objetivo geral é assessorar as investigações policiais mais complexas e que desencadeiam significativas Operações de Repressão Qualificada (ORQ) com foco nas organizações criminosas. A atividade colabora também na criação de uma cultura de inteligência, capacitando e promovendo discussões sobre técnicas operacionais em comum com a investigação policial, além de desenvolver protocolos e procedimentos a fim de aperfeiçoar as técnicas e ainda contribuir para que o processo interativo entre usuários e profissionais de Inteligência produza efeitos cumulativos, aumentando, assim, o nível de efetividade desses usuários e suas respectivas organizações.

1.5.2. Características e princípios

As características da IPJ são os principais aspectos distintivos e as particularidades que identificam e qualificam a atividade de ISP. Os princípios são as proposições diretoras – as bases, os fundamentos, os alicerces, os pilares – que orientam e definem os caminhos da atividade. Neste estudo, abordamos ambos os fundamentos, interligando os princípios e as características constantes na DNISP[59], levando-se em conta o fato de serem complementares.

A doutrina brasileira optou por não adicionar o princípio da legalidade em sua estrutura, visto que é basilar para qualquer ação dentro do Estado Democrático de Direito. Nesse sentido, a lei nº 9883/1999, que criou o Sistema Brasileiro de Inteligência, cita no Art.1º, §1º: "o fundamento do Sistema é a defesa do Estado Democrático de Direito e a dignidade da pessoa humana, devendo ainda cumprir e preservar os direitos e garantias individuais e demais dispositivos da Constituição Federal"[60].

---

[58] MATOS, H. J. Contraterrorismo: o papel da Intelligence na acção preventiva e ofensiva. *In*: **Livro de Actas do VII Congresso Nacional de Sociologia**. Porto: Faculdade de Letras da Universidade do Porto, 2012, p. 9.
[59] Doutrina Nacional de Inteligência de Segurança Pública. Brasília: Ministério da Justiça, Secretaria Nacional de Segurança Pública, 2016, p. 13.
[60] Lei Federal nº 9.883, de 07 de dezembro de 1999. Disponível em: <http://www.planalto.gov.br/ccivil_03/leis/L9883.htm>. Acesso em: 14 maio 2019.

26 Inteligência Policial Judiciária

Já a Lei Quadro do Sistema de Informações da República Portuguesa (LQSIRP), em seus artigos 2º e 3º, menciona o Princípio da Legalidade, ressaltando que as atividades desenvolvidas no âmbito do Sistema de Informações da República Portuguesa (SIRP) devem obedecer à Constituição, às leis e seguirem em respeito aos direitos, liberdades e garantias[61].

A produção de conhecimento é a característica da IPJ que a qualifica como Atividade de Inteligência, a qual, por meio de metodologia específica e planejamento prévio, de demandas externas ou internas, planeja, reúne, processa e transforma dados em conhecimentos, identificando vínculos e padrões, com a finalidade de assessorar os usuários no processo decisório em seus diversos níveis. Interligada a essa característica, temos os princípios da Precisão e da Imparcialidade. O primeiro objetiva orientar a produção do conhecimento verdadeiro, com a veracidade avaliada, sendo significativo, completo e útil. O segundo norteia a atividade de modo a ser isenta de ideias preconcebidas e/ou tendenciosas, de subjetivismos e distorções.

Interligado à primeira característica encontra-se o assessoramento. A IPJ é uma atividade de assessoramento, não produz nem se exaure em si mesma, originando para subsidiar o processo decisório em níveis estratégico, tático e operacional. Associado a isso, está o princípio da **Oportunidade**, no sentido de orientar a produção de conhecimentos, a ser realizada a contento e em prazo suficiente para o devido aproveitamento por parte do tomador de decisão. Platt defende que o valor intrínseco e a utilidade do conhecimento se depreciam com o passar do tempo, por vários motivos: as situações são mutáveis; o foco de atenção do decisor alterna para outro assunto; o de não ser mais útil, pois a situação relatada já se exauriu ou porque foi exposta por outros canais de comunicação[62].

De forma geral, a Atividade de Inteligência procura estabelecer certezas no processo de busca pela verdade. Domingues, Heubel e Abel destacam o ponto de vista de Aristóteles em sua defesa do conhecimento verdadeiro como aquele que reflete corretamente a realidade, ou ainda, no acatamento integral, na correspondência do pensamento com a coisa[63]. Alcançar essa suposta verdade de forma completa torna-se difícil pela imperfeição dos nossos pensamentos, permeados por experiên-

---

[61] Lei Orgânica nº 4, de 06 de novembro de 2004. Disponível em: <http://www.pgdlisboa.pt/leis/lei_mostra_articulado.php?nid=768&tabela=leis>. Acesso em: 13 maio 2019.

[62] PLATT, W. **A produção de informações estratégicas**. Rio de Janeiro: Agir/Bibliex, 1978, p. 51.

[63] DOMINGUES, M.; HEUBEL, M. T. C. D.; ABEL, I. J. **Bases metodológicas para o trabalho científico**. São Paulo: Edusc, 2003, p. 29.

cias passadas, ideias preconcebidas, preconceitos e a possibilidade de estarmos em erro. Segundo Platt, o grande estadista inglês Churchill afirmava não ser possível conduzir uma guerra baseado em certezas. Alcançar a completude de todos os dados que necessitamos para obter um conhecimento íntegro e verdadeiro configura uma vontade nem sempre passível de realização[64].

Por essas razões, entre outras, uma das características da atividade de inteligência é a busca da verdade com significado, sendo efetivamente produtora de conhecimentos precisos, claros e imparciais, de modo a expressar as intenções – óbvias ou subentendidas – dos alvos envolvidos, ou mesmo as possíveis ou prováveis consequências dos fatos relatados. Para tanto, faz-se essencial recorrer a uma metodologia científica de avaliação e processamento dos dados, bem como obter dados protegidos e/ou negados, em um universo antagônico. Tais dados relevantes do ambiente criminal se encontram, invariavelmente, protegidos, e consegui-los diminui os vazios informacionais e os níveis de incertezas.

Associados a essa característica estão os princípios da **Precisão**, da **Interação**, da **Permanência** e da **Amplitude**. O primeiro pretende orientar a produção do conhecimento verdadeiro, com a veracidade avaliada por meio de técnicas específicas, sendo significativo, completo e útil, devendo, portanto, distinguir o conhecido do desconhecido, além dos fatos dos "achismos"[65].

Reiteramos que, por sua vez, o segundo implica estabelecer ou adensar relações sistêmicas de cooperação, visando a otimizar esforços para a consecução dos seus objetivos e de estabelecer redes de acesso rápido a dados das agências congêneres. Na Europa, a Decisão Marco nº 2006/960, do Conselho da União Europeia, de 18 de dezembro de 2006, versou sobre a simplificação do intercâmbio da informação e inteligência entre os serviços de segurança dos estados membros, como forma de incentivar e promover a interação sistêmica da atividade de inteligência.

O princípio da **Permanência** pretende proporcionar um fluxo constante de dados e de conhecimentos, sendo essencial para a retroalimentação do conhecimento, tornando-o mais crível e confiável. O último princípio consiste em alcançar os mais completos resultados nos trabalhos desenvolvidos, buscando exaurir todas as possibilidades e vertentes.

---

[64] PLATT, W. **A produção de informações estratégicas.** Rio de Janeiro: Agir/Bibliex, 1978, p. 219.
[65] FIÃES, L. F. **Intelligence e Segurança Interna.** Lisboa: ISCPSI, 2014, p. 99.

Para alcançar o intento de reunir o máximo de dados e processá-los de maneira adequada, é essencial realizar uma ação especializada, outra propriedade da Inteligência. Para tanto, em face da metodologia específica da atividade de IPJ, dos procedimentos e terminologia próprios e padronizados, exigem-se dos seus integrantes formação específica, especialização, treinamento continuado e experiência.

Outra característica essencial, interligada às demais, é a segurança, salvaguardando a produção do conhecimento e seus principais ativos. Trata-se de uma particularidade ligada aos princípios do **Controle, Sigilo** e **Compartimentação**. O **Controle** recomenda a supervisão e o acompanhamento sistemático de todas as suas ações, de forma a assegurar a não interferência de variáveis adversas no trabalho desenvolvido. O **Sigilo** constitui o princípio da ISP, que visa a preservar o órgão, os seus integrantes e ações, aumentando a segurança de todos os atos. Já a **Compartimentação** objetiva, a fim de evitar riscos e comprometimentos, restringir o acesso ao conhecimento sigiloso somente para aqueles que tenham a real necessidade de obtê-lo, possibilitando, desse modo, maiores controle e segurança.

O sigilo e o segredo são indissociáveis da atividade de inteligência. Cussac explica que o segredo estatal está amparado legalmente nos modelos dos Estados Democráticos e que vem afirmando-se por meio dos novos desafios da modernidade[66].

A DNISP aponta a **Economia de Meios** como outra característica da ISP, no sentido de otimizar os recursos disponíveis, sendo viabilizada pela produção de conhecimentos objetivos, precisos e oportunos. O princípio da **Simplicidade** orienta a sua atividade de forma clara e concisa, planejando e executando ações com o mínimo de custos e riscos, de forma a economizar meios e aumentar a segurança.

A **abrangência** também é uma característica importante da ISP, a qual, em razão dos métodos e sistematização peculiares, pode ser empregada em qualquer campo do conhecimento de interesse da Segurança Pública. Para que cumpra as suas funções de forma organizada, direta e completa, planejando e executando ações de acordo com objetivos previamente definidos pela atividade e em consonância com os demais princípios doutrinários, é mister que seja conjugada ao princípio da **Objetividade**.

De forma geral, as duas últimas características são indissociáveis das propriedades gerais da Segurança Pública. A velocidade, a intensidade, o dinamismo e o imediatismo das ações de segurança e do mundo do crime fazem com que a IPJ tenha de

---

[66] CUSSAC, J. L. G. **Inteligencia.** Valencia: Tirant Editorial, 2012, p. 291.

ser **dinâmica**. Desse modo, é possível evoluir, adaptando-se às novas tecnologias, métodos, técnicas, conceitos e processos, como também à necessidade de buscar a prevenção de ações. Nesse sentido, induz a uma produção constante de conhecimentos antecipados em atitude proativa.

A presente temática tem uma importância tão vital para a atividade de inteligência que algumas legislações estrangeiras normatizam os princípios em lei, como, por exemplo, a legislação da Colômbia, que, através da lei nº 1.621, de 17 de abril de 2013, artigo 5º, dispõe que aqueles autorizados a realizar as atividades de inteligência e contrainteligência devem verificar a relação entre a atividade e os fins, avaliar e estritamente observar a todos os momentos os seguintes princípios:

> *Princípio da necessidade. A atividade de inteligência e contrainteligência deve ser necessária para atingir os fins constitucionais desejados, o que significa que você pode recorrer a isto se não há outras atividades menos prejudiciais que alcançar tais fins.*

> *Princípio de idoneidade. A atividade de inteligência e contrainteligência deve fazer uso dos meios apropriados para atingir os fins previstos no artigo 4º desta lei, para ser usado de meios adequados para o cumprimento desses propósitos e outros não.*

> *Princípio da proporcionalidade. A atividade de inteligência e contrainteligência deve ser proporcional aos fins procurados e os benefícios excedem as restrições impostas em outros princípios e valores constitucionais. Em particular, os meios e métodos utilizados não devem ser desproporcionais em relação aos objetivos prosseguidos a ser alcançados.[67] Grifos nossos.*

---

[67] Ley Estatutaria nº 1.621, de 17 de abril de 2013. Disponível em: <http://wsp.presidencia.gov.co/Normativa/Leyes/Documents/2013/LEY%201621%20DEL%2017%20DE%20ABRIL%20DE%202013.pdf>. Acesso em: 29 maio 2019.

2. Produção de Conhecimento

Kent, um dos primeiros especialistas a sistematizar a doutrina de inteligência, descreveu que a atividade de inteligência dispunha de uma visão tripartida, dado o entendimento de que inteligência equivale a conhecimento, organização e atividade[68]. A produção de conhecimento constitui o método principal da atividade. Isso significa planejar, reunir e processar transformando uma série de dados em conhecimento, ao aumentar a credibilidade, a eficiência e a precisão do produto da atividade, materializados nos Relatórios de Inteligência, com o intuito de assessorar e subsidiar o tomador de decisão.

A DNISP define produção de conhecimento como uma característica da atividade de inteligência, na medida em que coleta e busca dados e, por meio de metodologia específica, transforma-os em conhecimentos precisos, com a finalidade de assessorar os usuários no processo decisório[69].

2.1. Dados e conhecimentos

Nessa seara semântica, a definição de dado e conhecimento se apresenta como fundamental. Outras áreas do saber possuem definições distintas da atividade de inteligência. Beal define dado como um registro ou fato em sua forma primária e conhecimento como a informação que foi agregada a outros elementos[70].

Para a atividade de inteligência, dado é toda e qualquer representação de fato, situação, comunicação, notícia, documento, extrato de documento, fotografia, gravação, relato, denúncia, entre outros, ainda não submetida, pelo profissional de ISP,

---

[68] KENT, S. **Informações estratégicas.** Rio de Janeiro: Bibliex, 1967, pp. 3, 69 e 151.

[69] Doutrina Nacional de Inteligência de Segurança Pública. Brasília: Ministério da Justiça, Secretaria Nacional de Segurança Pública, 2016, p. 19.

[70] BEAL, A. **Gestão estratégica da informação.** São Paulo: Atlas, 2008, p. 12.

à metodologia de produção de conhecimento, ou seja, no sentido genérico, trata-se de uma informação, crua, ainda não lapidada[71].

Já conhecimento é o resultado final do processamento de uma série de dados – expresso por escrito ou oralmente pelo profissional de ISP – da utilização da metodologia de produção de conhecimento sobre dados e/ou conhecimentos anteriores. Produzir conhecimento significa transformar dados e/ou conhecimentos anteriores em conhecimentos avaliados, significativos, úteis, oportunos e seguros, de acordo com metodologia própria e específica[72].

2.1.1. Tipos de conhecimento

A atividade de inteligência é dividida em quatro tipos de conhecimento: **Informe**, **Informação**, **Apreciação** e **Estimativa**.

O Sistema de Inteligência de Defesa (SINDE) assim delimita em sua doutrina os fatores diferenciadores entre os quatro tipos de conhecimento:

1. **Informe:** conhecimento resultante de juízo formulado pelo analista de Inteligência sobre a narração de fato ou situação passada ou presente. É a narração de um fato ou situação à qual foi aplicada uma técnica de avaliação de dados. Dessa forma, informe constitui um dado que recebeu um juízo de valor quanto à sua credibilidade.
2. **Informação:** conhecimento resultante de raciocínio elaborado pelo analista de Inteligência, o qual expressa determinada certeza sobre situação ou fato passado ou presente.
3. **Apreciação:** conhecimento derivado de raciocínio elaborado pelo analista de Inteligência, que expõe sua opinião acerca de situação ou fato passado, presente ou futuro imediato.
4. **Estimativa:** conhecimento subsequente de raciocínio elaborado pelo analista de Inteligência, manifestando sua opinião a respeito da evolução futura de um fato ou de uma situação.

Demonstrando-se em forma gráfica:

---

[71] Doutrina Nacional de Inteligência de Segurança Pública. Brasília: Ministério da Justiça, Secretaria Nacional de Segurança Pública, 2016, p. 17.
[72] Idem.

32 Inteligência Policial Judiciária

Tabela 1. Tipos de conhecimento.

	Conhecimento	Certeza	Opinião	Preditivo
Informe	SIM	SIM*	SIM**	NÃO
Informação	SIM	SIM	NÃO	NÃO
Apreciação	SIM	NÃO	SIM	NÃO
Estimativa	SIM	NÃO	SIM	SIM
Observações: *Somente quando confirmado por outras fontes **Exceto quando não puder ser avaliado				

Fonte: Ministério de Defesa[73].

A Doutrina Nacional de Inteligência, oriunda da Inteligência Clássica, acrescenta pequenas nuances, afirmando que os conhecimentos baseados apenas em juízos são descritivos (tipo informe), e os derivados de raciocínio são interpretativos (informação e apreciação) e interpretativo-prospectivos (estimativa). Em forma gráfica, assim se apresentam:

Tabela 2. Fatores distintivos dos tipos de conhecimento.

Fatores	Tipos de conhecimento			
	Informe	Informação	Apreciação	Estimativa
Estado da mente perante a verdade	Opinião Certeza	-- Certeza	Opinião --	Opinião --
Formas racionais de conhecer	Juízo --	-- Raciocínio	-- Raciocínio	-- Raciocínio
Temporalidade	Passado Presente --	Passado Presente --	Passado Presente --	-- -- Futuro

Fonte: Doutrina Nacional da Atividade de Inteligência[74]

A DNISP se diferencia das demais em vários aspectos, já que o seu conhecimento é significativamente mais dinâmico, sendo, no nível operacional, muitas vezes imediatista e emergencial. Em alguns momentos, há pequenas partes ou fragmentos dos dados que podem gerar um conhecimento acionável preventivo – razão pela qual foi adicionado o estado da mente da dúvida no conhecimento informe.

---

[73] MINISTÉRIO DA DEFESA. **Doutrina de Inteligência de Defesa.** MD52-N-01. 2005, p. 21.

[74] Doutrina Nacional da Atividade de Inteligência: Fundamentos Doutrinários. Brasília: ABIN, 2016, p. 58.

2.1.2. Informação no sentido amplo

Informação assume vários sentidos, a depender da área do conhecimento abordado. Na sociedade atual, o principal insumo da chamada era do conhecimento é a informação. Cavalcanti e Gomes defendem que a economia do conhecimento deslocou o eixo da riqueza e do desenvolvimento de setores industriais tradicionais para outros cujos produtos, processos e serviços são intensivos em tecnologia e conhecimento, acrescentando ainda que, segundo o Banco Mundial, 64% da riqueza mundial advém do conhecimento[75].

Por parte das empresas mais valiosas do mundo, são vendidas informações ou estas são voltadas para a tecnologia no estado da arte. Em 2018, a empresa mais rentável foi a Amazon, a qual não produz objeto algum e sequer é uma indústria ou um banco, mas uma companhia que disponibiliza e concentra informações sobre produtos. Foi seguida pela multinacional Apple (tecnologia e produtos), Google (informação), Samsung (tecnologia e produtos) e Facebook (informações)[76].

Diversos estudiosos se debruçam em entender as características desse campo constituído pela informação. Stair e Reynolds relatam algumas variáveis que tornam a informação valiosa[77].

Tabela 3. Características da informação valiosa.

Características	Definições
Informação acessível	A informação deve ser facilmente acessada pelos usuários autorizados, de forma que possam obtê-la no formato correto e no tempo correto para atender às suas necessidades.
Precisa	Uma informação precisa é livre de erros. Em alguns casos, uma informação imprecisa é gerada por conta de dados imprecisos inseridos no processo de transformação. Isso é geralmente chamado de entra lixo, sai lixo. (GIGO, *garbage in, garbage out*).
Completa	A informação completa contém todos os fatos importantes. Por exemplo, um relatório de investimento que não inclua todos os custos relevantes não é completo.

---

[75] CAVALCANTI, M.; GOMES, E. **Inteligência Empresarial:** um novo modelo de gestão para a nova economia. Disponível em: <http://www.scielo.br/pdf/prod/v10n2/v10n2a05>. Acesso em: 08 maio 2019.

[76] CONFIRA quais são as marcas mais valiosas do mundo. **Época Negócios**, 07 fev. 2018. Disponível em: <https://epocanegocios.globo.com/Marketing/noticia/2018/02/confira-quais-sao-marcas-mais-valiosas-do-mundo.html>. Acesso em: 08 maio 2019.

[77] STAIR, R. M.; REYNOLDS, G. W. **Princípios de Sistemas de Informação**. 4.ed. Rio de Janeiro: LTC, 2015, p. 7.

Características	Definições
Econômica	A informação deve ser relativamente econômica para produzir. Os tomadores de decisão devem sempre balancear o valor da informação com o custo para produzi-la.
Flexível	A informação flexível pode ser usada para variadas finalidades. Por exemplo, a informação sobre quando o estoque está disponível para uma peça em especial pode ser usada por um representante de vendas para fechar um negócio, por um gerente de produção para determinar se é necessário repor estoque, e pelo executivo financeiro para determinar o valor total que a companhia investiu no estoque.
Relevante	A informação relevante é importante para o tomador de decisões. Uma informação que mostra que os preços da madeira devem cair pode não ser relevante para um fabricante de *chips*.
Confiável	A informação confiável pode dar confiança ao usuário. Em muitos casos, trata-se da confiabilidade do método de coleta de dados. Em outros momentos, a confiabilidade depende da fonte da informação.
Segura	A informação deve estar segura para não ser acessada por usuários não autorizados.
Simples	A informação deve ser simples, não complexa. Uma informação sofisticada e detalhada pode não ser necessária. De fato, o excesso de informações pode causar uma sobrecarga, situação na qual o tomador de decisões tem demasiadas informações e se vê incapaz de determinar quais são realmente são importantes.
Atualizada	A informação atualizada é fornecida quando necessária. Conhecer as condições climáticas da semana anterior não irá ajudá-lo a escolher o casaco que usará hoje.
Verificável	A informação deve ser verificável. Isso significa que se deve checar para certificar-se de que ela é correta, talvez checando a mesma informação de várias outras fontes.

Fonte: STAIR, R. M.; REYNOLDS, G. W. Princípios de Sistemas de Informação. 4.ed. Rio de Janeiro: LTC, 2015.

Diversos ramos da ciência estudam a matéria-prima da atividade de inteligência: a informação, compreendida em seu sentido geral. É mister assimilar o conteúdo desses estudos e tirar proveito desse conhecimento produzido a fim de aperfeiçoar e evoluir a atividade de inteligência.

2.1.3. Valor da informação

Sabidamente, a maior parte das informações perde valor rapidamente[78]. O valor intrínseco das informações pode depreciar com o tempo tanto devido às mudanças reais na situação, quanto à mudança possível, embora indeterminada – de maneira que o escrito não possa ser utilizado com o mesmo grau de confiança.

---

[78] PLATT, W. **A produção de informações estratégicas.** Rio de Janeiro: Agir/Bibliex, 1978, p. 52.

Platt refletia que a utilidade pode depreciar com o tempo devido à perda da atenção do leitor. A informação, com o passar do tempo, perde rapidamente o interesse e a capacidade de atrair atenção e, portanto, de influir nas decisões. Tem menor utilidade, na medida em que menos gente a lê ou lhe dá atenção.

Beal argumenta que a informação é perecível: à medida que o tempo passa, ela vai reduzindo a sua efetividade[79]. O princípio da **Oportunidade** e a necessidade de compartilhamento do dado no SISP e em sistemas de tecnologia de informação são essenciais para se evitar a perda da efetividade.

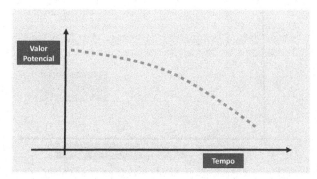

Figura 2. A informação é perecível.
Fonte: BEAL, A. Gestão estratégica da informação. São Paulo: Atlas, 2008.

Outro aspecto que o autor destaca é que o valor da informação aumenta quando há combinação: quanto mais integrada estiver a informação, maior seu valor potencial, ou seja, quanto mais fontes diferentes e processamento adequado, o nível de certeza aumenta e o valor do produto também.

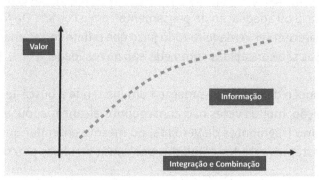

Figura 3. A informação é integrada.
Fonte: BEAL, A. Idem, p. 26.

---

[79] BEAL, A. Gestão estratégica da informação. São Paulo: Atlas, 2008, p. 25.

Por último, o autor destaca que o quantitativo de informações não necessariamente gera qualidade, inclusive a quantidade excessiva de informação não pertinente dificulta o processamento e reduz o valor da informação. Na "era do WhatsApp", em que a velocidade de circulação dos dados é quase que imediata, sem o devido cuidado com o processamento, e que os boatos e dados imprecisos chegam rapidamente aos gestores, demandando a atividade de inteligência sobre a veracidade dos fatos, é um desafio para a atividade o rápido processamento, sendo necessária a rede de inteligência cada vez ser mais eficiente e integrada.

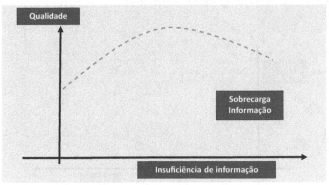

Figura 4. Quantidade de informação não é qualidade.
Fonte: BEAL, A. Ibidem, p. 27.

2.1.4. Estados da mente perante a verdade

A produção de conhecimento tem o propósito de alcançar um conhecimento verdadeiro. Domingues, Heubel e Abel citam Aristóteles ao demarcar a sua defesa de que o conhecimento verdadeiro é aquele que reflete corretamente a realidade, ou, ainda, a correspondência ou adequação do pensamento com a coisa[80]. De forma simplória, os autores esclarecem ser verdadeiro todo juízo que reflete corretamente a realidade, ou seja, as coisas são concebidas como elas são na realidade[81].

Em relação à noção de **verdade**, a mente humana tende a buscá-la, mas, devido à nossa imperfeição, muitas vezes não conseguimos alcançá-la; ou, ainda, podemos obter no máximo fragmentos da verdade, ou mesmo entender que conseguimos obtê-la, mas estamos errados e iludidos por causa de ideias preconcebidas. Para

---

[80] DOMINGUES, M.; HEUBEL, M. T. C. D.; ABEL, I. J. **Bases metodológicas para o trabalho científico**. São Paulo: Edusc, 2003, p. 29.
[81] Idem, p. 29.

Bazarian, o que existe simplesmente existe, não pode ser verdadeiro ou errado. São as nossas percepções, conhecimento, conceitos que podem ter gradações[82]. Segundo Hessen, não basta que achemos que o nosso juízo é verdadeiro, devemos buscar a certeza de que ele é verdadeiro[83].

Nesse processo de busca pela verdade, a DNISP preconiza que a mente pode encontrar-se em quatro diferentes estados: certeza, opinião, dúvida e ignorância[84].

Domingues, Heubel e Abel concluem que **certeza** equivale ao estado da mente que afirma sem temor de se enganar, sendo a adesão total a uma verdade que se impõe à inteligência, de maneira evidente, sem margem de erro[85]. A certeza é, dessa forma, o estado em que a mente adere à imagem de um objeto ou fato, por ela mesma formada, sem temor de se enganar, como defende Romeu[86]. A produção de conhecimento visa a alcançar o estado de certeza.

Ao discorrer sobre o Princípio do Grau de Certeza, Platt considerava-a como "a idoneidade das afirmações sobre um fato; a precisão dos dados quantitativos; e a probabilidade das estimativas e conclusões"[87]. Segundo afirma, uma das responsabilidades essenciais do analista é determinar, utilizando a metodologia de produção de conhecimento, o grau de confiança, a precisão e a probabilidade do conhecimento, deixando tudo isso claro para o tomador de decisão[88]. Já a **opinião** é um estado no qual a mente se define por meio um objeto, considerando a possibilidade de um equívoco. Por isso, o valor do estado de opinião se expressa a partir de indicadores de probabilidades.

A **dúvida** é o estado em que a mente encontra, metodicamente e de modo equilibrado, razões para aceitar e negar que a imagem, por ela mesma formada, esteja em conformidade com determinado objeto.

---

[82] BAZARIAN, J. **O problema da verdade**. São Paulo: Círculo do Livro, 1994, p. 143.

[83] HESSEN, J. **Teoria do Conhecimento**. 2.ed. São Paulo: Martins Fontes, 2003, p. 119.

[84] Doutrina Nacional de Inteligência de Segurança Pública. Brasília: Ministério da Justiça, Secretaria Nacional de Segurança Pública, 2016, p. 17.

[85] DOMINGUES, M.; HEUBEL, M. T. C. D.; ABEL, I. J. **Bases metodológicas para o trabalho científico**. São Paulo: Edusc, 2003, p. 29.

[86] ROMEU, A. F. Disciplina 02: Produção de Conhecimento. Unidade Didática 02.01: Metodologia. Rio de Janeiro: ESISPERJ, 2016, p. 1.

[87] PLATT, W. **A produção de informações estratégicas**. Rio de Janeiro: Agir/Bibliex, 1978, p. 65.

[88] Idem.

38 Inteligência Policial Judiciária

Romeu defende que o profissional da ISP deve afastar-se da **ignorância**, pois isso não o conduz a caminho algum. A ignorância representa o estado da mente que se caracteriza pela inexistência de qualquer imagem de determinado objeto ou fato, sendo um estágio puramente nulo da mente. Nessa situação, o espírito se encontra privado de qualquer imagem sobre uma realidade específica[89].

2.1.5. Trabalhos intelectuais

O ser humano possui a capacidade de pensar com o intuito de conhecer determinados fatos ou situações, podendo realizar três tipos de trabalho intelectual: conceber ideias, formular juízos e elaborar raciocínios.

Segundo Domingues, Heubel e Abel, a **Ideia** é a capacidade que o ser humano tem de abstrair, isto é, representar abstratamente as coisas, atuando sobre as imagens reais, sensíveis e individuais que temos na memória, abstraindo as características inteligíveis dos objetos comuns[90].

O **Juízo** é um ato mental que estabelece uma relação entre ideias. A Doutrina Nacional de Inteligência assim expressa:

> *Um juízo associa duas ideias por meio de verbos e é manifesto por uma proposição (afirmação ou negação). Assim, o juízo é, necessariamente, uma forma de expressar um pensamento, atribuindo ideias universais a objetos particulares a fim de descrevê-los. Logicamente, o objeto é o sujeito da sentença, e a ideia a ele vinculada é o atributo ou predicado[91].*

Já o **Raciocínio** é um ato mental que une dois ou mais juízos, podendo alcançar de juízos gerais uma conclusão particular ou de juízos particulares atingir uma conclusão geral.

O *Joint Military Intelligence College* expõe quatro tipos básicos de raciocínio que se aplicam à análise da inteligência: indução, dedução, abdução e método[92].

---

[89] ROMEU, A. F. Disciplina 02: Produção De Conhecimento. Unidade Didática 02.01: Metodologia. Rio de Janeiro: ESISPERJ, 2016, p. 1.

[90] DOMINGUES, M.; HEUBEL, M. T. C. D.; ABEL, I. J. **Bases metodológicas para o trabalho científico**. São Paulo: Edusc, 2003, p. 43.

[91] Doutrina Nacional da Atividade de Inteligência: Fundamentos Doutrinários. Brasília: ABIN, 2016, p. 53.

[92] JOINT MILITARY INTELLIGENCE COLLEGE. **Intelligence Essentials for Everyone**. Occasional Paper Number Six, 1999. Disponível em: <http://www.dtic.mil/dtic/tr/fulltext/u2/a476726.pdf>. Acesso em: 09 maio 2019.

✓ **Indução.** O processo de indução é descobrir relações entre os fenômenos em estudo. Nas palavras de Clauser e Weir[93], a indução é o processo intelectual de alcançar generalizações com base em observações ou outras provas. A indução consiste em afirmação geral a partir de observação de alguns elementos, ou seja, analisar o particular e chegar a uma verdade geral. Essas estimativas são amplamente resultado de processos indutivos, e, é claro, a indução ocorre na formulação de todas as hipóteses. Ao contrário de outros tipos de atividades intelectuais, como lógica dedutiva e matemática, não há regras estabelecidas para indução.

✓ **Dedução.** A dedução é o processo de raciocínio das regras gerais para casos particulares. A dedução funciona melhor em sistemas fechados, como matemática, lógica formal ou tipos de jogos em que todas as regras são claramente explicitadas. No entanto, a análise de inteligência raramente lida com sistemas fechados, de modo que as premissas assumidas como verdadeiras podem, de fato, ser falsas e levar a falsas conclusões.

✓ **Abdução.** A abdução, não muito conhecida na doutrina brasileira, é o processo de gerar uma nova hipótese para explicar dada evidência que não sugere prontamente uma explicação familiar. A relação hipotética entre as evidências é considerada já existente, precisando apenas ser percebida e articulada pelo analista. O analista apresenta criativamente uma hipótese e em seguida decide examinar se as premissas disponíveis conduzem inequivocamente à nova conclusão. O último passo, testando a evidência, é uma inferência dedutiva. Exemplo do raciocínio abdutivo na análise da inteligência inclui situações em que o analista tem uma suspeita incômoda de que algo de valor de inteligência aconteceu ou está prestes a acontecer, mas não tem explicação imediata para essa conclusão[94].

2.2. Fontes de dados

As fontes de dados podem ser variadas, desde um documento até uma organização, pessoa ou empresa. Podem ser classificadas quanto à confidencialidade[95] nas chamadas **fontes abertas**, de livre acesso a qualquer pessoa, e em **fontes fechadas**, nas quais o dado pode ser negado e/ou protegido. Barreto, Wendt e Caselli dispõem

---

[93] CLAUSER, J. K.; WEIR, S. M. *apud* JOINT MILITARY INTELLIGENCE COLLEGE. Idem, 1999.

[94] JOINT MILITARY INTELLIGENCE COLLEGE. **Intelligence Essentials for Everyone.** Occasional Paper Number Six, 1999. Disponível em: <http://www.dtic.mil/dtic/tr/fulltext/u2/a476726.pdf>. Acesso em: 09 maio 2019.

[95] GONÇALVES, J. B. **Atividade de Inteligência e legislação correlata.** Niterói: Impetus, 2009, p. 8.

que nas **fontes abertas** não há obstáculos, enquanto nas **fontes fechadas** existe a necessidade de credenciamento no caso dos dados protegidos, ou mesmo em uma operação de busca em situação de dados negados[96]. Gonçalves considera que a "atividade de Inteligência envolve, necessariamente, componentes sigilosos em sua produção, sendo obtida a partir de dados negados – no todo ou em parte"[97].

A doutrina brasileira, no tocante à obtenção do dado, divide a ISP em Inteligência Humana e Inteligência Eletrônica. A Inteligência Humana equivale ao meio mais antigo, em que o cerne, o foco das ações e esforços da obtenção do dado é o próprio homem. Já na Inteligência Eletrônica, o centro do esforço reside no equipamento em suas diversas possibilidades, sendo subdividida em três espécies: Inteligência de Sinais, Inteligência de Imagens e Inteligência de Dados. A primeira, responsável pela interceptação e análise de comunicações; a segunda, atribuída à obtenção e ao processamento de imagens; e, por fim, a Inteligência de Dados, voltada à obtenção e ao processamento de dados por meio de sistema de informática.

A doutrina mundial não possui entendimento pacífico quanto à divisão dos meios de obtenção do dado. Gonçalves cita a doutrina americana, a qual subdivide a Inteligência de Sinais em Inteligência de Comunicações, Inteligência Telemétrica, Inteligência Eletrônica e Inteligência relacionada à interpretação de assinaturas eletromagnéticas ou sinais físicos[98]. Porcino destaca a existência de um novo tipo: a Inteligência Geoespacial, definida pela Agência Nacional de Inteligência Geoespacial (NGA) Americana como a exploração e análise de imagens e de informações geoespaciais com o propósito de descrever, avaliar e representar visualmente características físicas e atividades geograficamente referenciadas na Terra[99].

Com o intuito de sistematizar as principais fontes, destacando as suas vantagens e desvantagens, Gonçalves apresenta a seguinte a tabela[100]:

---

[96] BARRETO, A. G.; WENDT, E.; CASELLI, G. **Investigação Digital em Fontes Abertas**. Rio de Janeiro: Brasport, 2017, p. 6.

[97] GONÇALVES, J. B. **Políticos e espiões**: controle da atividade de inteligência. Niterói: Impetus, 2010, p. 8.

[98] GONÇALVES, J. B. **Atividade de Inteligência e legislação correlata**. Niterói: Impetus, 2009, p. 78.

[99] PORCINO, W. C. **Inteligência Geoespacial seu impacto e contribuições nos modelos de gestão policial**. Rio de Janeiro: Mallet, 2016, p. 33.

[100] GONÇALVES, J. B. **Políticos e espiões**: controle da atividade de inteligência. Niterói: Impetus, 2010, p. 92.

Tabela 4. Resumo dos meios de obtenção de dados

Comparação entre meios/técnica de reuniões de dados		
Meios de reunião	Vantagens	Desvantagens
Inteligência Humana (HUMINT)	- Permite a dedução/acesso em termos de planos e intenções. - Relativamente barata. - Alcança alvos inacessíveis a meios técnicos.	- Riscos em termos de vidas e problemas políticos. - Necessita de mais tempo para acesso e validação da informação. - Problema com "iscas", percepções erradas e agentes duplos.
Inteligência de Fontes Abertas (OSINT)	- Facilmente disponível. - De grande utilidade para começar qualquer reunião de dados.	- Muito volumosa. - Mais difícil de possibilitar inferências que as fontes não abertas.
Inteligência de Imagens (IMINT)	- Gráfica, objetiva e altamente confiável. - Recurso atraente e de fácil compreensão para os decisores. - Avaliação clara de acertos alvos. - Pode ser feita à distância.	- Às vezes gráfica em demasia. - Necessita de interpretação. - Muito estática, isto é, "congela o momento". - Sujeita a problemas meteorológicos e engodos. - Alto custo.
Inteligência de Sinais (SIGINT)	- Permite a dedução em termos de plano e intenções. - Grande volume de material. - Pode ser feita à distância.	- Os sinais podem ser criptografados. - Excessivo volume de material por vezes. - As comunicações podem estar silenciosas, usar linhas secretas ou mesmo ser escondidas em meio a vasto tráfego de informações. - Alto custo.
Inteligência de Interpretação eletromagnéticas e de Assinaturas físicas (MASINT)	- Muito útil para temas como proliferação de armas de destruição em massa. - Pode ser feita à distância.	- Alto custo. - De difícil compreensão para a maioria dos usuários. - Requer um grande esforço de processamento e avaliação.

Fonte: GONÇALVES, 2010, p. 92.

2.2.1. Sigilo da fonte

Eminentemente sigilosa, a atividade de inteligência e o princípio do sigilo está sedimentado na história da atividade, tendo uma parcela considerável de contribuição na eficiência das ações de inteligência, pois protege os seus métodos, bem como a identidade de seus agentes e instalações.

A proteção das fontes de dados é essencial na produção de conhecimento, por estar intrinsecamente ligada à eficiência das ações e ao sigilo da atividade. A regra no poder público é o princípio da **Publicidade**, cabendo à administração dar a mais ampla divulgação possível dos seus atos, sendo o sigilo admitido em poucos casos.

Um caso de excepcionalidade é o sigilo da fonte, que tem respaldo constitucional: o artigo 5º, XIV, da Constituição do Brasil, que assim determina: "é assegurado a todos o acesso à informação e resguardado o sigilo da fonte, quando necessário ao exercício profissional".

Nesse diapasão, temos vários julgados corroborando a aplicação na atividade policial. Vejamos um julgado do STF e um do STJ:

> *STF – HC 71039/RJ, Ministro Paulo Brossard, 06/12/1996.*
>
> *[...] Contudo, a testemunha pode escusar-se a prestar depoimento se este colidir com o dever de guardar sigilo. O sigilo profissional tem alcance geral e se aplica a qualquer juízo, cível, criminal, administrativo ou parlamentar [...]*

Normalmente, o ditame constitucional é mais utilizado para garantir o sigilo dos jornalistas, mas os julgados demonstram a aplicabilidade geral do sigilo quando necessário ao exercício profissional.

> *STJ. HC 91885/DF, Ministro ARNALDO ESTEVES LIMA (1128), 23/02/2010.*
>
> *[...] 2. A prova testemunhal não padece de vícios que a inquinam de nulidade absoluta pelo fato de o policial não declinar as fontes de suas informações [....]*

Em harmonia com o preceito constitucional encontra-se o artigo 207 do Código de Processo Penal, o qual veda o depoimento em juízo de pessoas, que, em razão da sua função, ministério, ofício ou profissão, deve guardar sigilo das informações de que têm conhecimento.

> *Art. 207. São proibidas de depor as pessoas que, em razão de função, ministério, ofício ou profissão, devam guardar segredo, salvo se, desobrigadas pela parte interessada, quiserem dar o seu testemunho.*

Enfim, é possível e viável recorrer à norma para garantir o sigilo da fonte dos dados, proteger a fonte, os métodos e a atividade de inteligência em sua totalidade; contudo, muitas vezes, esse sigilo pode acarretar em fragilidade de persuasão da informação repassada ao judiciário.

2.3. Metodologia da produção do conhecimento

As doutrinas mundiais não possuem uniformidade no faseamento do ciclo de produção do conhecimento, apesar de, em geral, todas abordarem o mesmo passo a passo, muitas vezes várias etapas em uma única fase. Na verdade, as subdivisões são meramente acadêmicas, haja vista que as fases se interpenetram, interdependem e possuem conexões entre si.

Por exemplo, a ONU subdivide em sete fases[101]:

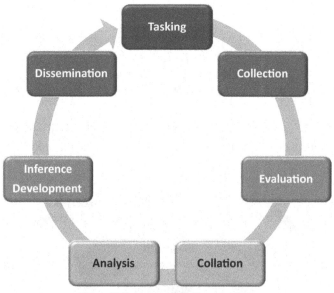

Figura 5. Ciclo de produção para ONU.
Fonte: UNODC.

No caso da Doutrina Nacional de Inteligência do SISBIN, o ciclo de inteligência possui cinco fases[102]:

---
[101] UNITED NATIONS OFFICE ON DRUGS AND CRIME. **Criminal Intelligence:** Manual for Analysts. Vienna: UNODC, 2011, p. 10.
[102] Doutrina Nacional da Atividade de Inteligência: Fundamentos Doutrinários. Brasília: ABIN, 2016, p. 37.

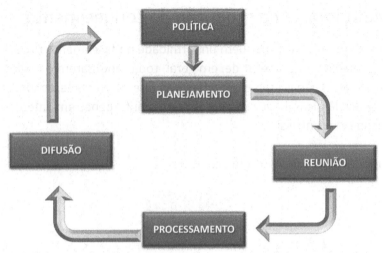

Figura 6. Ciclo de produção do conhecimento SISBIN.
Adaptado de: Doutrina Nacional da Atividade de Inteligência, p. 37.

O *Joint Military Intelligence College* divide em 10 fases, acrescentando a utilização por parte do usuário final e os comentários do usuário sobre a qualidade da produção[103].

Figura 7. Ciclo de produção do conhecimento.
Fonte: adaptado de JOINT MILITARY INTELLIGENCE COLLEGE, 1999.

---

[103] JOINT MILITARY INTELLIGENCE COLLEGE. **Intelligence Essentials for Everyone.** Occasional Paper Number Six, 1999. Disponível em: <http://www.dtic.mil/dtic/tr/fulltext/u2/a476726.pdf>. Acesso em: 09 maio 2019.

Platt dividia a produção nas seguintes etapas: seleção, avaliação, interpretação, integração, conclusões e apresentação. Os dados deveriam ser: (1) selecionados; (2) avaliados; (3) interpretados; e (4) integrados, isto é, formula-se uma hipótese ou uma explicação que permita compor um quadro coerente da situação, mostrando a relação entre as partes; (5) tirar conclusões e verificá-las; e, por fim, (6) o quadro final e as conclusões devem ser apresentados, clara e corretamente, com a devida ênfase e indicações, ao leitor, do grau de confiança das diversas partes do relatório[104].

Vamos adotar a metodologia da DNISP, dividida em quatro fases: planejamento, reunião, processamento e formalização/difusão.

2.3.1. Planejamento

A primeira fase da metodologia de produção de conhecimento para a DNISP é o planejamento, instância na qual serão detalhadas as diretrizes gerais da produção. Seria também a primeira fase para a ONU, em que será definida a tarefa a ser cumprida.

Nessa etapa, são abordadas a amplitude do assunto e a finalidade, bem como apontados o usuário, o tempo oportuno para a feitura do produto analítico, os aspectos essenciais a serem abordados a fim de responder à demanda do consumidor do produto analítico, os aspectos que já conhecemos e a conhecer, a fim de produzir um conhecimento adequado.

A produção do conhecimento pode ser iniciada em quatro situações: de acordo com um planejamento prévio, como, por exemplo, um Plano de Inteligência – com planejamento e objetivos já definidos; por solicitação de uma agência congênere por meio de um Pedido de Busca, que conterá todas as necessidades informacionais da agência solicitante; em atendimento à determinação da autoridade competente, ou seja, em caso de necessidade de clarificar os objetivos a serem alcançados; e, por último, por iniciativa da própria agência, sendo indispensável a avaliação da necessidade de conhecer para a realização da difusão.

Atender à necessidade do tomador de decisão é essencial, razão pela qual o planejamento tem de ser direcionado para os objetivos que o decisor definiu. A produção analítica é voltada à necessidade do poder decisório, precisando ser claramente definida, sendo essencial uma relação transparente e sincera entre o futuro usuário

---

[104] PLATT, W. **A produção de informações estratégicas.** Rio de Janeiro: Agir/Bibliex, 1978, p. 84.

46 Inteligência Policial Judiciária

do conhecimento analítico e o analista, além de uma compreensão dos objetivos e respostas a serem buscados por parte do esforço analítico.

Para tanto, faz-se necessária uma definição muito nítida do assunto a ser abordado, o nível de aprofundamento, a necessidade de síntese, bem como se o conhecimento será enviado de uma forma mais palatável, por exemplo, infográfico, ou de forma escrita ou verbal.

A produção de conhecimento não é uma reunião de dados não avaliados dispostos em um relatório em ordem cronológica. Muitas vezes, porém, na prática, é esse o cenário que encontramos por causa da baixa especialização dos analistas. A produção de conhecimento deve alcançar o processamento de dados, utilizando métodos, com imparcialidade e rigor, buscando entender causas e efeitos, padrões, possibilidades de desdobramento, em alguns momentos mapeando o passado, identificando o presente e construindo cenários prováveis no futuro.

2.3.2. Reunião

A DNISP, assim como a ONU, define como a segunda fase a **Reunião** – na qual são agrupados dados pertinentes à produção do conhecimento, momento em que executam as ações de inteligência, a primeira denominada de coleta, que consiste no agrupamento de dados em fontes disponíveis.

A matéria-prima da produção do conhecimento constitui o dado, pois sem ele é impossível produzir um conhecimento com nível de certeza elevado. O êxito da atividade de inteligência está diretamente ligado à ação de planejar quais os dados imprescindíveis, reunindo-os para analisar e chegar a um conhecimento com nível de veracidade adequado e que responda à necessidade do consumidor informacional. Para tanto, é preciso obter os dados definidos nos aspectos essenciais do conhecimento a fim de que alcance o produto desejado. Desse modo, deve-se alcançar todos os dados possíveis, identificar os vazios informacionais e buscar os devidos caminhos para preenchê-los.

Contudo, faz-se importante ter cuidado nessa fase inicial, para evitar a sobrecarga de dados, sempre um problema para qualquer agência – não a quantidade, mas as informações essenciais para se alcançar o objetivo da produção. Outro aspecto a ser observado é a identificação dos vazios informacionais, a fim de orientar o esforço de coleta e busca, como também a definição de prioridades de preenchimento dos vazios e os dados ignorados, já que o fornecedor acreditou não ser relevante, podendo causar problemas mais tarde[105].

De acordo com Brandão, a coleta de informações existe há muito tempo e a sua importância é reconhecida desde a era moderna[106]. A DNISP define coleta como todos os procedimentos realizados por uma AI (Atividade de Inteligência), ostensiva ou sigilosamente, a fim de obter dados depositados em fontes abertas, com acesso autorizado ou disponível, sejam elas originadas ou disponibilizadas por indivíduos e órgãos públicos ou privados[107].

Cepik defende que a atividade de coleta absorve entre 80% e 90% dos investimentos governamentais na área de inteligência nos países centrais do sistema internacional[108]. A coleta é uma ação que exige menos esforço, com segurança adicional e de acesso mais ágil ao dado. Nesse sentido, o analista deve realizar inicialmente consulta aos arquivos da sua agência, a arquivos internos do órgão de origem – daí a importância de conhecer, com excelência, as bases de tecnologia de informação do seu órgão de origem, como também arquivos externos ao órgão. Nesse contexto, é essencial sempre estabelecer novos convênios e parcerias para acesso autorizado.

Outra grande fonte de coleta é a chamada fonte aberta, isto é, o dado disponível publicamente. Uma das principais dificuldades de trabalho com esse tipo de fonte é a avaliação, na medida em que as informações disponíveis no domínio público frequentemente são tendenciosas, imprecisas ou sensacionalistas[109].

O uso de fontes abertas pode reafirmar outros dados por semelhança, como ainda proteger dados obtidos de fontes sigilosas, permitindo a manutenção do sigilo da fonte.

---

[105] UNITED NATIONS OFFICE ON DRUGS AND CRIME. **Criminal Intelligence:** Manual for Analysts. Vienna: UNODC, 2011, p. 11.

[106] BRANDÃO, P. C. **Serviços secretos e democracia no Cone Sul:** premissas para uma convivência legítima, eficiente e profissional. Niterói: Impetus, 2010, p. 28.

[107] Doutrina Nacional de Inteligência de Segurança Pública – DNISP. 2.ed. Brasília: Ministério da Justiça, Secretaria Nacional de Segurança Pública, 2009, p. 32.

[108] CEPIK, M. **Serviços de Inteligência:** agilidade e transparência como dilema de institucionalização. Instituto Universitário de Pesquisas do Rio de Janeiro, 2001, p. 35.

[109] UNITED NATIONS OFFICE ON DRUGS AND CRIME. **Criminal Intelligence:** Manual for Analysts. Vienna: UNODC, 2011, p. 12.

48 Inteligência Policial Judiciária

Uma das formas de se conseguir dado e/ou conhecimento é por meio da utilização do Sistema de Inteligência a partir de solicitação de Pedido de Busca (PB). Os fluxos de comunicação da inteligência observam o canal técnico, ou seja, em regra, não há hierarquia entre agências, com menos burocracia e mais agilidade no trâmite de dados e conhecimentos.

Além da Ação de Coleta, outro modo de obter informações é a Ação de Busca, que consiste em utilizar os Elementos de Operações (ELO) na busca do dado negado e/ou protegido em um universo adverso.

A DNISP define operações de inteligência como o conjunto de **Ações de Busca** executado para obtenção de dados protegidos e/ou negados de difícil acesso, exigindo, pelas dificuldades e/ou riscos, planejamento minucioso, esforço concentrado, além do emprego de pessoal, técnicas e material especializados[110].

No caso da IPJ, as operações de inteligência são realizadas, em sua grande parte, em ambiente hostil, não controlável, no qual, muitas vezes, a proteção do agente é a sua especialização nas técnicas operacionais e a manutenção do sigilo de sua imagem. Portanto, devem ser utilizadas para confirmar dados já coletados, assim como conseguir outros que não estão disponíveis, a fim de preencher vazios informacionais. Necessitam de um planejamento minucioso, pois tanto as vidas dos policiais estão em risco quanto a de agentes especializados nas várias técnicas operacionais.

A organização da informação também se apresenta como essencial, já que, com a acumulação, pode resultar em uma quantidade expressiva de dados que, se não organizados, serão de difícil resgate, atrasando, assim, o processamento.

As fontes de dados, definidas no item 2.4, apresentam-se como essenciais dentro desse processo. Não há uma fonte mais importante do que outra; o caso concreto é que definirá se há uma mais importante do que a outra, razão pela qual o órgão de inteligência deverá desenvolver uma ação especializada de forma a ter a técnica para usar em qualquer fonte de dado. Clarke expressa essa necessidade:

> *Se a análise de inteligência fosse restrita a uma única fonte, a necessidade de análise seria tão reduzida. É necessário ter sentido das fontes de informação*

---

[110] Doutrina Nacional de Inteligência de Segurança Pública – DNISP. 2.ed. Brasília: Ministério da Justiça, Secretaria Nacional de Segurança Pública, 2009, p. 33.

múltipla, incluindo dados de outras razões, cada uma com suas próprias forças e fraquezas, o que torna a análise importante[111].

2.3.3. Processamento

Após a fase da reunião dos dados, transcorre a etapa de processamento dos dados. Na verdade, essa divisão é meramente ilustrativa, pois, no momento em que se coleta e/ou busca cada fração de dado, já se inicia o seu processamento, observando a avaliação do dado segundo a pertinência e a sua credibilidade, analisando-o intrinsecamente, bem como a relação que possui com os demais e o todo, para depois integrar as informações em um conjunto coerente, lógico e ordenado.

A capacidade de processar uma grande quantidade de dados e separar os pertinentes e críveis dos dispensáveis é essencial. Para Drucker, citado por Keita, "não seremos limitados pela informação que temos. Seremos limitados por nossa habilidade de processar esta informação."[112].

2.3.3.1. Avaliação

Na avaliação dos dados ou, como preferia Kent, da crítica dos dados[113], será realizada uma crítica sobre a pertinência e o grau de credibilidade dos dados. Deve ser conduzida imediatamente após a sua aquisição, para garantir que a avaliação considere o contexto em que o dado foi adquirido – afinal, é difícil avaliar qualquer informação que não tenha sido apresentada corretamente dentro de um ambiente local. Nesse sentido, requer uma avaliação separada da confiabilidade da fonte, isto é, do fornecedor da informação.

Tanto a fonte quanto os dados captados devem ser avaliados de forma independente um do outro, portanto, faz-se imperativo um bom conhecimento do sistema de avaliação[114].

---

[111] CLARKE, R. V.; ECK, J. E. **Intelligence Analysis for Problem Solvers**. Community Oriented Policing Services, US Department of Justice, 2013, p. 15.

[112] DRUCKER, P. *apud* KEITA, R. O conceito de Gestão do Conhecimento. **Instituto Empreendedores Universitários**, s.d. Disponível em: <http://www.institutoeu.org/o-conceito-de-gestao-do-conhecimento/>. Acesso em: 09 maio 2019.

[113] KENT, S. **Informações estratégicas**. Rio de Janeiro: Bibliex, 1967, p. 163.

[114] UNITED NATIONS OFFICE ON DRUGS AND CRIME. **Criminal Intelligence:** Manual for Analysts. Vienna: UNODC, 2011, p. 19.

50 Inteligência Policial Judiciária

É necessária ainda uma parceria do setor de análise com o elemento de operações, já que esse setor normalmente recruta as fontes humanas.

A *International Association of Law Enforcement Intelligence Analysts* (IALEIA) defende que as informações coletadas de todas as fontes devem ser avaliadas, observando--se a confiabilidade de fonte, o conteúdo, a validade e a relevância. A veracidade das informações é crucial, não só para a validade da inteligência, mas também para a segurança de policiais, bem como para a investigação, a eficácia e a solidez das evidências em processos judiciais[115].

Inicialmente se observará a credibilidade do dado, analisando-se a idoneidade da fonte e a veracidade do conteúdo.

Considera-se uma **fonte** uma pessoa, uma organização, ou mesmo documentos, site da internet, enfim, qualquer meio de se obter um dado. A primeira verificação é se o dado realmente veio da fonte presumida, ou de um canal de transmissão, buscando-se também autenticidade, os seus fatores antecedentes, além da análise da sua confiabilidade e se a fonte está habilitada para assimilar e compreender aquele dado.

A análise das fontes por parte do analista se mostra essencial para conhecer as circunstâncias em que o relatório foi obtido, o que é muitas vezes crítico para a compreensão de sua validade. Com os dados em mãos, os analistas podem:

✓ rever sistematicamente todas as fontes para a precisão;
✓ identificar fontes de informação que parecem mais críticas ou atraentes;
✓ verificar a confirmação de relatórios críticos suficientes e fortes;
✓ reexaminar informações previamente descartadas à luz de novos fatos ou circunstâncias que nelas lançaram luz diferente;
✓ certificar se qualquer relatório lembrado é identificado e devidamente sinalizado para outros analistas. A análise com base no relatório de devolução deve também ser revista para determinar se o relatório foi essencial para os julgamentos realizados;
✓ julgar se a informação ambígua foi interpretada e apropriada adequadamente;

---

[115] GLOBAL JUSTICE INFORMATION SHARING INITIATIVE; INTERNATIONAL ASSOCIATION OF LAW ENFORCEMENT INTELLIGENCE ANALYSTS. **Law Enforcement Analytic Standards.** 2.ed. US Department of Justice, Apr. 2012, p. 15.

✓ indicar um nível de confiança que os analistas podem colocar em fontes, o que pode ser encontrado em futuras avaliações analíticas[116].

Historicamente, no Brasil, a atividade de Inteligência vale-se do sistema de avaliação alfanumérico. A DNISP não o adotou na oficialização do relatório de inteligência por uma razão simples: o documento tem várias fontes, sendo a sua avaliação de difícil mensuração. Foi empregado o recurso gramatical como forma de relativizar ou aumentar o nível de certeza do documento; contudo, a chamada Técnica de Avaliação de Dados recorre à mensuração alfanumérica para conferir e identificar as fontes confiáveis, ou não, bem como a credibilidade do dado.

O manual de análise da ONU cita o sistema padronizado de avaliação, mais conhecido como 4 x 4, amplamente aceito como prática comum para as agências de aplicação da lei e utilizado, por exemplo, por analistas da Europol (Polícia Europeia). Já outras agências usam variantes desse sistema, embora cada uma possa ser facilmente interpretada por referência às tabelas explicativas. A título de explicação de como funciona, dispomos, na íntegra, a metodologia a fim de enriquecer o conhecimento comparativo[117]:

Tabela 5. Avaliação de fonte

A	Nenhuma dúvida sobre autenticidade, confiabilidade, integridade e competência. História de confiabilidade completa
B	Fonte da qual a informação recebida, na maioria dos casos, provou ser confiável
C	Fonte da qual a informação recebida, na maioria dos casos, provou ser não confiável
X	A confiabilidade não pode ser julgada

Tabela 6. Avaliação da informação

1	Sem dúvida sobre precisão
2	Informações conhecidas pessoalmente da fonte, mas não conhecidas pessoalmente pelo funcionário que está passando isso. Lógica em si mesma. Concorda com outras informações sobre o assunto
3	Informações não conhecidas pessoalmente pela fonte, mas corroboradas por outras informações já gravadas
4	Informação que não é conhecida pessoalmente pela fonte e não pode ser independentemente corroborada

---

[116] US GOVERNMENT. **A Tradecraft Primer:** structured analytic techniques for improving intelligence analysis. Mar. 2009, p. 11.

[117] UNITED NATIONS OFFICE ON DRUGS AND CRIME. **Criminal Intelligence:** Manual for Analysts. Vienna: UNODC, 2011, p. 26.

Uma variante evolutiva do sistema 4 x 4 é o sistema 6 x 6.

Tabela 7. Confiabilidade de origem

A Completamente confiável	Sem dúvida quanto à autenticidade, confiabilidade, integridade e competência História de confiabilidade completa
B Geralmente confiável	Algumas dúvidas quanto à autenticidade ou confiabilidade, integridade ou competência (uma contagem) História de confiabilidade geral
C Bastante confiável	Dúvida quanto à autenticidade, confiabilidade, integridade, competência (duas contagens mais) História de confiabilidade periódica
D Normalmente não confiável	Dúvida definitiva em relação à autenticidade, confiabilidade, integridade, competência História de confiabilidade ocasional
E Não confiável	Certeza sobre falta de autenticidade, confiabilidade, integridade, competência História de falta de confiabilidade
F	Não pode ser julgado

Tabela 8. Validade de dados

1 Confirmada	Confirmada por outras fontes independentes Lógica em si Concorda com outras informações sobre o assunto
2 Provavelmente verdadeira	Não confirma forma independente Lógica em si Concorda com outras informações sobre o assunto
3 Possivelmente verdadeira	Não confirmado Lógica em si Concorda um pouco com outras informações sobre o assunto
4 Duvidosamente verdadeira	Não confirmou Não é ilógica Não acreditou no momento do recebimento, embora possível
5 Improvável	Confirmação disponível do contrário Ilógico em si mesmo Contraditada por outras informações sobre o assunto
6	Não pode ser julgada

2.3.3.2. Análise

A busca por métodos de processamento de dados é muito antiga. Descartes definia análise como a repartição de cada uma das dificuldades, analisando-as em quantas parcelas fossem possíveis e necessárias para melhor solucioná-las[118]. Quando o

---

[118] DESCARTES, R. **Discurso do Método**. 1637, Domínio público, p. 13.

assunto é complexo, temos que empreender a decomposição em frações menores, entendendo cada uma, comparando-as, identificando a relação de causa e efeito e, depois de compreendê-las isoladamente, agrupá-las de modo a entender o todo.

O processo de análise é complexo. Para Townsley, Mann e Garrett, há uma ausência de analistas com as habilidades necessárias e esperada capacidade analítica[119]. Embora exista uma necessidade de treinamento indubitável, os autores argumentam que um grande obstáculo para a produção rotineira de produtos analíticos de alta qualidade é o fato de o processo de análise não ser explícito, facilmente acessível e compreensível[120].

Mangio define análise como uma separação ou quebra do todo em partes menores e mais palatáveis, com a anexação destas visando a descobrir a sua natureza, proporção, função, interrelações. Na verdade, a essência da análise da inteligência é determinante para o significado da informação, no sentido de desenvolver conhecimento e compreensão. Muitos autores têm explicitamente indicado que esse aspecto da análise ocorre em contextos organizacionais e sociais mais amplos[121].

No processo de montagem do quebra-cabeça informacional, quase nunca disporemos de todas as peças, tendo sempre de buscar mais dados, avaliando-os, processando--os, bem como verificando a pertinência e a relevância das frações, cabendo lembrar que o processo é cíclico. Buscar as peças do passado é difícil, principalmente se o objetivo é alcançar a certeza e a completude do que aconteceu. Conseguir os dados do presente é muito mais difícil, principalmente se houver barreiras e atitudes para negar o acesso a esses dados. Estimar o futuro é ainda mais difícil dadas as incertezas que o compõem.

Farias defende que é essencial verificar a relevância do dado, ou do conhecimento, determinando o que responde aos aspectos essenciais delimitados na fase do planejamento, bem como identificar e separar as frações que expressam a certeza daquelas que contêm opinião[122].

---

[119] TOWNSLEY, M.; MANN, M.; GARRETT, K. The missing link of crime analysis: a systematic approach to testing competing hypotheses. **Policing: A Journal of Policy and Practice**, vol. 5, n. 2, June 2011.

[120] Idem, 2011.

[121] MANGIO, A. C. **Intelligence analysis**: once again. Air Force Research Laboratory, 2008, p. 4.

[122] FARIAS, A. C. F. **Atividade de Inteligência**: o ciclo da produção de conhecimento. Belém: Editora Sagrada Família, 2018p. 120

O analista deve ter a convicção de que, em grande parte das produções, ele não disporá de todos os dados e, mesmo assim, a depender da quantidade e qualidade dos dados, pode estimar o que ocorreu, o que está acontecendo e o que pode advir a partir de probabilidades e hipóteses. Para tanto, no plano do ideal, o analista deve ser especialista (e não generalista) no assunto em que está produzindo conhecimento. Platt considerava que a soma de muitos nadas pode resultar em alguma coisa[123].

Platt comparava ainda o "método científico" à metodologia da atividade de inteligência, demonstrando que os aspectos básicos são muito parecidos: coleta de dados, formulação de hipóteses, verificação das hipóteses e conclusões baseadas nos pontos examinados, as quais podem ser utilizadas como fontes idôneas de previsão[124].

Inferência

São quatro os tipos de inferências, de acordo com a UNODC, devidamente corroborados pelo *College of Policing*[125]: **hipótese**, ou seja, uma tentativa de explicação, uma teoria que requer informações adicionais para confirmação ou rejeição; **predição**, isto é, inferência a versar sobre algo que vai ocorrer no futuro; e **estimativa**, ilação sobre o todo de uma amostra, tipicamente de natureza quantitativa, conceito diferente da doutrina brasileira; e **conclusão**, explicação bem sedimentada a partir de um bom suporte. Note-se que todas as inferências exigem, de algum modo, testes antes de serem aceitas como fatos[126].

A hipótese é uma suposição experimental, baseada nas premissas reunidas e que necessita ser testada, aumentado o seu grau de certeza, ou mesmo refutada. Segundo seu sentido mais amplo, a formulação de hipóteses é parte sempre presente em qualquer estudo. Já, de início, quando esboçamos nosso plano geral, partimos de certas suposições (ou hipóteses) sobre quais fatores são, provavelmente, importantes, bem como aqueles que são, com certeza, dispensáveis. Hipóteses semelhantes orientam coleta de informes, interpretação, conclusões e apresentação[127].

---

[123] PLATT, W. **A produção de informações estratégicas**. Rio de Janeiro: Agir/Bibliex, 1978, p. 74.

[124] Idem, p. 100.

[125] COLLEGE OF POLICING. **Intelligence management**: Analysis. 23 Oct. 2013. Disponível em: <https://www.app.college.police.uk/app-content/intelligence-management/analysis/>. Acesso em: 08 maio 2019.

[126] UNITED NATIONS OFFICE ON DRUGS AND CRIME. **Criminal Intelligence**: Manual for Analysts. Vienna: UNODC, 2011, p. 15.

[127] PLATT, W. **A produção de informações estratégicas**. Rio de Janeiro: Agir/Bibliex, 1978, p. 106.

A IALEIA recomenda que as análises incluam cenários, evitando, sempre que possível, resultados de solução única. A análise deve indicar todas as hipóteses avaliadas, além de apresentar tanto a hipótese mais provável quanto as concorrentes[128].

Mangio discorre sobre a construção das hipóteses baseadas nas premissas, como também a abordagem "de cima para baixo", na qual se formula uma hipótese e dados são reunidos para confirmar esse pressuposto. Relata ainda que, em 2002, a Avaliação de Inteligência Nacional sobre armas de destruição em massa iraquianas produziu uma hipótese, tentando-se posteriormente confirmá-la[129]. Nesse sentido, o resultado exposto e as falhas reveladas foram publicamente conhecidos com a invasão do Iraque.

Seguindo o processo várias vezes, o analista pode começar a apoiar ou refutar as hipóteses já desenvolvidas. Não importa se uma ideia original está errada, pois um aspecto importante é a identificação do que está errado. Como o processo analítico continua, o nível do grau de precisão das ideias se torna mais forte e o analista pode, então, dispor de maior confiança em determinadas hipóteses.

A hipótese ou qualquer inferência deve conter: indivíduo ou indivíduos-chave, demonstrando seus vínculos caso seja importante; as atividades criminosas; método de operação, circunstâncias criminosas, entre outros; âmbito geográfico, local de atuação etc.; motivação criminosa e relação temporal. As hipóteses ou inferências feitas podem ser testadas pelas equipes (outros analistas e, dependendo do caso, equipes operacionais), e o *feedback* se apresenta como essencial, já que este pode refutar ou fortalecê-la. As hipóteses contêm muita especulação e precisam ser confirmadas, modificadas ou rejeitadas pelos resultados que derivam do processo de análise[130].

Premissa

De forma simplória, a premissa é o que se extrai de certezas após a avaliação, comparando-se com outros dados de fontes diferentes e buscando-se padrões, semelhanças, complementaridade, causa e efeito, contradições, além de relacionar fatos,

---

[128] GLOBAL JUSTICE INFORMATION SHARING INITIATIVE; INTERNATIONAL ASSOCIATION OF LAW ENFORCEMENT INTELLIGENCE ANALYSTS. **Law Enforcement Analytic Standards**. 2.ed. US Department of Justice, Apr. 2012, p. 17.

[129] MANGIO, A. C. **Intelligence analysis**: once again. Air Force Research Laboratory, 2008, p. 15.

[130] UNITED NATIONS OFFICE ON DRUGS AND CRIME. **Criminal Intelligence**: Manual for Analysts. Vienna: UNODC, 2011, p. 31.

56 | Inteligência Policial Judiciária

eventos, organizações e pessoas, identificando-se ainda os dados considerados com nível elevado de certeza.

Para Platt, em qualquer investigação é conveniente "colocar no papel" as premissas em que baseamos nossas conclusões, submetendo-as à crítica. Qual a possibilidade de essa premissa não ser correta? Qual a possibilidade de obtermos uma resposta distinta, formulando a premissa de outra maneira? Admitindo-se o desejo de uma resposta diferente, que alteração deve ser feita nas palavras?[131]

De acordo com Heuer, quando a análise se revela errada, essa situação, por vezes, advém de premissas fundamentais que não foram contestadas e se revelaram inválidas[132].

As premissas são extraídas dos dados reunidos e avaliados. Devem ser construídas a partir de fontes variadas, respondendo às indagações iniciais do planejamento. Naturalmente, a quantidade e a "qualidade" dos dados e das fontes são responsáveis por determinar o valor das premissas e, consequentemente, da hipótese.

A extração das premissas verdadeiras se apresenta como essencial para a produção. Esse processo retirado de um documento do governo norte-americano pode auxiliar os analistas[133]:

> 1. Analise o que a linha analítica atual sobre esta questão parece ser; escreva para todos visualizarem. 2. Articule todas as premissas que são aceitas como verdadeiras para que esta linha analítica seja válida. 3. Desafie cada suposição, perguntando por que "deve" ser verdade e se ela é válida em todas as condições. 4. Refine a lista de principais pressupostos para manter apenas aqueles que "devem ser verdadeiros" visando a sustentar a sua linha analítica; considere quais as condições, ou em face da informação que essas suposições não podem ser mantidas.

No documento referido constam indagações que os analistas devem sempre fazer:

> 1. Quanta confiança existe para que essa suposição esteja correta?; 2. O que explica o grau de confiança na suposição?; 3. Que circunstâncias ou informações

---

[131] PLATT, W. **A produção de informações estratégicas.** Rio de Janeiro: Agir/Bibliex, 1978, p. 127.

[132] HEUER JR, R. J. **Psychology of Intelligence Analysis.** Center for the Study of Intelligence, Central Intelligence Agency, 1999, p. 110.

[133] US GOVERNMENT. **A Tradecraft Primer:** structured analytic techniques for improving intelligence analysis. Mar. 2009, p. 9.

podem prejudicar essa suposição?; 4. Trata-se de uma suposição fundamental mais provável de modo que seja uma chave de incerteza ou um fator-chave?; 5. A suposição poderia ter sido verdadeira no passado, mas menos agora?; 6. Se a suposição se revelar errada, isso alteraria significativamente a linha analítica?; 7. Como?; 8. Esse processo identificou novos fatores que precisam de uma análise mais aprofundada?

Enfim, a visão crítica e o autoquestionamento se apresentam como essenciais no processo de busca da verdade.

Vazios

É na etapa de planejamento que se determinam os objetivos e as necessidades informacionais a fim de se produzir o conhecimento. Os vazios configuram a ausência das informações pertinentes para se chegar ao conhecimento, ou seja, aquilo que nós não sabemos, bem como aquelas dúvidas que aparecem e devem ser sanadas durante a análise dos dados. É a falta do dado relevante ou complementar que responde às indagações do agente.

Os vazios devem ser preenchidos em ordem de prioridade e de acordo com a capacidade operativa e financeira do serviço de Inteligência. É de grande relevância por apontar o caminho necessário para reunir mais dados e se obter um conhecimento com nível de certeza mais elevado. Em nenhuma circunstância, pode-se permitir que o "achismo" preencha vazios.

Drucker considera que "o trabalho mais importante e mais difícil não é encontrar a resposta correta, mas fazer a pergunta certa"[134]. Há indagações clássicas que sempre devemos tentar responder, como o Heptâmetro, de Quintiliano, com as suas variáveis: o quê? (o fato e suas circunstâncias); onde? (lugar do crime e lugar de atuação); quem? (os protagonistas e pessoas vinculadas); quando? (o tempo, dia e hora); como? (a forma, o *modus operandi*, o *modus faciendi*); por quê? (o motivo) e com que meios? (os instrumentos do crime)[135].

---

[134] DRUCKER, P. *apud* BRANDÃO, S. Perguntas poderosas. **Administradores.com**, 23 nov. 2014. Disponível em: <http://www.administradores.com.br/artigos/empreendedorismo/perguntas-poderosas/82874/>. Acesso em: 08 maio 2019.
[135] AMILCAR, N. S.; ESPINDULA, A. S. **Manual de atendimento a locais de morte violenta**: investigação pericial e policial. 2.ed. Campinas: Millennium, 2016, p. 9.

58 Inteligência Policial Judiciária

As perguntas também podem ser desenvolvidas em vários níveis de assessoramento, por exemplo: quem participa da organização criminosa?; como a organização age?; por que ela é bem-sucedida?; quais são os seus recursos?; quais serão as suas próximas ações?; quais são as suas forças e fraquezas?; quais são as nossas principais deficiências em relação a ela?; ela tem conexão com o poder público?; como ela lava o dinheiro?; quais são os seus bens?; qual é a melhor maneira de enfrentá-la, e como e onde deve ser o enfrentamento?; como o poder público pode aumentar a sua eficiência? Enfim, levantar as perguntas certas e em harmonia com os objetivos da produção é essencial para obter as respostas adequadas.

2.3.3.3. Integração

A integração de dados constitui a fase na qual o analista constrói um conjunto lógico, coerente e cronológico baseado nas premissas e expõe a hipótese mais provável com seu nível de probabilidade. A integração cuidadosa destaca os vazios informacionais e as fragilidades da hipótese, assegurando, assim, que o analista prossiga com a coleta de dados.

Para a montagem do mosaico informacional, buscando um conjunto coerente e ordenado, é de grande valia a observância do rol de aspectos essenciais determinado no planejamento e, eventualmente, reajustado posteriormente. No planejamento, os aspectos essenciais foram distinguidos, em seu conjunto, como um arcabouço do conhecimento em produção, suficientes para atender à necessidade do usuário especificada. Nessa fase, eles constituem uma orientação a ser observada na integração.

Faz-se importante a interrelação de vários dados e fontes, devidamente avaliados, complementando-se, associando-se e sendo apresentados de forma coerente, seja por ordem cronológica ou subdivididos em tópicos e subtópicos, de modo que o leitor possa compreender o encadeamento lógico do texto.

2.3.3.4. Interpretação

A última subfase do processamento é a interpretação. Nesse momento, o analista deve buscar o significado final do assunto analisado, para estabelecer as relações de causa e efeito, apontar tendências e padrões, além de fazer previsões baseadas no raciocínio, objetivando, ainda, determinar a compreensão de um problema específico[136].

---

[136] Doutrina Nacional de Inteligência de Segurança Pública – DNISP. 2.ed. Brasília: Ministério da Justiça, Secretaria Nacional de Segurança Pública, 2009, p. 30.

A metodologia de produção do conhecimento não é composta por fases, subfases e procedimentos com ordem rigorosa e limites precisos. Na interpretação, é extremamente difícil essa interrelação entre fases e subfases, bem como a separação da sua utilização.

Delineamento da trajetória

O delineamento da trajetória é o encadeamento sistemático, com base na integração e no estudo dos fatores de influência, de aspectos relacionados com o assunto e os pontos essenciais traçados no planejamento. Integram os elementos fundamentais as premissas, dentro de uma cadeia de causa e efeito, definindo, dessa forma, o delineamento da trajetória do assunto. Os limites a serem considerados para o estabelecimento da trajetória são os constantes no planejamento, observando-se a faixa de tempo, que abrange um determinado momento do passado até o presente ou, no caso da estimativa, um ponto a ser determinado no futuro.

Em determinadas circunstâncias, é mister a observância de técnicas acessórias para a identificação, especificação e interpretação de continuidades, descontinuidades e correlações entre os fenômenos que formam uma cadeia de causalidade. Nos casos em que o conhecimento aborda a faixa de tempo, que vai do passado ao presente, o delineamento de trajetória significa praticamente o término do trabalho, restando apenas difundi-lo ao usuário.

Finalmente, o delineamento de trajetória pode ser usado para subsidiar a execução de novos procedimentos. Isso ocorre quando o conhecimento produzido tem por objetivo traduzir a provável evolução de um fato ou de uma situação até determinado ponto no futuro.

Estudos dos fatores de influência

Trata-se de procedimento que consiste em identificar e ponderar: fatores que formaram a trajetória da situação e não possuem potencialidade para influenciá-la no futuro; aspectos que modelaram a trajetória da situação e que dispõem de potencialidade para influenciá-la no futuro; fatores que, embora não presentes na situação estudada, dela sejam inferidos como virtualmente integrados nos desdobramentos dessa situação no futuro; e elementos eventualmente impostos pelo usuário como pressupostos a serem considerados e integrados nos desdobramentos da situação no futuro.

Os fatores de influência são encontrados na integração e dinamicamente identificados no delineamento de trajetória da situação. Podem ser inferidos a partir de evidências

60 Inteligência Policial Judiciária

contidas na integração, como também podem ser admitidos no estudo como solicitação do usuário. A identificação e a ponderação dos fatores de influência ocorrem simultaneamente, pois são procedimentos inter-relacionados e interdependentes.

A ponderação compreende o estudo dos seguintes aspectos de um fator de influência: a variação em frequência e a variação em intensidade.

Farias expõe que a variação em frequência é aferida verificando-se o comportamento do fator, no que diz respeito às suas presenças e ausências, durante o período no qual se delineou a trajetória do assunto estudado. Quanto à análise do comportamento futuro, é avaliada, ainda, a capacidade de o fator permanecer influenciando, contínua ou intermitentemente, os desdobramentos da situação futura[137].

No tocante aos aspectos da **variação em intensidade**, observa-se o comportamento do fator no que se refere às oscilações da força de sua influência no delineamento da trajetória do assunto estudado. Em casos de trabalhos prospectivos – admitido o pressuposto de que o fator, de algum modo, permanecerá influenciando os desdobramentos da situação no futuro –, a variação em intensidade é também ponderada, avaliando-se a força que exercerá nos desdobramentos da situação no futuro[138].

Em relação aos fatores inferidos e aos impostos, a ponderação dos aspectos das variações em frequência e intensidade é feita mediante avaliações dos comportamentos que terão esses fatores nos desdobramentos da situação no futuro, bem como da força que neles exercerão.

É difícil definir regras precisas para o desenvolvimento do estudo dos fatores de influência. O profissional de Inteligência, entretanto, deve valer-se de técnicas acessórias, como, por exemplo, a análise criminal, adequada para cada caso.

Significado final

Nessa subfase, todos os resultados devem ser revistos, pois, se observados em conjunto, podem, eventualmente, assumir novas configurações. A rigor, nesse momento da produção do conhecimento, a formulação mental já possui um esboço da solução do problema em estudo. Para tal, contribuíram tanto o seu acesso gradativo aos elementos do problema em estudo quanto as naturais operações de associação

---

[137] FARIAS, A. C. F. **Atividade de Inteligência:** o ciclo da produção de conhecimento. Belém: Editora Sagrada Família, 2018, p. 137.
[138] Idem, p. 138.

dos elementos, em que a sua inteligência, espontaneamente, realizou, quando da execução dos procedimentos anteriores.

Assim, o significado final será muito mais um procedimento de aperfeiçoamento do esboço do que um procedimento de descoberta integral do significado do problema em questão. Os procedimentos desenvolvidos constituem essencialmente operações de raciocínio. Esses procedimentos tendem a crescer em complexidade, na medida em que se evolui na execução dessa fase. A evolução conduz a dois tipos de situação: interpretação de fato ou situação passada e/ou presente; e interpretação voltada para o futuro.

Interpretação de fato ou situação passada e/ou presente

O trabalho de produção do conhecimento está praticamente encerrado, restando apenas formalizá-lo e difundi-lo para o usuário. Há ocasiões, no entanto, em que a interpretação pode representar outros aspectos da situação estudada, considerando ou não o delineamento de trajetória. Nessas situações, são produzidos conhecimentos dos tipos **informação e apreciação**.

Interpretação voltada para o futuro

Farias afirma que, nessa circunstância, o profissional de Inteligência faz uma associação do estudo dos fatores de influência com o estudo da trajetória, visando a formar a base que sustentará, em um segundo passo, a conclusão do raciocínio. Na associação, os elementos são considerados de forma diferenciada, de acordo com as peculiaridades e o valor de cada um, no âmbito do problema em análise. Por meio de operações de raciocínio, atribui-se um significado para todo o conjunto, quando são definidas as relações entre os diferentes elementos e, ainda, a consistência de cada uma delas. As técnicas acessórias configuram recursos valiosos para o desenvolvimento dessa etapa do trabalho[139].

Procede-se ao estabelecimento de hipótese de desdobramento futuro da situação estudada. Esse procedimento não consiste, somente, em determinar prolongamentos lineares da trajetória da situação, mas em realizar extrapolações que traduzam a evolução provável de uma situação, sob a influência de fatores modeladores que, no futuro, não serão forçosamente os mesmos do passado e do presente, e se o forem, não terão obrigatoriamente idêntico comportamento. Por essa razão, o trabalho de extrapolação é sempre feito em nível de probabilidade, precisamente de modo

---

[139] Ibidem, p. 139.

62 Inteligência Policial Judiciária

explicitado, podendo ser hierarquizado em suas opções. Contudo, como o trabalho prospectivo não é adivinhação, busca reduzir incertezas e orientar o decisor para cenários possíveis[140].

2.3.4. Formalização e difusão

Afirmações relativas a possibilidades aparecem muitas vezes de forma seriamente comprometedora, sem quaisquer observações limitativas. Isso se verifica, particularmente, em sumários e conclusões, quase sempre a única parte do documento lida pelos formuladores políticos[141].

Para Beal, quanto mais utilizada, a informação aumenta o seu valor. Saber que ela existe, ter acesso e saber como usá-la aumenta o valor e a importância da informação[142]. Drucker dizia que "o conhecimento avançado de hoje é a ignorância do amanhã"[143].

Com o propósito de compartilhar a produção de conhecimento, faz-se necessário um formato de relatório que maximize esse uso e consumo. O relatório deve ter os seguintes cuidados: 1. identificar o usuário alvo do conhecimento e seguir o padrão do sistema de inteligência; 2. transmitir a informação crítica de forma clara, direta e precisa, identificando onde há certezas, dúvidas e suposições; 3. identificar parâmetros de tempo em que a inteligência é acionável; 4. fornecer recomendações para o acompanhamento, sendo simples, direto e objetivo.

Os relatórios de inteligência produzidos regularmente têm um formato específico e um determinado tipo de mensagem para transmitir. Tornam-se mais úteis quando cada produto assume um propósito específico, dispõe de consistência, contendo ainda todas as informações críticas do consumidor e nenhuma informação supérflua[144].

Outra forma utilizada de difusão do produto analítico, voltada para a assimilação do gestor com poder decisório, é a apresentação por meio de *briefing*. Em relação a esse tipo de difusão, a IALEIA considera que estes representam oportunidades

---

[140] Ibidem, p. 140.

[141] PLATT, W. **A produção de informações estratégicas.** Rio de Janeiro: Agir/Bibliex, 1978, p. 88.

[142] BEAL, A. **Gestão estratégica da informação.** São Paulo: Atlas, 2008.

[143] DRUCKER, P. *apud* GANDRITA, A. Conhecimento: a gênese do sucesso. **RH Online**, 11 jul. 2017. Disponível em: <http://www.rhonline.pt/artigos/formacao_e_desenvolvimento/2017/07/11/conhecimento-a-genese-do-sucesso/>. Acesso em: 09 maio 2019.

[144] CARTER, D. L. **Law Enforcement Intelligence**: a guide for state, local, and tribal law enforcement agencies. US Department of Justice, 2004, p. 80.

importantes para transmitir os pontos vitais da análise de inteligência. Nesse sentido, apresentações orais devem ser concisas, eficazes e apropriadamente adaptadas para a audiência-alvo, devendo comunicar tanto juízos analíticos quanto relevantes lacunas de inteligência[145].

Uma formatação cada vez mais usual, dado o pouco tempo que o decisor possui para ler relatórios, são os infográficos. Philipe lembra que infográfico deriva da junção das palavras info (informação) e gráfico (desenho, imagem, representação visual), ou seja, constitui em um desenho ou imagem que, com o auxílio de um texto, explica ou informa sobre um assunto pouco compreendido no formato exclusivo de texto[146]. No mundo cada vez mais visual e apressado, esse recurso vem ganhando força em várias áreas do conhecimento.

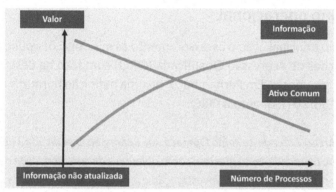

Figura 8. O valor da informação aumenta com o uso.
Fonte: BEAL, A. Gestão estratégica da informação. São Paulo: Atlas, 2008, p. 24.

De acordo com Drucker, "conhecimento é poder, por isso, que no passado havia a cultura do segredo, na atualidade o poder vem da transmissão da informação para torná-la produtiva, não de escondê-la"[147]. A razão de existência dos Sistemas de Inteligência é o compartilhamento e o fluxo contínuo de informações. No entanto, é essencial identificar quais as pessoas e AIs têm o "direito de conhecer" e a "necessidade de conhecer" a informação, tanto na agência quanto externamente. Em alguns casos, talvez sejam necessárias várias versões de um produto. Há a figura da "Regra

---

[145] GLOBAL JUSTICE INFORMATION SHARING INITIATIVE; INTERNATIONAL ASSOCIATION OF LAW ENFORCEMENT INTELLIGENCE ANALYSTS. **Law Enforcement Analytic Standards.** 2.ed. US Department of Justice, Apr. 2012, p. 23.
[146] PHILIPE, G. O que é um infográfico? **Oficina da Net**, 16 maio 2014. Disponível em: <https://www.oficinadanet.com.br/post/12736-o-que-e-um-infografico>. Acesso em: 09 maio 2019
[147] DRUCKER, P. F. **O melhor de Peter Drucker.** São Paulo: Sciulli, 2002.

64 Inteligência Policial Judiciária

da Terceira Agência", ou seja, o destinatário do conhecimento não está autorizado a compartilhar e a difundir o RELINT (Relatório de Inteligência) para outra AI[148].

A difusão pode ser para o demandante proveniente de órgão congênere, no caso de resposta a um PB ou identificando a necessidade de conhecer a difusão proativa. Outra possibilidade é a de assessoramento ao poder decisório, obedecendo às solicitações ou por difusão proativa. Em geral, a atividade de inteligência possui dois grandes usuários: a autoridade que possui o poder decisório que diretamente assessoramos; e a rede, o sistema de inteligência, em que é essencial manter o fluxo de conhecimento, pois ao alimentar o sistema a agência será alimentada.

2.3.5. Processo cíclico da Inteligência Policial Judiciária no plano operacional

A IPJ tem como principal ação o assessoramento às investigações policiais, em especial às Operações de Repressão Qualificada (ORQ) com foco na desarticulação das organizações criminosas. Em Pernambuco, há uma definição normativa, por meio da Portaria nº 3186/2011, quanto à ORQ:

> *Art. 2º Entende-se como Operação de Repressão Qualificada a operação policial ou o procedimento que tem como objetivo a desarticulação de grupo criminoso organizado, mediante investigação especializada desenvolvida com assessoria da atividade de inteligência e a elaboração de Planejamento Operacional Avançado – POA[149].*

No assessoramento no nível operacional, Clarke e Eck defendem que o processo de produção de conhecimento não termina com a ação contra o alvo, na informação acionável, já que pode haver a obtenção de dados adicionais, que exigem uma nova produção de conhecimento:

> *Você ainda precisa determinar se as ações tiveram o efeito desejado. O grupo ainda existe? As atividades criminosas do grupo diminuíram ou pararam? O grupo mudou*

---

[148] CARTER, D. L. **Law Enforcement Intelligence**: a guide for state, local, and tribal law enforcement agencies. US Department of Justice, 2004, p. 85.

[149] Portaria GAB/SDS nº 3168, de 25 de novembro de 2011, que disciplina os parâmetros para a concessão da assessoria de inteligência às investigações que possam desencadear Operações de Repressão Qualificada (ORQ). Disponível em: <https://www.jusbrasil.com.br/diarios/44514510/doepe-29-11-2011-pg-10>. Acesso em: 15 maio 2019.

suas táticas para contornar as ações da polícia? Outros grupos foram transferidos para substituir o grupo original? Havia consequências não intencionais das ações? Avaliar ações desenvolvidas ajuda a decisão, os demandantes decidem se devem passar para outros objetivos, ou avaliar se há a necessidade de ajustes em como lidar com o alvo, ou se suas ações falharam e elas precisam recomeçar[150].

Os processos são semelhantes, mas as assessorias no plano operacional são sempre voltadas para a identificação de pessoas, bem como as suas condutas criminosas, o papel dentro da organização e vinculações com outras pessoas, empresas, além de padrões de comportamento, locais que frequentam, articulações com outras organizações, enfim, todos os dados possíveis para assessorar a investigação policial. Extrapolando a investigação, entender o fenômeno criminoso da organização, juntando premissas de outras investigações e levantamentos de inteligência para preencher o mosaico informacional da célula criminosa e, assim, assessorar melhor qualquer investigação.

Para tanto, o processo cíclico da IPJ não se encerra na difusão. A difusão que gera uma ação acionável se desdobra em uma grande fonte de dados, que é a Exploração de Local (EL), compreendida como a busca organizada e sistemática a um local, edificação, pessoa, bem como documentos e equipamentos de informática. Essa reunião de novos dados nutre o processo cíclico, o qual necessita de um novo processamento.

A exploração ganhou uma nova dimensão com a utilização em grande escala de aparelhos celulares *smartphones*, que dispõem de significativa capacidade de armazenamento, com a rotina e a vida de pessoas inseridas nesse ambiente, além da possibilidade tecnológica de extração desses dados com equipamentos que ainda organizam e contam com softwares de processamento e cruzamento de dados.

Na Figura 9, detalhamos graficamente o processo cíclico da Inteligência Policial Judiciária no nível operacional, valendo salientar que as fases estão intrinsicamente ligadas e que a separação é meramente didática.

---

[150] CLARKE, R. V.; ECK, J. E. **Intelligence Analysis for Problem Solvers.** Community Oriented Policing Services, US Department of Justice, 2013, p. 15.

Figura 9. Processo cíclico de Inteligência Policial Judiciária.
Fonte: elaboração do autor.

2.4. Organização da informação

Na metodologia da produção do conhecimento a organização dos dados é essencial para a análise e o resgate; também é um aspecto que facilita a ação investigativa. Tratar uma grande quantidade de dados e processá-los com métodos confiáveis figura como uma demanda imperiosa da atividade. A investigação policial no Brasil tem como parâmetro de organização dos dados o inquérito policial, restrito a uma metodologia tradicional e formal.

A formalidade procedimental do inquérito policial não é a melhor maneira de se organizar a grande quantidade de informações decorrentes de uma investigação cujo foco está nas organizações criminosas, razão pela qual se adota uma série de procedimentos no sentido de facilitar a organização, a análise e o processamento das informações colhidas no decorrer das investigações. Quando foi concebida, a quantidade de informações produzidas e geradas nas sociedades era muito menor, pois não existia o intuito de armazenar, organizar e resgatar dados.

As investigações que perduram por um longo tempo necessitam, porém, de organização e de controle, a fim de que a informação não seja perdida, possibilitando rápido resgate e adequado processamento. Uma das maneiras de organizar os dados obtidos, viabilizando a sua análise e a futura recuperação nos arquivos, ocorre por meio de prontuários de alvo, diagramas de vínculos e linhas de tempo, entre outros. Heuers defende que a decomposição em premissas e visualização é um método analítico estruturado[151]. Importante frisar que, antigamente, esses métodos eram manuais e geravam muito trabalho e pouca produtividade. Com a evolução da tecnologia, os softwares facilitam e apontam caminhos para análise – naturalmente, a análise só é possível com a visão e os conhecimentos do analista que domina o assunto. Citaremos alguns métodos de decomposição e visualização de grandes quantidades de dados.

Prontuários de alvos

São inseridos dados extraídos de todas as fontes, catalogados pelos nomes das pessoas envolvidas e empresas alvos da organização. Por ser um cadastro de dados, constituem as informações referentes ao alvo fotografias, croquis, mapas, *modus operandi*, rotinas, ligações com pessoas, os dados patrimoniais e financeiros, entre outros, a fim de que se resgatem as informações do alvo de maneira célere.

É a forma de armazenar em um único local tudo que se tem sobre o alvo, sendo possível rapidamente resgatar os dados sobre ele.

Linhas de tempo

As linhas de tempo possibilitam a separação e o encadeamento cronológico da informação, sendo um recurso de vital importância para a organização de grande quantidade de dados cronológicos e a identificação de certas correlações entre acontecimentos concorrentes.

Heuers define a cronologia como uma lista de situações e acontecimentos ou ações em uma ordem temporal e a linha de tempo, como a representação gráfica desses acontecimentos[152].

---

[151] HEUER, R. J. J.; PHERSON, R. H. **Técnicas Analíticas Estructuradas para El análisis de inteligencia.** Madrid: Plaza y Valdés, 2015, p. 67.
[152] Idem, p. 76.

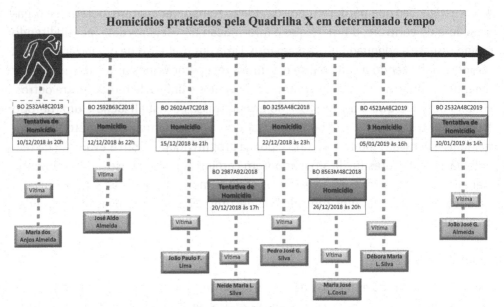

Figura 10. Linha do tempo.
Fonte: o autor, com dados fictícios.

Análise de vínculos

Determina os vínculos entre pessoas, empresas, extratos telefônicos, bancários, enfim, qualquer grande quantidade de dados. Ferro assim conceitua:

> *Análise de Vínculos ou Análise Relacional é um trabalho que envolve processamento e atividade mental diante da necessidade de correlacionar imensurável quantidade de informações referentes a uma situação complexa... É capaz de demonstrar associações entre fatos e acontecimentos e de gerar conclusões precisas [...]. O método é desenvolvido por um processo minucioso e detalhado de gestão e processamento de informações*[153].

A expressiva quantidade de informações relatada de maneira prévia, após a sua coleta, necessita ser processada. Para tanto, é realizado um estudo minucioso de todos os dados obtidos, estabelecendo a sua relevância, buscando identificar padrões, além de comparações ao relacionar fatos, eventos, pessoas e organizações, sempre observando o dado de forma isolada, exclusiva, comparando-o, depois, tanto com o todo quanto com outros.

---

[153] FERRO JÚNIOR, C. M. **A inteligência e a gestão da informação policial.** Brasília: Fortium, 2008, p. 39.

Pulido, *apud* Navarro e Bonilla, esclarece que, para se contrapor às novas formas de ameaça, é essencial ter acesso a uma grande quantidade de fontes de dados de forma rápida, processar e estabelecer vínculos[154].

A Análise de Vínculos pode ser realizada de forma manual, mas de modo lento e limitado. Sistemas de tecnologia da informação aceleram, organizam o processo e facilitam a análise. A IPJ possui uma grande expertise na utilização desta técnica operacional.

Análise de redes sociais

Clarke e Eck definem a análise da rede social como uma representação gráfica destas (também conhecidas como sociogramas), podendo revelar subgrupos, descobrir padrões de interação, identificar indivíduos centrais nas conexões e descobrir a organização da rede e sua estrutura. Esse tipo de análise de rede vem sendo amplamente usado por pesquisadores e analistas.

Defendem, ainda, que a posição na rede é fundamental para encontrar as pessoas-chave na rede. Em relação à posição da rede, há três conceitos importantes para a análise: centralidade de grau, centralidade e centralidade de proximidade. Observando-se esses elementos, é possível identificar a posição dos atores na rede. Na primeira noção, aqueles com muitos laços diretos com os outros têm pontuação em centralidade de grau, podendo desempenhar um papel ativo na rede. Já o segundo conceito está relacionado aos atores fisicamente mais próximos de outros na rede, com altas pontuações na centralidade de proximidade, sendo capazes de coordenar facilmente tarefas e transferir recursos dentro da rede. Finalmente, há os atores que ligam muitos outros, com expressivas pontuações na interação centralidade. A remoção deles pode impedir contatos entre outros, quebrando efetivamente a rede[155].

2.5. Níveis de assessoramento

A DNISP define quatro níveis de assessoramento: político, estratégico, tático e operacional. É possível visualizar claramente algumas divisões e responsabilidades das agências centrais em seus vários níveis. Essa definição é essencial no sentido de não haver sobreposição de atividades e definições nítidas de responsabilidade.

---

[154] NAVARRO, M. A. E.; BONILLA, D. N. **Terrorismo Global, Gestión de Información y Servicios de Inteligencia.** Madrid: Editora Plaza y Valdés, 2007, p. 58.
[155] CLARKE, R. V.; ECK, J. E. **Intelligence Analysis for Problem Solvers.** Community Oriented Policing Services, US Department of Justice, 2013, p. 52.

70 Inteligência Policial Judiciária

Não há a cultura de assessoramento em determinados níveis. A atividade de inteligência policial como um todo sempre é cobrada pelo imediatismo do plano operacional – razão pela qual acaba por gerar uma atrofia no assessoramento em níveis acima. O incentivo ao pensar e planejar o futuro em curto, médio e longo prazo se apresenta como essencial para a evolução institucional e o alcance dos objetivos e metas definidos. Essa problemática não é uma realidade somente circunscrita à inteligência brasileira. Ratcliffe relata que, nos EUA, muito poucos se preocupam com problemas de crime a longo prazo, bem como os desafios associados[156].

A capacidade de assessoramento desses níveis acima está diretamente ligada ao necessário acesso aos dados e conhecimentos gerados no dia a dia do plano operacional. Só é possível estabelecer cenários e acompanhamentos caso haja acesso ao dado no estado da arte, ou seja, àquele que está acontecendo ou que ocorreu há pouco tempo com o devido respeito aos limites legais.

Além de o nível operacional apenas visualizar o seu quadrado informacional, é mister as camadas acima realizarem uma análise mais ampla, inter-relacionando alvos, organizações, estudando o fenômeno criminal, seus vínculos e outros níveis externos à segurança pública, como os indicadores sociais, econômicos e geoespaciais. Ractliffe cita Osborne, explicando que a análise de dados investigativos quando agregados, em vez de dispostos caso a caso, poderia ajudar a descobrir novos padrões, que poderiam aumentar a investigação e a prevenção de crimes[157].

Vale ressaltar ainda que todos os níveis têm em comum a característica de ser um assessoramento. Não é possível, por exemplo, a atividade de IPJ realizar inquérito policial ou investigação policial, pois, nessa excrescência, está competindo com a atividade da Polícia Judiciária. Onde há competição não há cooperação. À IPJ cabe fortalecer a PJ assessorando nos vários níveis e, no plano operacional, as investigações policiais com foco no crime organizado.

A separação e o entendimento dos limites dos níveis de assessoramento são nebulosos, dependendo de vários fatores, inclusive o político. Vamos discorrer sobre os níveis com o intuito de exemplificar possibilidades, mas com a certeza de que algumas ações podem ser intercambiadas para outros níveis.

---

[156] RATCLIFFE, J. H. **Integrated Intelligence and Crime Analysis:** enhanced information management for law enforcement leaders. Washington: Police Foundation, 2007, p. 11.
[157] Idem, p. 10.

No nível político, a IPJ visa a diagnosticar os problemas macros a fim de subsidiar a decisão política e o estabelecimento das prioridades do plano de governo. Normalmente, a IPJ não concentra os seus esforços no nível do assessoramento político.

2.5.1. Inteligência estratégica

No plano estratégico, como assessoramento de planejamento estratégico e formulação de políticas de prevenção e de procedimentos, a IPJ não difere dos demais gêneros e espécies de inteligência. A fim de prevenir e subsidiar planejamentos e políticas públicas, recorre-se a técnicas prospectivas e construção de cenários.

Ratcliffe define a inteligência estratégica como aquela que objetiva fornecer determinadas visão e compreensão em padrões de comportamento criminal e o funcionamento do ambiente criminal, a fim de ser orientado para o futuro e proativo. Ele cita Osborne demonstrando o papel do analista:

> O papel do analista em ajudar a apreender e perseguir criminosos é de valor real e pessoalmente gratificante. No entanto, o maior valor no uso da análise existe na estratégia, onde pontos de alavanca para interromper e prevenir o crime podem ser identificados[158].

Desenvolver e priorizar a inteligência estratégica é essencial para aumentar a eficiência a médio prazo da instituição, conhecer de forma mais holística os nossos adversários, criar uma cultura da estratégia e amadurecer o pensamento futuro da instituição – enfim, viabilizar que todos os componentes saibam o caminho e as estratégias percorridos pela instituição para obter os resultados esperados. Nos dizeres de Clausewitz, "a estratégia é uma economia de força".

Ratcliffe assim demarca visão e produtos da inteligência estratégica:

> A inteligência visa fornecer uma visão e compreensão em padrões de comportamento criminal e o funcionamento do ambiente criminal e visa ser orientado para o futuro e proativo [...]. O produto de inteligência estratégica procura influenciar os objetivos organizacionais de longo prazo e contribuir para discussões de políticas, recursos alocação e estratégia[159].

---

[158] Ibidem, p. 11-12.
[159] Ibidem, p. 11.

72 Inteligência Policial Judiciária

Pelo menos duas vertentes podem ser idealizadas: a produção do conhecimento, voltado para o acompanhamento e o aprimoramento do planejamento da atividade de inteligência; em harmonia com o desmembramento do planejamento estratégico da instituição a quem pertence o órgão de inteligência. Utiliza-se o foco estratégico para direcionar processo de análise sistemático do fenômeno criminal, buscando-se padrões e tendências da criminalidade de massa. Nesse diapasão, Pascoal defende que:

> *[...] a inteligência criminal se destaca como uma ferramenta ideal para o desenvolvimento de estratégias de segurança para reorganizar os procedimentos e os instrumentos disponíveis para os governos para abordar e ajudar a redefinir os objetivos na luta contra o crime organizado: estabelece políticas e planos para implementar e ajudar a alcançar os objetivos; identificar e compreender os elementos e fatores que favorecem o surgimento e a expansão do crime organizado, prestando atenção ao aparecimento de sinais e à evolução dos indicadores de risco para conseguir uma detecção precoce antes de se materializar e a descoberta e identificação de qualquer coisa que possa representar uma chance de sucesso para o crime organizado"*[160].

2.5.2. Inteligência tática

No nível de assessoramento tático, obedecendo-se às decisões estratégicas, são definidas as ações mais específicas e a implantação de recursos com o propósito de se alcançarem os resultados. A estratégia visualiza a longo prazo o caminho, sendo que a tática, ao elaborar o percurso para obter a estratégia, é mais concreta, pois estabelece as ações para a realização da sua missão.

Carvalho se debruça na distinção da estratégia e tática numa visão da administração:

> *A estratégia pode ser compreendida como a elaboração do planejamento. A tática faz parte da implementação da estratégia definida, ou seja, fazer as ações corretas para atingir a estratégia escolhida.*

---

[160] PASCUAL, D. S. R. Analysis of Criminal Intelligence from a Criminological Perspective: the future of the fight against organized crime. **Journal of Law and Criminal Justice**, vol. 3, n. 1, American Research Institute for Policy Development, June 2015, p. 11.

1. A estratégia se refere à organização como um todo, pois procura alcançar objetivos organizacionais, enquanto a tática se refere a um de seus componentes (departamentos ou unidades) e procura alcançar objetivos departamentais. A estratégia se compõe de muitas táticas simultâneas e integradas entre si.

2. A estratégia se refere a objetivos situados no longo prazo, enquanto a tática se refere a objetivos de médio prazo. Para a implementação da estratégia são necessárias muitas táticas que se sucedem ordenadamente no tempo.

3. A estratégia é definida na alta administração, enquanto a tática é responsabilidade da gerência de cada departamento ou unidade[161].

Espera-se do assessoramento no nível tático o planejamento dos meios e a viabilização destes. A partir dos objetivos estratégicos, devem ser definidas linhas de ações, metas, avaliação dos resultados, além de buscar identificar a eficiência das ações a fim de reformular o planejamento e garantir os meios necessários para a execução das ações.

Do ponto de vista do assessoramento de produção de conhecimento, é essencial desenvolver uma análise macro com foco nas tendências das interseções, transnacionalização e transregionalização dos grupos criminosos, acompanhar as interseções das ações operacionais, receber dados operacionais e integrá-los com o intuito de entender o cenário, identificar as novas necessidades e criar novas capacidades informacionais.

Também se faz necessário entender as demandas do plano operacional a fim de diminuir as fraquezas institucionais e buscar apresentar as soluções para fortalecer a eficiência institucional. Outro aspecto essencial é gerir certas capacidades estratégicas que possam ser direcionadas para o assessoramento das investigações de enfrentamento das ORCRIMS (organizações criminosas), como, por exemplo, a gestão dos sistemas de interceptação telefônica e ambiental, a gestão do recrutamento das fontes humanas, entre outras.

---

[161] CARVALHO, C. Estratégia x Tática. **Administradores.com**, jul. 2014. Disponível em: <http://www.administradores.com.br/artigos/marketing/estrategia-x-tatica/79337/>. Acesso em: 08 maio 2019.

2.5.3. Inteligência operacional

No nível operacional, a atividade de Inteligência Policial Judiciária vem ganhando espaço dentro das instituições policiais. O assessoramento direto às investigações policiais mais complexas e focadas nas organizações criminosas ocorre por meio de ações especializadas, metodologia própria e ações de operações de inteligência que possuem uma capacidade de não serem percebidas no ambiente operacional. Há uma cultura doutrinária de preservação da identificação do policial, da missão e das técnicas adotadas, com a utilização especializada de técnicas de estória-cobertura.

Assessorar as investigações policiais é a principal ação desenvolvida pela IPJ. Contudo, há outras ações muito expressivas, como a gestão das técnicas e equipamentos especiais de inteligência, além das atividades que proporcionam capacidades especiais no assessoramento das investigações policiais e identificam novas necessidades de capacidades informacionais. O registro, a organização e a disponibilização de dados e conhecimentos para subsidiar análise mais ampla de identificação de tendências e de todo o contexto do crime organizado se apresentam ainda como essenciais para o aprofundamento e o conhecimento do fenômeno criminal, bem como a geração de conhecimentos acionáveis que suscitem ações preventivas e repressivas.

A análise situacional do que está ocorrendo a fim de assessorar com dados e possibilitar a tomada de decisão imediata também constitui um papel adstrito a esse nível de suporte.

Clarke e Eck avaliam que cada tipo de inteligência assume um papel diferente a ser cumprido:

> *Quando realizadas adequadamente, as diferentes formas de inteligência podem orientar as investigações; fornecer informações sobre alocação de recursos; sugerir quando as prioridades deveriam ser expandidas ou alteradas; sugerir quando novos treinamentos e procedimentos podem ser necessário para abordar ameaças em mudança; e permitir uma visão quando houver mudança no nível de ameaça dentro de uma comunidade ou região específica[162].*

---

[162] CLARKE, R. V.; ECK, J. E. **Intelligence Analysis for Problem Solvers.** Community Oriented Policing Services, US Department of Justice, 2013, p. 84.

A investigação policial é focada no caso concreto. A partir da possibilidade de, por meios intrusivos, acessar dados mais precisos, o nível de certeza é extremamente elevado. Contudo, não foi concebida para realizar uma análise conjuntural, ampla, buscando padrões e inter-relação entre o fenômeno criminal. A IPJ deve, no processo de assessoramento, garimpar esses dados e viabilizar a feitura de análises mais amplas com o intuito de criar pontes entre as ilhas informacionais.

Outro aspecto essencial é gerar dados e conhecimentos acionáveis a fim de assessorar as investigações policiais, bem como dar o devido suporte na construção e na identificação dos padrões dos alvos e as suas relações e redes.

Nos sistemas de ISP, visualizamos sobreposições de atuações, além de agências centrais que deveriam focar seus esforços no tático fazendo o operacional, deixando de cumprir a sua atuação originária para descer ao nível operacional. O amálgama da cooperação é a não competição, pois quem compete não colabora.

A tabela a seguir representa uma tentativa de detalhar possíveis ações nos diversos níveis. Naturalmente, em muitos casos, as fragilidades e definições políticas se sobrepõem ao tecnicismo e ao ideal a ser alcançado. Constituímos a tabela dividida a partir da definição de cima para baixo e no assessoramento no qual as IPJs devem realizar tanto no plano acima, como no acompanhamento do nível abaixo.

Tabela 9. Inteligência Policial Judiciária e seus níveis de assessoramento

Nível de assessoramento	Missão ↓	Assessoramento↑
Político	- Estabelecimento das prioridades políticas. - Definição que haverá aporte de investimentos.	- Diagnosticar os problemas macros a fim de subsidiar a decisão política de definição dos pontos a serem priorizados e definição de políticas.
Estratégico	- Formulação do planejamento estratégico definindo as estratégias para a efetivação das prioridades políticas. - Definição de orçamento.	- Assessorar as definições estratégicas. - Acompanhar a mudança do cenário a fim de reformular as estratégias de visão do futuro. - Formular uma política de Inteligência a fim de sedimentar os objetivos políticos. - Metas de longo prazo. - Desenvolver uma análise macro com foco nas tendências dos grupos criminosos organizados.
Tático	- Construção do planejamento tático para a execução das estratégias. - Definição de metas e ações.	- Identificar a eficiência das ações a fim de reformular o planejamento. - Desenvolver uma análise macro com foco nas tendências das interseções e transnacionalização e transregionalização dos grupos criminosos. - Acompanhar as interseções das ações operacionais. - Entender e detectar as fraquezas das ações operacionais e corrigir. - Acompanhar as metas de médio prazo. - Receber dados operacionais e integrá-los com o intuito de entender o cenário. - Identificar as novas necessidades e criar novas capacidades informacionais. - Garantir as condições necessárias para execução do planejamento.
Operacional	- Realização do planejamento operacional a fim de executar as ações de assessoramento operacional.	- Assessorar as investigações policiais. - Gerir as técnicas especiais de inteligência. - Proporcionar capacidades especiais para assessorar as investigações policiais. - Acompanhar as metas de curto prazo. - Identificar as novas necessidades de capacidades informacionais. - Disponibilizar dados e conhecimentos para os níveis acima. - Gerar informações acionáveis e alertas sobre possíveis cenários e riscos.

Fonte: elaboração do autor.

2.6. Técnicas de análise estruturada

O pioneirismo de Kent, nos meados da década de 60, quanto à adaptação dos métodos científicos e à construção de uma metodologia própria, apresentou-se como essencial para a atividade de inteligência. Heuer explica que Kent defendeu a aplicação das técnicas de estudo "científico" do passado voltadas para a análise de situações complexas em curso e de estimativas de eventos futuros prováveis.

Assim como uma análise rigorosa "imparcial" pode reduzir as lacunas e as ambiguidades da informação sobre os acontecimentos passados e apontar para a explicação mais provável, o especialista afirmou que os poderes da mente crítica recorrem a eventos ainda não ocorridos para determinar o máximo de desenvolvimentos prováveis[163].

Segundo Heuer, outro grande avanço no processo analítico foi a partir da formulação de MacEachin, que defendeu uma abordagem de argumentação estruturada chamada "análise de *linchpin*", constituída a partir de termos fortes projetados para superar o desagrado de muitos profissionais da Agência Central de Inteligência (CIA) diante da nomenclatura acadêmica. O termo acadêmico padrão "variáveis-chave" tornou-se condutor do processo. "Hipóteses" em relação aos condutores passaram a ser considerados *linchpins* – pressuposto subjacente ao argumento –, os quais deveriam ser explicitamente explicados[164].

Expressiva conquista adveio do próprio Heuer, que buscou compensar os riscos que acompanham o recurso inevitável dos analistas nas armadilhas cognitivas e análise parcial, sugerindo examinar os cálculos dos analistas sobre como as hipóteses têm de ser desafiadas. As hipóteses alternativas precisam ser cuidadosamente consideradas, testadas, especialmente aquelas que não podem ser refutadas com base em informações disponíveis.

Heuer relaciona cerca de 50 métodos[165], sem a ousadia de exaurir a temática quanto à quantidade de técnicas, tampouco a profundidade detalhada do processo de análise destas. Na verdade, as técnicas são diversas, a maioria utilizada em diversos ramos do conhecimento, algumas mais comuns e usuais, como análise criminal, análise de

---

[163] HEUER JR, R. J. **Psychology of Intelligence Analysis**. Center for the Study of Intelligence, Central Intelligence Agency, 1999, p. 6.

[164] Idem, p. 18.

[165] HEUER, R. J. J.; PHERSON, R. H. **Técnicas Analíticas Estructuradas para El análisis de inteligencia**. Madrid: Plaza y Valdés, 2015, p. 34.

78 Inteligência Policial Judiciária

vínculos, *brainstorming* e análise SWOT, outras mais complexas. A seguir, destacamos algumas.

Análise de hipóteses concorrentes

Heuer criou a técnica intitulada "Análise de hipóteses concorrentes" (ACH). No núcleo da ACH encontra-se a noção de competição entre uma série de hipóteses plausíveis, para atestar quais sobrevivem a uma prova de compatibilidade com a informação disponível. As hipóteses sobreviventes – as que não foram refutadas – são submetidas a testes adicionais[166].

Morgan, *apud* Clarke e Eck, descreve uma abordagem de oito estágios da ACH[167], das quais citamos seis:

- ✓ **Etapa 1: gerar hipóteses** – Na vida real não é raro se ter uma parcela dos dados, existindo sempre vazios informacionais. Para os dados existentes e identificados como premissas há mais de uma maneira de os interpretar. A partir dessa premissa, deve-se elaborar um conjunto de hipóteses possíveis (concorrentes), ou seja, uma série de interpretações plausíveis e alternativas de dados. Um analista pode imaginar múltiplas interpretações, razão pela qual é útil ter vários analistas interpretando os dados e encontrando alternativas possíveis.
- ✓ **Etapa 2: construa uma matriz para comparar as hipóteses** – Com o intuito de facilitar o exame de qualquer número de hipóteses, pode ser mais prático restringir a consideração aos mais plausíveis ou contrastantes (isto é, são agrupadas variações menores das hipóteses). A importância da matriz vai aumentando a partir do aumento da complexidade das hipóteses.
- ✓ **Etapa 3: liste a evidência ao longo do lado esquerdo** – A evidência vem dos dados já coletados e identificados como relevantes e verdadeiros. Concentre-se apenas em evidência significativa, em vez de detalhes sem importância. Além disso, se a ausência de informação é importante, ou seja, um vazio informacional, esta também se apresenta como evidência.
- ✓ **Etapa 4: teste a evidência de consistência com cada hipótese** – Depois de listar todas as evidências, analise passo a passo, determinando se cada premissa é consistente com cada hipótese. Caso identifique consistência, coloque um "C" na célula para a hipótese. Se for inconsistente, coloque um "I" na célula. E adicione interrogação (?) na célula caso haja dúvida sobre a consistência.

---

[166] HEUER JR, R. J. **Psychology of Intelligence Analysis**. Center for the Study of Intelligence, Central Intelligence Agency, 1999, p. 13.

[167] CLARKE, R. V.; ECK, J. E. **Intelligence Analysis for Problem Solvers**. Community Oriented Policing Services, US Department of Justice, 2013, p. 63.

Tabela 10. Matriz: testando cada evidência quanto à consistência.

Evidência	Hipótese			
	A	B	C	D
1	C	C	C	C
2	I	C	I	C
3	I	?	I	I
4	I	C	C	C
5	I	C	I	I

✓ **Etapa 5: refine a matriz** – A reunião sistemática de dados pode se desdobrar em novas hipóteses, que devem ser adicionadas.

✓ **Etapa 6: avalie cada hipótese** – A hipótese deve ser avaliada separadamente. No preenchimento de vazios informacionais pode acontecer de algumas evidências serem descartadas e outras ganharem força. Um fator importante é a qualidade do conteúdo, da fonte e dos dados que valoram as hipóteses[168].

Análise de impacto cruzado

Matic e Berry definem a técnica de análise de impacto cruzado como um conjunto de metodologias relacionadas, as quais preveem a probabilidade de ocorrência de um evento específico, além da hipótese condicional de um primeiro evento sobre um segundo evento. A probabilidade condicional pode ser interpretada como o impacto do segundo evento no primeiro. A maioria das metodologias de impacto cruzado é qualitativa, o que significa que as probabilidades de ocorrência e condicional são calculadas com base em estimativas de especialistas humanos[169].

A origem da análise de impacto cruzado demandou aos panelistas de Delphi previsões sobre eventos individuais, quando outros eventos poderiam afetar essas situações. Assim, reconheceu-se que era necessário considerar tais impactos cruzados de um evento em outro. Embora a análise de impacto cruzado tenha sido inicialmente associada ao método Delphi, o seu uso não está restrito a essas previsões. Na verdade, os modelos de impacto cruzado podem permanecer isolados como um método de pesquisa de futuros ou ainda ser integrados com outros métodos visando a formar poderosas ferramentas de previsão[170].

---

[168] CLARKE, R. V.; ECK, J. E. **Intelligence Analysis for Problem Solvers.** Community Oriented Policing Services, US Department of Justice, 2013, p. 63.

[169] MATIC, G.; BERRY, M. Cross-Impact Analysis as a Research Pattern. **Design Research Techniques**, s.d. Disponível em: <http://designresearchtechniques.com/casestudies/cross-impact-analysis-as-a-research-pattern/>. Acesso em: 09 maio 2019.

[170] EUROPEAN COMMISSION. **Cross-Impact Analysis.** 2006. Disponível em: <http://forlearn.jrc.ec.europa.eu/guide/2_scoping/meth_cross-impact-analysis.htm>. Acesso em: 08 maio 2019.

80 Inteligência Policial Judiciária

A Escola Superior de Guerra define do seguinte modo o método de impacto cruzado:

> O método de Impactos Cruzados é representado por uma matriz quadrada, onde são avaliadas as relações de influência e dependência entre eventos futuros, em que são avaliadas as mudanças nas probabilidades de ocorrência de um conjunto de eventos futuros na sequência da ocorrência de um deles. A sequência do método consiste em analisar a sensibilidade do conjunto de eventos e posteriormente construir cenários[171].

Heuer e Pherson exemplificam, como ilustrado na tabela a seguir, que as variáveis 2 e 4 da matriz de impacto cruzado têm maior efeito sobre as outras variáveis, enquanto a variável 6 é a que exibe o maior efeito negativo[172].

Tabela 11. Matriz de impacto cruzado.

	Variável 1	Variável 2	Variável 3	Variável 4	Variável 5	Variável 6
Variável 1			+		--	
Variável 2			-	+	+	+
Variável 3	+			+		+
Variável 4		+			+	-
Variável 5	--	+		+		
Variável 6	-	+	--	-	-	
Direção e magnitude do evento: ++ impacto forte e positivo; +positivo; sem símbolo neutro; – negativo; e -- impacto forte e negativo.						

Método Delphi

Em 1950, a força área americana desenvolveu o Projeto Delphi, cujo nome remete ao Oráculo de Delfos na Grécia, objetivando "obter o consenso de opinião mais confiável de um grupo de especialistas por uma série de questionários intensivos intercalados com *feedback* de opinião controlado"[173].

Azevedo define o método de Delphi como:

> A técnica Delphi é um método utilizado para estimar a probabilidade e o impacto de acontecimentos futuros e incertos. No Delphi, por exemplo, um grupo de

---

[171] ESCOLA SUPERIOR DE GUERRA (BRASIL); MINISTÉRIO DA DEFESA. **Método para o planejamento estratégico.** Rio de Janeiro: A Escola, 2009, p. 37.

[172] HEUER, R. J. J.; PHERSON, R. H. **Técnicas Analíticas Estructuradas para El análisis de inteligencia.** Madrid: Plaza y Valdés, 2015, p. 125.

[173] LINSTONE, H. A.; TUROFF, M. (eds.) **The Delphi Method:** techniques and applications. Upper Saddle River: Addison-Wesley, 1975, p. 10.

peritos é consultado para auxiliar na identificação de riscos e suposições e pre-
missas a eles associados, e cada um individualmente apresenta suas estimativas
e premissas para um facilitador, que analisa os dados e emite um relatório de
síntese[174].

Por meio de uma série de questionários respondidos por especialistas, intercalados por _feedbacks_ controlados de opiniões, Sáfadi ensina que as concordâncias de opiniões dos especialistas sobre um assunto ocorrem sobre quatro pilares fundamentais:

1. anonimato dos participantes da pesquisa; 2. consulta aos especialistas para a
coleta de dados; 3. aplicação de rodadas interativas e com feedback, de forma
que os participantes possam rever suas opiniões e refletir sobre elas; 4. busca
por consenso, oriunda da avaliação do ponto de vista levantado pelo grupo[175].

Morrison, Renfro e Boucher relacionam os seguintes passos que foram identificados, não todos ao mesmo tempo, em pesquisas de sucesso[176]:

1. Compreenda o Delphi – o processo, seus princípios e componentes. Pelo menos
duas rodadas de questionários são necessárias, podendo ser divididos em duas
fases: primeira exploratória, que compreende o primeiro questionário, e às vezes
o segundo também, no qual o objetivo é explorar completamente o assunto e
prover informações adicionais; e a segunda, de avaliação, é a fase de colher as
visões dos especialistas, consenso ou oposição de ideias; 2. Especifique, com
clareza, os objetivos da pesquisa. Defina o modelo de pesquisa a ser adotado, se
exploratório ou normativo; 3. Defina os resultados esperados e clarifique o uso
que será feito dos resultados, se alcançados; 4. Pesquise e explore, tanto quanto
possível, a metodologia e os benefícios reconhecidos em novas abordagens; 5.
Elabore um questionário cuidadoso e coerente com seus objetivos. O questionário
deve ser simples e fácil de responder. Inclua informação apropriada para que os
respondentes possam fazer julgamentos a respeito do futuro com base no contexto
planejado pela pesquisa; 6. Execute pré-testes até que se obtenha um favorável

---

[174] AZEVEDO, J. S. F. **Técnica Delphi um Guia Passo a Passo**. Adaptado de Haughey Duncan, PMP. Disponível em: <https://www.trf5.jus.br/downloads/Artigo_23_Tecnica_Delphi_um_Guia_Passo_a_Passo.pdf>. Acesso em: 08 maio 2019.

[175] SÁFADI, C. M. Q. Delphi: um estudo sobre sua aceitação. **V SemeAD**, São Paulo, jun. 2001. Disponível em: <http://sistema.semead.com.br/5semead/MKT/Delphi.pdf>. Acesso em: 10 maio 2019.

[176] MORRISON, J. L.; RENFRO, W. L.; BOUCHER, W. I. **Futures Research and the Strategic Planning Process**: implications for higher education. ASHE-ERIC Higher Educations Research Reports, 1984 Disponível em: <http://horizon.unc.edu/projects/seminars/futuresresearch/contents.html>. Acesso em: 09 maio 2019.

82 Inteligência Policial Judiciária

grau de certeza quanto à adequação do questionário escolhido aos objetivos do estudo; 7. Selecione um grupo para o painel de tamanho apropriado, que possa cobrir todo e qualquer importante ponto de vista, capaz de responder às questões com criatividade e profundidade e, tanto quanto possível, na data combinada; 8. Defina todos os elementos da pesquisa antes de aplicar a primeira rodada, bem como os métodos de avaliação e mensuração das respostas; 9. Colete e analise as respostas rapidamente, de forma consistente e bem elaborada; 10. Verifique a metodologia e os resultados constantemente durante e após a pesquisa para identificar falhas e melhorias necessárias; 11. Redija e apresente as conclusões e relatórios finais de forma inteligente e concisa.

O Método de Delphi para construção de cenário em estudos de prospecção, no assessoramento estratégico, baseado em especialistas, é válido e deve ser assimilado nas equipes de análise das polícias judiciárias com o intuito de construir cenários futuros.

Elaboração de cenários

Na elaboração de cenários o analista busca realizar projeções da realidade, a partir de estudos exploratórios. Os cenários possíveis resultam do processo de análise prospectiva, visando a delimitar possíveis evoluções dos fatos presentes.

A ESG define o que vem a ser cenário prospectivo:

É o conjunto formado pela descrição coerente de uma situação futura e pelo encaminhamento dos acontecimentos que permitem passar da situação de origem à situação futura, fundamentada em hipóteses coerentes sobre os prováveis comportamentos das variáveis determinantes do objeto de planejamento.

Essa técnica estruturada proporciona alertas antecipados aos decisores, possibilitando evitar riscos e planejar possíveis soluções. Há várias técnicas de análise de possíveis cenários – por exemplo, cenários simples, análise de futuros alternativos, cenários extremos, etc.

De acordo com o entendimento de Heuer e Pherson, a análise de cenário simples é a forma rápida e fácil de gerar cenários, seja para um analista individualmente, seja para um pequeno número de analistas. Eles estabelecem os seguintes passos: definir claramente o assunto essencial e os objetos específicos do exercício do futuro; confeccionar listas de forças, fatores e acontecimentos que possam influir no futuro; organizar forças, fatores e acontecimentos que se relacionam e em grupos de afinidades; compor pelo menos quatro cenários diferentes; indicar as implicações de cada cenário para os decisores, bem como, para o cenário construído, criar indicadores observáveis que indiquem que a previsão está se concretizando ou perdendo força[177].

O método da ESG formula três diferentes cenários exploratórios e plausíveis. O primeiro retrata a pior situação de previsão de intercorrência (cenário pessimista); o segundo, a situação intermediária (cenário médio); o terceiro, a melhor situação de intercorrência (cenário otimista). Essa elaboração é feita a partir do exame dos eventos futuros e não inclui estudos probabilísticos[178].

A interação entre os eventos futuros requer ainda especial atenção, já que uns podem influenciar a ocorrência de outros, tendo induções positivas ou negativas, interferindo inclusive na ocorrência ou não do evento e se desdobrando para gerar outros eventos. Outra perspectiva a ser analisada é que os eventos futuros podem ter independência.

Análise da Equipe Vermelha

A Análise da Equipe Vermelha é um método que visa a reproduzir o comportamento individual ou de um grupo, tentando replicar como o adversário pensaria em um problema. Uma equipe vermelha tenta conscientemente colocar os analistas na mesma cultura, configuração organizacional e pessoal em que o alvo individual ou grupo opera. Pode ser usado em várias situações, inclusive operacionais, como, por exemplo, testar a segurança orgânica.

Para ser bem aproveitado, o método exige uma especialização no conhecimento do adversário. Um gerente precisa constituir uma equipe de especialistas com conhecimento aprofundado do ambiente operacional, alvo, personalidade e estilo de pensamento usado. A equipe deve ser preenchida não apenas com aqueles que entendem a cultura, pensamento, *modus operandi*, linguagem, mas também com pessoas que trabalharam de forma semelhante no ambiente operacional[179].

---

[177] HEUER, R. J. J.; PHERSON, R. H. **Técnicas Analíticas Estructuradas para El análisis de inteligencia.** Madrid: Plaza y Valdés, 2015, p. 144.

[178] ESCOLA SUPERIOR DE GUERRA (BRASIL); MINISTÉRIO DA DEFESA. **Método para o planejamento estratégico.** Rio de Janeiro: A Escola, 2009, p. 34.

[179] US GOVERNMENT. **A Tradecraft Primer:** structured analytic techniques for improving intelligence analysis. Mar. 2009, p. 31.

2.6.1. Rigor na análise

Pelo entendimento de Platt, a acumulação de experiências e o conhecimento do analista fazem com que ele possa ter uma percepção distorcida da realidade e a sua versão da verdade.

> Resultado da experiência de toda a vida, inclusive do que lemos e pensamos, nossas mentes contêm um número imenso de ideias que aceitamos como fatos. A maioria correta, porém algumas baseiam-se em preconceitos, o que pode torná-las infundadas. Algumas das nossas ideias são realmente falsas[180].

Como um grande pesquisador da psicologia da análise de inteligência e dos mecanismos de rigor da análise, Heuer alerta que:

> Os analistas de inteligência devem ser autoconscientes sobre seus processos de raciocínio. Eles devem pensar sobre como eles fazem julgamentos e chegam a conclusões, não apenas sobre os julgamentos e conclusões em si[181].

Heuer adverte sobre as armadilhas cognitivas, erros do pensamento usados para acelerar o processo mental, mostrando que, embora não possam ser eliminadas, é possível treinar as pessoas a reconhecer os obstáculos mentais e desenvolver técnicas para entendê-las, bem como procedimentos para compensá-las. Para ele, as falhas de inteligência resultam de três limitações do nosso pensamento:

> 1. Quando temos muitos dados para processar há uma tendência de descarte dos dados que julgamos serem irrelevantes; 2. Em situações de vazios e/ou qualidade duvidosa dos dados, nossas mentes geralmente preenchem lacunas com "achismos"; 3. Na escassez de tempo disponível para avaliar os dados, nossas mentes geram conclusões.

Nesse sentido, o governo americano desenvolveu um quadro demonstrativo das questões perceptivas e cognitivas comuns:

---

[180] PLATT, W. **A produção de informações estratégicas.** Rio de Janeiro: Agir/Bibliex, 1978, p.124.

[181] HEUER JR, R. J. **Psychology of Intelligence Analysis.** Center for the Study of Intelligence, Central Intelligence Agency, 1999, p. 5.

Tabela 12. Questões perceptivas e cognitivas comuns.

Preconceitos perceptivos	Preconceitos na avaliação da consistência das evidências
Expectativas. Nós tendemos a perceber o que nós esperamos perceber. Mais informações (não ambíguas) são necessárias para reconhecer um fenômeno inesperado. **Resistência.** As percepções resistem às mudanças mesmo diante de novas evidências. **Ambiguidades.** A exposição inicial a estímulos ambíguos ou desfocados interfere na percepção precisa, mesmo depois de mais e melhores informações se tornarem disponíveis.	**Consistência.** Conclusões tiradas de um pequeno corpo de dados consistentes engendra mais confiança do que a extraída de um maior corpo de dados menos consistentes. **Faltando informação.** É difícil julgar bem o impacto potencial de falta de evidência, mesmo que a lacuna da informação seja conhecida. **Evidência desacreditada.** Mesmo que as evidências que sustentam uma percepção possam estar erradas, a percepção pode não mudar rapidamente.
Percepção na estimativa de probabilidades	Questões em percepção da causalidade
Disponibilidade. As estimativas de probabilidade são influenciadas pela facilidade com que é possível imaginar os eventos ou casos semelhantes. **Ancoragem.** As estimativas de probabilidade são ajustadas apenas de forma incremental, em resposta a novas informações ou análises futuras. **Confiança excessiva.** Ao traduzir sentimentos de certeza em uma estimativa de probabilidade, pessoas são muitas vezes excessivamente confiantes, especialmente se têm uma experiência considerável.	**Racionalidade.** Os eventos são vistos como parte de um padrão ordenado e causal. Aleatoriedade, acidente e erro tendem a ser rejeitados como explicações para eventos observados. **Atribuição.** O comportamento dos outros é atribuído a uma natureza fixa da pessoa ou país, enquanto o nosso próprio comportamento é atribuído a uma situação na qual nos encontramos.

Fonte: US GOVERNMENT.[182]

Com certeza, fazem-se essenciais o acompanhamento e o incentivo a produtos que delimitem claramente seus pressupostos, cadeias de inferência, especificando o grau e a fonte de incerteza envolvidos nas conclusões, enfatizando ainda procedimentos em grupo que exponham e elaborem pontos de vista alternativos, além de criar a esperada cultura no poder decisório sobre as limitações, bem como sobre as capacidades da análise de inteligência.

Diante da certeza de que somos parciais, falíveis e que percebemos o mundo a partir das nossas experiências acumuladas – e, portanto, por meio do pensamento crítico –, devemos buscar a imparcialidade, de modo a nos autoavaliar, pensando em grupo, estimulando a fiscalização mútua, a utilização das técnicas, a fim de chegarmos a uma visão mais próxima da realidade, o que constitui um grande desafio do processo

---

[182] US GOVERNMENT. **A Tradecraft Primer:** structured analytic techniques for improving intelligence analysis. Mar. 2009, p. 2.

analítico. A IALEIA recomenda que o produto analítico seja revisto, se necessário, por pares, além de avaliado pelos clientes, de forma a garantir que os produtos de inteligência sejam precisos, oportunos, factuais e relevantes, e recomendar a implementação de políticas e/ou ações[183].

---

[183] GLOBAL JUSTICE INFORMATION SHARING INITIATIVE; INTERNATIONAL ASSOCIATION OF LAW ENFORCEMENT INTELLIGENCE ANALYSTS. **Law Enforcement Analytic Standards.** 2.ed. US Department of Justice, Apr. 2012, p. 28.

3. Organizações Criminosas

3.1. Introdução

Sabidamente, o fenômeno do "crime" não é recente na história da humanidade, embora venha se tornando, ao longo do tempo, cada vez mais complexo e multifacetado. São inúmeras e diversas as causas que o originam, como a pobreza, a desigualdade social, o individualismo, o esfacelamento da família, endossados pelas pressões de uma cultura que supervaloriza ícones de consumismo e *status* social. Somam-se a essas variáveis o contexto de impunidade decorrente de leis que não alcançam igualmente toda a sociedade, o enfraquecimento da credibilidade e do poder do estado frente à corrupção historicamente enraizada em sua estrutura, entre outros fatores que impedem exaurir as causas e as consequências do fenômeno do crime no Brasil e no mundo.

Na sociedade de consumo, na qual a globalização, o planejamento e a organização tornam os organismos mais eficientes no universo competitivo, o crime organizado desponta como maximizador, fornecedor e organizador das potencialidades criminosas. Desse modo, acaba minando a confiabilidade das instituições públicas e a segurança da coletividade, consubstanciando-se, assim, no principal obstáculo à segurança nacional, às soberanias dos estados modernos e à preocupação da sociedade[184].

Na perspectiva do enfrentamento ao terrorismo e nas ações de combate às organizações criminosas, Matos defende que se apresenta como essencial "uma abordagem plurifacetada, ao nível de prevenção e resposta, e multidimensional, no âmbito de uma substancial e eficaz cooperação internacional"[185]. A polícia como um pilar

---

[184] FIÃES, L. F. As "novas" ameaças como instrumento de mutação do conceito "segurança". *In*: **I Colóquio de Segurança Interna.** Coimbra: Almedina, 2005, p. 121.

[185] MATOS, H. J. A Chegada do Califado Universal à Europa. *In*: CORREIA, E. P. (Coord.) **Liberdade e segurança.** Org. Instituto Superior de Ciências Policiais e Segurança Interna e Observatório Político. Lisboa: ISCPSI-ICPOL, 2015, p. 150.

88 Inteligência Policial Judiciária

civilizacional[186]é transversal a todas as perspectivas, principalmente nas ações relacionadas à Inteligência de Segurança Pública e, em especial, à Inteligência Policial Judiciária, como aponta. Portanto, a dimensão e a complexidade que as organizações criminosas alcançaram no mundo já exigem novas camadas do saber para entender e enfrentar o fenômeno de forma mais eficiente[187].

Em 1994, o *Center for Strategic and International Studies* (CSIS), em uma conferência de oficiais de alto nível da inteligência intitulada "Crime Organizado Global: O Novo Império do Mal", apresentava em seu sumário inicial:

> *as dimensões do crime organizado global colocam um desafio de segurança internacional maior do que qualquer coisa que as democracias ocidentais tiveram que lidar durante a Guerra Fria (apud ANDREAS; NADELMANN, 2006, 158).*[188]

Em 2013, em reunião do Conselho de Segurança da ONU, o Secretário Geral Ban Ki-moon afirmava a preocupação da ONU com a ameaça do crime organizado transnacional:

> *Em todo o mundo, o tráfico de drogas e o crime organizado transnacional ameaçam a segurança, minam o respeito pelo estado de direito e põem em risco a paz e a estabilidade (United Nations, 2013).*[189]

Trata-se de uma realidade que vem crescendo mundialmente, lastreada no fenômeno da globalização e com expressivo impacto sobre a economia dos estados, o que acaba por minar a confiabilidade de suas instituições públicas e a segurança da coletividade, consubstanciando no principal obstáculo à segurança nacional e às soberanias dos estados modernos[190].

Atualmente, o crime organizado se apresenta bastante eficiente, pois é dotado de pessoas altamente capacitadas, moderno aparato tecnológico, além de uma logística complexa que visa a dificultar a verificação da ilicitude de suas atividades, permitin-

---

[186] CLEMENTE, P. J. L. **Cidadania, Polícia e Segurança**. Lisboa: ISCPSI, 2015, p. 12.

[187] MIKLAUCIC, M.; BREWER, J. (eds.). **Convergence**: illicit network and national security in the age of globalization. Washington: Center for Complex Operations, Institute for National Strategic Studies by National Defense University Press, 2013, p. 152.

[188] PEREIRA, P. Os Estados Unidos e a ameaça do crime organizado transacional nos anos 1990. **Rev. Bras. Polít. Int.**, n. 58, vol. 1, 2015, p. 84-107.

[189] Idem.

[190] PACHECO. R. **Crime organizado**: medidas de controle e infiltração policial. Curitiba: Juruá, 2007, p. 25.

do a essas organizações criminosas agirem sob uma suposta fachada de legalidade. Segundo Pascual, "as agências de segurança tornaram-se fossilizadas contra uma criminalidade que explora as vantagens da globalização, o conflito assimétrico e a falta de restrições éticas ou morais"[191].

3.2. Conceito

Por se tratar de um tema de grande relevância no cenário mundial, com vistas a combater a macrocriminalidade, o crime organizado, de modo frequente, vem sendo alardeado e debatido pela mídia.

A doutrina optou por conceituá-lo com base nas características relacionadas à sua estrutura e *modus operandi*. Gomes descreve as organizações criminosas sob o aspecto criminológico:

> *Dentre tantas outras, são apontadas como suas características marcantes: hierarquia estrutural, planejamento empresarial, claro objetivo de lucros, uso de meios tecnológicos avançados, recrutamento de pessoas, divisão funcional de atividades, conexão estrutural ou funcional com o poder público e/ou com o poder político, oferta de prestações sociais, divisão territorial das atividades, alto poder de intimidação, alta capacitação para a fraude, conexão local, regional, nacional ou internacional com outras organizações etc.[192]*

O Decreto nº 5.015, de 12 de março de 2004, inseriu no ordenamento jurídico pátrio a Convenção das Nações Unidas contra o Crime Organizado Transnacional, adotada em Nova York, em 15 de novembro de 2000, com o objetivo de promover a cooperação para prevenir e combater de forma mais eficaz a criminalidade organizada transnacional. A medida apensou a referida Convenção, com o propósito de executar, na íntegra, o que ela preconiza:

> *Grupo estruturado de três ou mais pessoas, existente há algum tempo e atuando concertadamente com o propósito de cometer uma ou mais infrações graves ou enunciadas na presente Convenção, com a intenção de obter, direta ou indiretamente, um benefício econômico ou outro benefício material.*

---

[191] PASCUAL, D. S. R. Analysis of Criminal Intelligence from a Criminological Perspective: the future of the fight against organized crime. **Journal of Law and Criminal Justice**, vol. 3, n. 1, American Research Institute for Policy Development, June 2015, p. 4.

[192] GOMES, R. C. **O crime organizado na visão da Convenção de Palermo**. Belo Horizonte: Del Rey, 2008.

É consenso que as organizações criminosas, em geral e no *lato sensu*, originam-se da ausência e da fragilidade do estado. Quando o estado não consegue se organizar na velocidade e no tempo necessários, abre espaço para essas facções, que se propagam na ilegalidade, em busca de oportunidades de lucro imediato, fácil e excessivo.

O FBI, ou seja, a polícia federal americana, tem como um dos seus focos a eliminação do crime organizado, justamente por considerá-lo a maior ameaça à segurança nacional e econômica dos Estados Unidos, definindo-o do seguinte modo:

> *Os grupos de crime organizado transnacional (TOC) são associações autoperpetuadas de indivíduos que operam, total ou parcialmente, por meios ilegais e independentemente da geografia. Procuram constantemente obter poder, influência e ganhos monetários. Não existe uma única estrutura sob a qual os grupos TOC funcionem – eles variam de hierarquias a clãs, redes e células e podem evoluir para outras estruturas. Estes grupos são tipicamente insulares e protegem suas atividades através da corrupção, violência, comércio internacional, mecanismos de comunicação complexos e uma estrutura organizacional que explora as fronteiras nacionais[193].*

No ordenamento jurídico brasileiro, vale apontar a incongruência entre a definição do crime de formação de quadrilha, no Art. 288 do Código Penal, e a conceituação legal de crime organizado, além da ausência do tipo penal organização criminosa. Com o advento da Lei nº 12.850/2013, essa problemática foi sanada a partir da nova definição do tipo penal, bem como de uma série de técnicas investigativas especiais de repressão a esses crimes.

A definição de organizações criminosas consta na Lei nº 12.850/2013, em seu Art. 1º, § 1º. Vejamos:

> *Considera-se organização criminosa a associação de 4 (quatro) ou mais pessoas estruturalmente ordenada e caracterizada pela divisão de tarefas, ainda que informalmente, com objetivo de obter, direta ou indiretamente, vantagem de qualquer natureza, mediante a prática de infrações penais cujas penas máximas sejam superiores a 4 (quatro) anos, ou que sejam de caráter transnacional.*

---

[193] FEDERAL BUREAU OF INVESTIGATION. **What we investigate.** Disponível em: <https://www.fbi.gov/investigate>. Acesso em: 09 maio 2019.

Tal conceito, porém, diverge da definição da Convenção de Palermo, recepcionada pelo Decreto nº 5.015/2004, pois considera organização criminosa a associação de quatro ou mais pessoas, enquanto o Decreto considera três ou mais pessoas. A mencionada lei inova no ordenamento pátrio criando um tipo penal de participação, promoção, financiamento diretamente ou através de intermediários em organização criminosa, atribuindo uma pena de reclusão de três a oito anos[194].

Grande parte da doutrina não define claramente esses limites e tampouco revela as distinções entre máfia, crime de colarinho branco, crime organizado e quadrilha. Ao recorrermos ao espectro do empirismo, intencionamos precisar com maior nitidez os limites e similitudes entre esses conceitos e formular outras hipóteses de conceituação.

O crime organizado, nesse contexto, configura o gênero. Já a máfia é o crime organizado originário, clássico, com todas as características definidas na doutrina. Nesse universo, os profissionais são os megaempresários do crime, com uma forte tendência transnacional e uma norma "moral" assentada em costumes e tradições, a exemplo das grandes máfias italianas (*Camorra*, *Cosa Nostra*, etc.), chinesas e tantas outras. Para Montoya, a máfia possui um sistema normativo infracultural que defende determinados comportamentos, como honra, amizade e solidariedade entre os membros da organização[195].

---

[194] Lei nº 12.850/2013. Art. 2º Promover, constituir, financiar ou integrar, pessoalmente ou por interposta pessoa, organização criminosa: Pena – reclusão, de 3 (três) a 8 (oito) anos, e multa, sem prejuízo das penas correspondentes às demais infrações penais praticadas. §1º Nas mesmas penas incorre quem impede ou, de qualquer forma, embaraça a investigação de infração penal que envolva organização criminosa. §2º As penas aumentam-se até a metade se na atuação da organização criminosa houver emprego de arma de fogo. §3º A pena é agravada para quem exerce o comando, individual ou coletivo, da organização criminosa, ainda que não pratique pessoalmente atos de execução. §4º A pena é aumentada de 1/6 (um sexto) a 2/3 (dois terços): I – se há participação de criança ou adolescente; II – se há concurso de funcionário público, valendo-se a organização criminosa dessa condição para a prática de infração penal; III – se o produto ou proveito da infração penal destinar-se, no todo ou em parte, ao exterior; IV – se a organização criminosa mantém conexão com outras organizações criminosas independentes; V – se as circunstâncias do fato evidenciarem a transnacionalidade da organização. §5º Se houver indícios suficientes de que o funcionário público integra organização criminosa, poderá o juiz determinar seu afastamento cautelar do cargo, emprego ou função, sem prejuízo da remuneração, quando a medida se fizer necessária à investigação ou instrução processual. §6º A condenação com trânsito em julgado acarretará ao funcionário público a perda do cargo, função, emprego ou mandato eletivo e a interdição para o exercício de função ou cargo público pelo prazo de 8 (oito) anos subsequentes ao cumprimento da pena. §7º Se houver indícios de participação de policial nos crimes de que trata esta Lei, a Corregedoria de Polícia instaurará inquérito policial e comunicará ao Ministério Público que designará membro para acompanhar o feito até a sua conclusão.

[195] MONTOYA, M. D. **Máfia e Crime Organizado**. Rio de Janeiro: Lumen Juris, 2007, p. 2.

Os crimes de colarinho branco constituem uma espécie de crime organizado cuja atuação é voltada para setores socialmente abastados e respeitados, os quais encontram respaldo legal e aceitação social em negócios lícitos, que figuram como sua fonte de renda principal. A conduta ilícita se dá em uma estrutura organizacional amplamente conhecida, por meio de fortes ações em *lobby* e corrupção dentro do aparelho estatal, utilizando-se das ditas "práticas necessárias" no mundo dos negócios ou da política para conseguirem os seus objetivos. De modo habitual, não se valem de diversificação de atividades ilícitas (tráfico de drogas, armas, etc.), violência e controle territorial. Para a consecução de seus fins, em geral dispõem de agentes altamente capacitados atuando em cargos e setores estratégicos, bem como de vastos recursos financeiros e tecnologia de ponta.

O chamado Crime Organizado Emergente (COE) também é considerado uma espécie de crime organizado, mas com características mais simples do que as das máfias. São fortes as conotações de domínio territorial, o uso da violência, a diversificação das ações criminosas, bem como o poder de corrupção relativo, o potencial financeiro médio e a utilização de meios de lavagem de dinheiro. Não se enquadra na definição das máfias devido à ausência de um planejamento empresarial, hierarquia rígida e constância temporal das lideranças, além da ausência da transnacionalidade global. No Brasil, exemplos explícitos são o Comando Vermelho e o Primeiro Comando da Capital, facções criminosas que atuam em diferentes estados da federação brasileira e países fronteiriços que disputam o controle territorial.

Quadrilhas organizadas constituem o primeiro degrau das organizações criminosas, contando com alguma constância dos membros. Em geral, iniciam-se no mundo do crime com certa parcela de organização e determinada diversidade de ações ilícitas, valendo-se de violência e corrupção esporádicas, podendo evoluir para uma COE, caso haja ineficiência do poder estatal.

Em nosso trabalho, recorremos ao conceito principal disposto na Convenção de Palermo, a partir do qual não se distinguem as espécies de organizações criminosas. É incontestável que o crime organizado afeta cada vez mais, por vias diretas e indiretas, a segurança e a estabilidade das sociedades contemporâneas, estimulando a cultura da criminalidade de massa, haja vista que se torna parâmetro de sistematização e sucesso para os malfeitores ao suscitar um contexto propício para a ação de criminosos e possibilitar o acesso a insumos do crime como armas, drogas e prostituição, entre outros. Na visão do ministro do Superior Tribunal de Justiça (STJ), Vicente Cernicchiaro:

> *A primeira (criminalidade de massa) projeta a ideia de infrações penais impulsionadas, na maioria dos casos, por circunstância de oportunidade. A segunda (criminalidade organizada), ao contrário, difusa, sem vítimas individuais; o dano não é restrito a uma ou mais pessoas. Alcança toda a sociedade[196].*

Para uma melhor compreensão de como funciona o crime organizado, faz-se importante traçar um paralelo com uma noção muito conhecida no mundo capitalista e na moderna gestão de empresas: o empreendedorismo, com maior relevância no que se refere ao empreendedorismo de oportunidade. Por oportunidade, entende-se a situação na qual o mercado abre espaço para determinado tipo de produto ou serviço e o empreendedor visualiza e aproveita essa chance.

Seguindo esses parâmetros, quando um empreendedor abre o seu próprio negócio, muitas vezes não dispõe de capital suficiente, constituindo, assim, uma microempresa, a qual atende apenas a um público restrito e local. Todavia, com o passar do tempo, a depender da aceitação do produto no mercado e do aumento da procura, precisa visualizar novas áreas de atuação, ou seja, expandir seu público, bem como definir outras estratégias de divulgação e canais de distribuição. Nesse caso, já estaria configurada uma empresa de médio porte.

Por fim, quando a empresa já se encontra estabelecida no mercado, com uma marca consolidada e de credibilidade, o empreendedor pode aproveitar as oportunidades que surgem no mercado para ampliar os seus negócios, inclusive adotando novos produtos e/ou serviços, atuando em mais de um segmento, se for o caso.

Portanto, a criminalidade organizada se vale das regras e da organização dos mercados e dos pilares do capitalismo no sentido de auferir vantagens vultosas. Ao recorrer à estrutura organizacional e hierárquica da moderna gestão empresarial, o crime organizado constitui a primeira forma de globalização delituosa e a face mais cruel e selvagem do capitalismo[197].

Ziegler cita Eckart Wenthebch, ex-chefe da contraespionagem alemã, expressando o perigo e a abrangência maléfica do crime organizado:

---

[196] CERNICCHIARO, V. Crime Organizado. **Revista CEJ**, vol. 1, n. 2, maio/ago. 1997. Disponível em: <http://www.jf.jus.br/ojs2/index.php/revcej/article/viewArticle/101/144>. Acesso em: 08 maio 2019.

[197] ZIEGLER, J. **Os senhores do crime**: as novas máfias contra a democracia. Trad. Marques, C. Rio de Janeiro: Record, 2003, p. 15.

> *Com seu gigantesco poder financeiro, a criminalidade organizada influencia secretamente toda a nossa vida econômica, a ordem social, a administração pública e a justiça. Em certos casos ela impõe sua lei e seus valores à política. Dessa forma, desaparecem gradualmente a independência da justiça, a credibilidade da ação política e, afinal, a função protetora do Estado de Direito. O resultado é a progressiva institucionalização do Crime Organizado. Se esta tendência persistir, o Estado logo se tornará incapaz de assegurar os direitos e liberdades cívicas dos cidadãos[198].*

Nesse contexto, conhecer, entender e diagnosticar as organizações criminosas se apresenta como essencial para traçar estratégias, planos e operações para enfrentar e controlar essa grande ameaça ao Estado de Direito.

3.3. Características

As características do crime organizado geram uma série de necessidades específicas para uma investigação policial eficaz, bem como para a definição de provas da materialidade delitiva e a autoria dos crimes. Mostram-se essenciais para se entender o fenômeno criminoso, desenvolver e aperfeiçoar as técnicas voltadas à sua identificação e à consequente materialização das investigações policiais.

As características não são uniformes em todas as organizações, pois dependem da complexidade da organização e de diversos fatores internos e externos, a exemplo da coesão, do nível de institucionalização ética e de fiscalização do estado e da sociedade na qual está inserida.

3.3.1. Transnacionalidade

As organizações realizam as suas ações criminosas em diferentes países, tanto em razão de os insumos criminosos (armas, drogas, produtos falsificados, entre outros) se encontrarem em diversos locais, quanto pela constatação de oportunidades baseadas nas fragilidades estatais, dos obstáculos que surgem da necessidade de conciliar legislações distintas e, consequentemente, das dificuldades de integração institucional entre as polícias de países distintos. Toda essa complexidade favorece e propicia a lavagem de dinheiro em vários países[199].

---

[198] Idem, p. 23.

[199] GOMES, R. C. **O crime organizado na visão da Convenção de Palermo.** Belo Horizonte: Del Rey, 2008, p. 13.

Na visão de Silva, essas organizações não estão submetidas às regras rígidas da soberania, nunca tiveram muros e nem limites, utilizando-se ainda dos processos da globalização para dificultar e retardar as ações estatais[200]. Para os órgãos preventivos e repressivos do Estado, a perspectiva é exatamente oposta, pois os limites legais engessam e tornam lentas as ações investigativas, resultando em um obstáculo retardador ou instransponível, caso a relação institucional entre os estados não seja adequada.

A Convenção das Nações Unidas contra o Crime Organizado Transnacional define infração transnacional, detalhando-a como uma infração cometida em mais de um estado; ou em um só estado, mas com uma parte substancial da sua preparação, planejamento, direção e controle em outro estado; ou ainda em um só estado, embora com a participação de um grupo criminoso organizado com atividades criminosas em mais de um; e, por último, praticada em um só estado, mas produzindo efeitos substanciais em outro[201].

A transnacionalidade gera uma série de dificuldades operacionais na repressão. A forma de minimizar os efeitos dessa característica é buscar uma integração global entre as polícias, o Ministério Público e o Judiciário.

3.3.2. Divisão de tarefas

A fim de dificultar o vazamento de seus segredos, a criminalidade organizada, bem como o competitivo mundo empresarial, vale-se da divisão direcionada de tarefas, da especialização de seus agentes e da divisão em células, cabendo a cada unidade informações resumidas sobre ações, objetivos e métodos da organização da qual fazem parte – são formas de compartimentação da informação. A estrutura modular geralmente é determinada pelos ramos das atividades criminosas variadas[202].

A terceirização das ações criminosas vem sendo progressivamente utilizada, possibilitando ao elemento criminoso participar efetivamente de uma parte do processo comandado pela organização, embora não tenha a consciência desse fato. Isso significa

---

[200] SILVA, E. A. **Organizações Criminosas**: aspectos penais e processuais da Lei nº 12.850/13. São Paulo: Atlas, 2014, p. 13.

[201] Decreto nº 5.015, de 12 de março de 2004. Disponível em: <http://www.planalto.gov.br/ccivil_03/_ato2004-2006/2004/decreto/d5015.htm>. Acesso em: 15 maio 2019.

[202] MENDRONI, M. B. **Crime Organizado**: aspectos gerais e mecanismos legais. São Paulo: Editora Juarez de Oliveira, 2002, p. 15.

96 | Inteligência Policial Judiciária

que não dispõe do conhecimento de que atua como componente de uma estrutura organizacional e nem de quem o contratou. Desse modo, caso seja identificado, isso não irá vulnerabilizar a compartimentação da organização[203].

A individualização dos papéis de cada criminoso na organização é essencial para a persecução penal, mas, também, para buscar acordos de delação premiada na fase investigativa e entender os mecanismos e vínculos da organização criminosa.

3.3.3. Estrutura gerencial

A estrutura piramidal clássica constitui o padrão das organizações mais antigas e sedimentadas. Nessa hierarquia rígida e férrea, a lei do silêncio impera: a chamada "omertà", segundo os italianos[204]. As regras gerais informais das organizações incentivam o amálgama dos membros, gerando uma conotação paterno-familiar que evita a vulneração da organização[205].

O processo de "evolução" das organizações criminosas, no sentido de adaptar suas ações para dificultar a atividade estatal, vem resultando em uma substituição da estrutura piramidal para uma estrutura em redes, em um formato menor e mais flexível. As redes são uma adaptação às ações estatais e policiais, que possuem métodos eficientes para investigar as estruturas tradicionais de hierarquias[206]. Os grupos tradicionais com métodos conhecidos se enfraquecem, as lacunas do mercado são rapidamente preenchidas por grupos ágeis e estruturas diversas. Essa alegada evolução no crime organizado comporta paralelo com o desenvolvimento de "estrutura celular" em terrorismo[207].

---

[203] GLENNY, M. **McMáfia:** crimes sem fronteiras. Trad. Lucia Boldrini. São Paulo: Companhia das Letras, 2008, p. 372.

[204] MONTOYA, M. D. **Máfia e Crime Organizado.** Rio de Janeiro: Lumen Juris, 2007, p. 4.

[205] SILVA, E. A. **Organizações Criminosas:** aspectos penais e processuais da Lei nº 12.850/13. São Paulo: Atlas, 2014, p. 13.

[206] UNITED NATIONS OFFICE ON DRUGS AND CRIME. **Compendio de casos de delincuencia** organizada: Recopilación comentada de casos y experiencias adquiridas, 2012. Disponível em: <https://www.unodc.org/documents/organized-crime/SpanishDigest_Final291012.pdf>. Acesso em: 13 maio 2019.

[207] UNITED NATIONS OFFICE ON DRUGS AND CRIME. **The Globalization of Crime:** a transnational organized crime threat assessment. Vienna: UNODC, 2010, p. 28.

3.3.4. Grande potencial financeiro

Outra característica do crime organizado é o alto poder financeiro. Dados divulgados pelo Escritório das Nações Unidas contra Drogas e Crime (UNODC) apontam uma movimentação de cerca de US$ 2 trilhões por ano, sendo US$ 1 trilhão associado à corrupção. O narcotráfico administra entre US$ 300 bilhões e US$ 400 bilhões – valor este associado ao tráfico de armas e o restante destinado aos demais delitos, como contrabando, falsificação e tráfico de seres humanos, entre outros[208].

Outro aspecto importante a ser ressaltado é a lucratividade das ações ilícitas. No universo do tráfico de drogas, de imensa lucratividade, a maconha ultrapassa 1.500% e, de acordo com fontes da polícia do Rio de Janeiro, o quilo é comprado pelos traficantes cariocas por R$ 300,00. Com a venda, o faturamento dos criminosos chega a R$ 5.000,00. Já no comércio de crack, o lucro alcança 272%[209]. Algumas fontes apontam que cocaína é comprada no Peru ou na Colômbia por entre US$ 1.000 e US$ 2.000 o quilo. No Brasil, essa quantia pode atingir US$ 5.000. Em Bali, é estimado entre US$ 20 mil e US$ 90 mil. Na Austrália, pode atingir os US$ 300 mil[210].

Claro que as relações sempre são de mercado, oferta e procura; contudo, em todos os casos a lucratividade não pode ser comparada a qualquer negócio lícito. O lucro depende tanto do local quanto da droga comercializada e da eficiência dos mecanismos de enfrentamento.

A velocidade e o aumento do comércio ilícito atualmente são sem precedentes. As estimativas do mercado negro global variam de 2% a 25% do produto global. Aproximadamente 8% a 10% do Produto Interno Bruto (PIB) da China está associado à fabricação e à exportação de mercadorias falsificadas. Esse empreendimento envolve muitas pessoas, famílias e atividades econômicas relacionadas ao crime – a vida cotidiana deles. Sessenta por cento do PIB do Afeganistão está conjugado à produção,

---

[208] JUSTO, M. As cinco atividades do crime organizado que rendem mais dinheiro no mundo. **BBC Brasil**, 01 abr. 2016. Disponível em: <http://www.bbc.com/portuguese/noticias/2016/04/160331_atividades_crime_organizado_fn>. Acesso em: 13 maio 2019.

[209] BASTOS, M.; MONKEN, M. H. Tráfico S/A: Lucro da Maconha ultrapassa 1500%. **R7**, 27 dez. 2010. Disponível em: <http://noticias.r7.com/rio-de-janeiro/noticias/lucro-com-a-maconha-ultrapassa-os-1-500-em-favelas-do-rio-20101227.html>. Acesso em: 08 maio 2019.

[210] JUNQUEIRA, D. Com preço alto da cocaína, surfistas brasileiros se arriscam como 'mulas' na Indonésia. **R7**, 19 jan. 2015. Disponível em: <https://noticias.r7.com/internacional/com-preco-alto-da-cocaina-surfistas-brasileiros-se-arriscam-como-mulas-na-indonesia-20012015>. Acesso em: 09 maio 2019.

98 Inteligência Policial Judiciária

ao cultivo e à distribuição de papoula[211]. Enfim, uma parcela substancial da economia global está sendo gerada pelas organizações criminosas.

O grande poderio financeiro gera uma oportunidade para a polícia de identificação, bloqueio e confisco, de forma a possibilitar o estímulo e o aperfeiçoamento dos equipamentos e das condições de trabalho.

3.3.5. Diversificação de atividades

Segundo Sanctis, o desenvolvimento do crime organizado se apresenta dissimulado ou encoberto por atividade comercial lícita[212]. Concordamos com essa análise, pois reconhecemos a necessidade de lavagem dos vultosos recursos financeiros oriundos das atividades ilícitas a fim de dificultar a ação estatal de identificação e confisco do chamado dinheiro sujo. Contudo, somada à diversificação, para uma organização criminosa ser identificada como tal, a principal fonte de dinheiro tem de ser a atividade ilícita.

Miklaucic e Brewer explicam a lógica da diversificação:

> *Uma regra fundamental de fazer negócios e investir é a diversificação. Se você tem recursos substanciais e grande parte de sua receita vem de uma atividade altamente arriscada, mas de alto rendimento, é normal ter alguns de seus lucros acumulados e colocá-los em uma atividade menos arriscada. É por isso que muitas grandes empresas criminosas estão investindo em atividades comerciais lícitas[213].*

O empreendedorismo das organizações criminosas ocasiona a diversificação de atividades lícitas e ilícitas, a fim de facilitar a lavagem de dinheiro, conferir à organização uma fachada de licitude, permitir o gasto do dinheiro e, finalmente, se utilizar da lucratividade das atividades ilícitas e dos insumos criminosos mais rentáveis. Há exemplos na literatura mostrando que as atividades lícitas mais comuns são a construção de hotéis ou investimentos, como jogos de azar, agremiações desporti-

---

[211] MIKLAUCIC, M.; BREWER, J. (eds.). **Convergence:** illicit network and national security in the age of globalization. Washington: Center for Complex Operations, Institute for National Strategic Studies by National Defense University Press, 2013, p. 153.

[212] SANCTIS, F. M. **Crime organizado e lavagem de dinheiro:** destinação dos bens apreendidos, delação premiada e responsabilidade social. São Paulo: Saraiva, 2009, p. 7.

[213] MIKLAUCIC, M.; BREWER, J. (eds.). **Convergence:** illicit network and national security in the age of globalization. Washington: Center for Complex Operations, Institute for National Strategic Studies by National Defense University Press, 2013, p. 153.

vas, casas de câmbio. No tocante às fontes ilícitas, a principal é o tráfico de drogas, seguida de tráfico de armas, tráfico de pessoas, crimes cibernéticos, entre outras[214].

3.3.6. Alto poder de corrupção

Como consequência da excessiva acumulação de riqueza e da necessidade de obter informações privilegiadas voltadas à elaboração de medidas limitadoras da atuação de repressão e prevenção do estado, torna-se imprescindível às organizações criminosas se infiltrarem no aparelho estatal, captando funcionários públicos do estado e podendo chegar a níveis gravíssimos de corrupção sistemática, como a "cooptação" do estado[215].

Portanto, o alto poder de corrupção de agentes públicos se apresenta como uma característica marcante na criminalidade organizada. Há, ainda, a chamada "corrupção imposta", na qual o alvo se corrompe ou a sua vida é ceifada. O lema celebrizado pelo narcotraficante colombiano Pablo Escobar – "la plata o el plomo" (prata ou chumbo) – explica bem a dita corrupção imposta[216].

De acordo com o Banco Mundial, a corrupção representa 5% do PIB mundial, ou seja, 2,6 bilhões de dólares. Um montante superior a 1 bilhão de dólares é utilizado anualmente para suborno. Cabe sublinhar que a corrupção representa 10% dos custos totais da atividade empresarial em escala mundial e 25% do custo dos contratos públicos nos países em desenvolvimento[217].

Na América Latina, o câncer da corrupção está se desenvolvendo em alguns países, transitando da corrupção eventual de agentes públicos para a corrupção sistemática do estado. De acordo com o *Grupo de Trabajo del AEI sobre el Crimen Organizado Transnacional en las Américas*, da *American Enterprise Institute*:

> *Arquivos de computador pertencentes ao comandante das FARC, Raúl Reyes, foram capturados pelo exército colombiano em um ataque ao seu refúgio em*

---

[214] CRIME organizado transnacional gera 870 bilhões de dólares por ano, alerta campanha do UNODC. **Nações Unidas Brasil**, 16 jul. 2012. Disponível em: <http://nacoesunidas.org/crime-organizado-transnacional-gera-870-bilhoes-de-dolares-por-ano-alerta-campanha-do-unodc/>. Acesso em: 13 maio 2019.

[215] PEREIRA, F. C. **Crime organizado e suas infiltrações nas instituições governamentais.** São Paulo: Atlas, 2014, p. 86.

[216] VALLEJO, D. A. M. **La cocaína:** el combustible de la guerra. Lulu.com, 2011, p. 117.

[217] PARLAMENTO EUROPEU. **Criminalidade organizada, corrupção e branqueamento de capitais.** Jornal Oficial da União Europeia, 18 out. 2013, p. 99.

fronteira com o Equador em 2008. Os documentos de Reyes revelam transações entre altos funcionários do governo de Chávez e a FARC com apoio estratégico substancial, incluindo fundos e armas, através de grupos intermediários. Estes documentos confiscados apresentam evidências condenatórias da colaboração do estado venezuelano em assistência material a um grupo criminoso que estava travando uma insurgência e aterrorizando um país vizinho[218].

As organizações criminosas possuem uma necessidade de gerar dentro do estado facilidades, impunidades e acesso a dados que facilitem as suas ações. Para tanto, elas se valem de várias formas e níveis de corrupção, com o intuito de lograr êxito e gerar maior rendimento financeiro a partir das suas ações ilícitas. A corrupção constitui um mecanismo de maior "eficiência" do que a violência, pois é silenciosa, enquanto a violência como mecanismo de busca de impunidade gera repulsa social e necessidade de reação do aparelho estatal.

As ações de corrupção não foram criadas nem inventadas pelas organizações criminosas; contudo, estas "profissionalizaram" os métodos e os níveis de vantagens para fazer e deixar de fazer no proveito da organização.

Vale salientar que a corrupção é uma ação criminosa que está presente em todos os lugares, em maior ou menor grau, em razão de falhas e erros individuais de seres humanos. Contudo, dispor de mecanismos de controle, identificação, investigação e punição desses níveis é essencial para manter a integridade do estado.

Miklaucic e Brewer defendem que há vários estágios de corrupção. O primeiro nível de instalação da corrupção no estado é a chamada **penetração criminal**. Nesse cenário, o nível "normal" e "aceitável" de corrupção é ultrapassado. É estabelecido um processo de corrosão das instituições. A corrupção deixa de ser ocasional, eventual e passa a ser sistemática[219].

O segundo grau de cooptação do estado em relação à corrupção é a **infiltração criminal**. Nessa perspectiva, atesta-se uma simbiose entre as organizações criminosas e os membros do governo, até porque alguns integrantes da organização ocupam

---

[218] GRUPO DE TRABAJO DEL AEI SOBRE EL CRIMEN ORGANIZADO TRANSNACIONAL EN LAS AMÉRICAS. **Capos y corrupción**: atacando el crimen organizado transnacional en las américas. American Enterprise Institute, June 26, 2017, p. 33.

[219] MIKLAUCIC, M.; BREWER, J. (eds.). **Convergence**: illicit network and national security in the age of globalization. Washington: Center for Complex Operations, Institute for National Strategic Studies by National Defense University Press, 2013, p. 157-163.

posições-chave dentro do governo. O estado participa e possui empreendimentos criminosos em larga escala e com lucros ilícitos em parcerias com as organizações criminosas.

O próximo degrau é a **captura do estado**. Membros e grupos possuem uma forte ligação com as organizações, contudo o estado não perdeu a legitimidade: mantém a independência e a capacidade de buscar uma reação eficaz contra redes ilícitas.

O último nível de comprometimento do estado em relação à corrupção é a **soberania criminal**. Nesse caso, se o estado se transforma em uma empresa criminal, não é mais uma corrupção individual, de grupo ou setores do governo, mas, sim, uma corrupção institucionalizada. O estado é a própria organização criminosa, não possuindo mais a legitimidade e a capacidade de combater as redes ilícitas, justamente por ser o fomentador, o indutor e o beneficiário da lucratividade das ações criminosas.

3.3.7. Ações violentas

O uso da violência sempre foi largamente empregado por essas organizações, conferindo-lhe alto poder de intimidação, principalmente contra opositores, delatores e concorrentes. Contudo, prevalece, na atualidade, a discrição das ações – a lei do silêncio –, com ações violentas pontuais e não perceptíveis para a comunidade em geral. Em uma clara demonstração de poder, Paul Castelano, antigo *capo* da família Gambino, da máfia nova-iorquina, declarou: "eu já não preciso mais de pistoleiros, agora quero deputados e senadores"[220].

Quanto ao domínio territorial, trata-se de duas ou mais organizações criminosas se digladiando na disputa por um determinado território. Ao final do enfrentamento, o domínio se torna bem definido, a exemplo do tráfico de drogas no Rio de Janeiro. O controle territorial configura condição indispensável a qualquer organização criminosa, haja vista que essa situação maximiza o seu poder, permanência e lucro[221].

A despersonalização do enfrentamento à organização criminosa é essencial. Recorrer a ações em colegiado é fundamental para que não haja alvos para ações violentas definidas. A Lei nº 12.694, de 24 de julho de 2012, mais conhecida como a "Lei dos

---

[220] SANTOS, D. L. Organizações criminosas: conceitos no decorrer da evolução legislativa brasileira. **Conteúdo Jurídico**, 22 maio 2014, p. 2. Disponível em: <http://www.conteudojuridico.com.br/artigo,organizacoes-criminosas-conceitos-no-decorrer-da-evolucao-legislativa-brasileira,48208.html>. Acesso em: 10 maio 2019.
[221] PELLEGRINI, A. **Criminalidade organizada**. 2.ed. São Paulo: Atlas, 2008, p. 57.

102 Inteligência Policial Judiciária

Juízes sem Rosto", é mundialmente utilizada no sentido de preservar os magistrados e garantir a segurança física.

3.3.8. Lavagem de dinheiro

É imperioso para o crime organizado tornar lícito o lucro proveniente de suas ações. A lavagem de dinheiro se caracteriza por um conjunto de operações comerciais ou financeiras que buscam a incorporação, transitória ou permanente, de recursos, bens e valores de origem ilícita na economia de um determinado país. Segundo Barros, a velocidade e a fluidez que revestem a criminalidade na sua vertente econômica tornam maiores os desafios e as dificuldades, já que a internacionalização das movimentações bancárias possibilita, com maior eficácia, a ocultação dos valores ilícitos[222].

A Lei nº 12.683/2012 tornou mais eficiente a persecução penal dos crimes de lavagem de dinheiro, sendo considerada uma norma de terceira geração, por não fixar restritivamente crimes antecedentes[223].

A lavagem de dinheiro ocorre por meio de um processo dinâmico que envolve, teoricamente, três fases que, com frequência, ocorrem simultaneamente. O Conselho de Controle de Atividades Financeiras (COAF), órgão central da Inteligência Financeira no Brasil, a classifica em três etapas distintas e independentes: colocação, ocultação e integração. A **colocação** é a fase em que o lavador de dinheiro procura desembaraçar--se materialmente do dinheiro resultante do crime, não envolvendo necessariamente o sistema financeiro, pois pode ser obtido através de ativos valiosos, como ouro e pedras preciosas[224]. A **ocultação** compreende o momento em que se realiza uma série de operações financeiras distintas e complexas no intuito de inviabilizar o rastreamento contábil dos valores ilicitamente obtidos. Já a **integração** consiste na fase na qual, finalmente, ocorre o retorno do dinheiro ao mercado financeiro, assumindo uma aparência de legalidade, sendo quase impossível, após a realização de tantas transações financeiras, reunir provas que esclareçam a sua origem criminosa.

---

[222] BARROS, M. A. **Lavagem de capitais e obrigações civis correlatas**. 2.ed. São Paulo: Editora Revistas dos Tribunais, 2008, p. 35.

[223] Crime de Lavagem de Dinheiro: Ocultar ou dissimular a natureza, origem, localização, disposição, movimentação ou propriedade de bens, direitos ou valores provenientes, direta ou indiretamente, de infração penal. Pena: reclusão, de 3 (três) a 10 (dez) anos, e multa.

[224] MAIA, R. T. **Lavagem de dinheiro** (Lavagem de ativos provenientes de crime): anotações às disposições criminais da Lei Federal nº 9.613/98. Rio de Janeiro: Malheiros, 1999, p. 25.

O Fundo Monetário Internacional (FMI) calcula que o dinheiro lavado no mundo corresponda a algo entre 2% e 5% do PIB global[225]. No entanto, outras estimativas colocam os fluxos de lavagem de dinheiro próximos a 10% do PIB global[226].O processo de globalização fortaleceu o crescimento e a integração do mercado mundial com a abertura econômica, ao promover um acelerado desenvolvimento tecnológico dos sistemas legais de câmbio e abrir um leque de operações de transferência eletrônica, o que veio a diminuir as distâncias e economizar o tempo.

Todavia, esse processo de sofisticação dos sistemas financeiros tem gerado um contexto propício à prática da lavagem de dinheiro, o que dificulta a fiscalização e o controle dessas operações pelos órgãos competentes, uma vez que, nos dias de hoje, pode-se lançar mão de uma diversidade de artifícios para "mascarar" a origem de valores oriundos de crime, mantendo, assim, protegida a identidade do autor da conduta.

Observa-se que a lavagem de dinheiro, a qual se distingue dos crimes tradicionais, assume feições empresariais ao atuar em larga escala, nos âmbitos nacional e transnacional, vindo a influir sensivelmente no mercado econômico mundial. Com a inserção do dinheiro ilícito no mercado financeiro, por meio da constituição de estabelecimentos destinados à captação de capitais de origem ignorada, viabiliza-se a diluição desses valores no mercado formal, uma vez que se utiliza o sistema econômico como veículo natural e necessário para a prática e a ampliação das atividades ilícitas.

São devastadoras as consequências que a lavagem de dinheiro traz para a economia nacional e a ordem internacional, atingindo ainda a sociedade em seus diversos setores. A instabilidade econômica provoca a hiper-reação dos mercados financeiros; a oscilação dos índices de câmbio, taxas e juros; os riscos de contaminação na livre concorrência; a baixa do desempenho da política financeira do país; o aumento da corrupção, etc. Todos esses fatores geram a perda da confiabilidade no sistema financeiro.

---

[225] UNODC marca o Dia Nacional de Prevenção à Lavagem de Dinheiro. **UNODC – Escritório de Ligação e Parceria no Brasil**, 29 out. 2013. Disponível em: <http://www.unodc.org/lpo-brazil/pt/frontpage/2013/10/29-unodc-marca-dia-nacional-de-prevencao-a-lavagem-de-dinheiro.html>. Acesso em: 13 maio 2019.

[226] MINISTÉRIO PÚBLICO DE SÃO PAULO. **Roteiro para investigação criminal no crime de lavagem de dinheiro**. São Paulo, 2007, p. 1.

3.4. Fatores atraentes para as ações das organizações criminosas no Brasil

As organizações criminosas transnacionais são verdadeiros conglomerados do crime, funcionando de várias maneiras, em inúmeras atividades e diversos países, a fim de aumentar o lucro e diminuir a possibilidade de os estados agirem de forma eficiente e eficaz em suas ações investigativas. Assim como as multinacionais, as organizações criminosas analisam estrategicamente os locais de atuação com base em seus objetivos de lucros com facilidades de ação.

Pascual aponta que uma das principais preocupações é a determinação de organizações criminosas para se infiltrar no nível estrutural do estado, especialmente nos componentes político e econômico:

> *Organizações criminais optaram por se mudar para países com as características mais favoráveis para atingir seus objetivos, na busca de uma autoproteção melhor e mais eficiente. Estados com mais sistemas legais laxos, com leis de imigração mais permeáveis e políticas criminosas subdesenvolvidas ou desatualizadas, foram os candidatos favoritos[227].*

3.4.1. Desenvolvimento econômico

A crise financeira mundial representa uma oportunidade para as organizações criminosas crescerem ainda mais. A inteligência italiana já constatou que a máfia 'Ndrangheta tira proveito do declínio do comércio global como oportunidade de aumentar a sua participação na economia ao usar a renda de suas atividades ilegais para comprar fatias nos setores de varejo, turismo e imobiliário[228].

O Brasil está entre as 10 maiores economias do planeta[229]. Esse fato, conjuntamente com a estabilidade da economia brasileira, coloca o Brasil em evidência como local atrativo para o investimento das grandes organizações criminosas internacionais.

---

[227] PASCUAL, D. S. R. Analysis of Criminal Intelligence from a Criminological Perspective: the future of the fight against organized crime. **Journal of Law and Criminal Justice**, vol. 3, n. 1, American Research Institute for Policy Development, June 2015, p. 2.

[228] ITÁLIA prende 39 mafiosos em operação nacional. **Extra**, 10 dez. 2010. Disponível em: <https://extra.globo.com/noticias/mundo/italia-prende-39-mafiosos-em-operacao-nacional-271742.html>. Acesso em: 15 maio 2019.

[229] PORTILLO, J. Quais são as maiores economias do mundo? El País, 10 out. 2018. Disponível em: <https://brasil.elpais.com/brasil/2018/10/10/economia/1539180659_703785.html>. Acesso em: 24 jun. 2019.

3.4.2. Proximidade com os países produtores de drogas e grande faixa de fronteira

As fronteiras são um grande desafio para os estados. Miklaucic e Brewer abordam a problemática das fronteiras para as organizações criminosas:

> *Fronteiras são o céu – são nirvana para os infratores e para as redes ilícitas nas quais funcionam. Fronteiras nacionais são o que criam os diferenciais de preço que impulsionam os imensos lucros do comércio ilícito. Eles também fornecem os escudos para os criminosos se esconderem, protegendo-os das agências de aplicação da lei e dos governos que procuram interromper suas atividades[230].*

A proximidade geográfica do Brasil com países produtores de drogas e a permeabilidade da faixa de fronteiras são fatores atrativos para as organizações criminosas.

O Brasil faz fronteira com os três principais produtores mundiais de cocaína. A Colômbia, maior produtora de cocaína do mundo, é responsável por cerca de 55% dessa produção. Dispondo de 499 mil hectares e produzindo 600 toneladas de cocaína, tem uma fronteira de 1.644 km com o Brasil. O Peru seria o segundo maior produtor, com 53,7 mil hectares e fronteira de 2.995 km com o Brasil. A Bolívia, terceiro maior produtor de folha de coca, com 28,9 mil hectares, tem 3.423 km de fronteira seca com o Brasil[231]. O Paraguai, por sua vez, é o maior produtor de maconha da América do Sul, com cerca de 5,9 mil das 10 mil toneladas produzidas e uma fronteira terrestre de 1.366 km com o Brasil. Os quatro países juntos somam uma fronteira terrestre de 9.428 km, representando mais da metade do total das fronteiras terrestres brasileiras.

A fronteira terrestre brasileira é de 18.886 km, e a marítima, com seus 7.408 km, também representa uma extensa faixa de vulnerabilidade, já que a principal rota de tráfico de drogas que passa pelo Brasil tem como objetivo o transporte da cocaína para a África e depois para a Europa.

---

[230] MIKLAUCIC, M.; BREWER, J. (eds.). **Convergence**: illicit network and national security in the age of globalization. Washington: Center for Complex Operations, Institute for National Strategic Studies by National Defense University Press, 2013, p. 153.

[231] UNITED NATIONS OFFICE ON DRUGS AND CRIME. **Relatório Mundial sobre Drogas 2008 do UNODC.** UNODC, 2008. Disponível em: <https://www.antidrogas.com.br/conteudo_unodc/PrincipaisPontosRelatorio2008.pdf>. Acesso em: 15 maio 2019.

106 Inteligência Policial Judiciária

Uma reflexão merece ser desenvolvida: a fronteira do México com os Estados Unidos possui 3.141 km, sendo uma das mais vigiadas a partir de tecnologias e policiais. Uma parte está situada no deserto e 30% já conta com um muro[232], bem como câmeras, recursos tecnológicos de ponta e infraestrutura policial invejável. As apreensões levadas a cabo por essa estrutura vultosa não impedem, porém, que as drogas ilegais entrem no EUA.

A falta de recursos necessários ao tamanho do desafio americano fez com que os esforços de interdição de drogas na área não alcançassem êxito, permitindo que três quartos dos traficantes de cocaína tenham atuado com sucesso, apesar de detectados pelo governo dos Estados Unidos. A Guarda Costeira estima ter conhecimento de aproximadamente 90% das atividades de tráfego marítimo; no entanto, só possui recursos para interceptar de 11% a 20% dessas remessas por ano[233].

3.4.3. Dimensões continentais e grande malha de transportes

As dimensões continentais do Brasil proporcionam um atrativo às organizações criminosas, haja vista que essa complexidade, somada à deficiência nas ações preventiva e repressiva, além da permeabilidade da faixa de fronteiras, favorece o transporte de drogas e armas, propiciando um quadro de impunidade.

O Brasil possui uma densa malha viária, com cerca de 1.603.131 km, e uma modesta extensão ferroviária, com 28.276 km. É o segundo país com o maior número de aeroportos do mundo, com 2.498 aeroportos e aeródromos (locais sem terminais de passageiros), sendo 739 públicos e 1.759 particulares. Desse total, 67 são grandes aeroportos sob a administração da Empresa Brasileira de Infraestrutura Aeroportuária – Infraero, os quais, no ano de 2007, atingiram um fluxo de 51.028.617 pessoas[234]. Com relação à malha hidroviária, o Brasil abrange aproximadamente 42.000 km[235],

---

[232] PARTE do muro que separa os EUA do México já existe há duas décadas. **Gazeta do Povo**, 25 jan. 2017. Disponível em: <http://www.gazetadopovo.com.br/mundo/parte-do-muro-que-separa-os-eua-do-mexico-ja-existe-ha-duas-decadas-3lf4cek26ehz6k9dvbv1vjr4c>. Acesso em: 09 maio 2019.

[233] GRUPO DE TRABAJO DEL AEI SOBRE EL CRIMEN ORGANIZADO TRANSNACIONAL EN LAS AMÉRICAS. **Capos y corrupción**: atacando el crimen organizado transnacional en las américas. American Enterprise Institute, June 26, 2017, p. 7.

[234] OCIOSIDADE atinge 70% dos principais aeroportos. **G1**, 12 ago. 2007. Disponível em: <http://g1.globo.com/Noticias/Brasil/0,,MUL86760-5598,00.html>. Acessado em: 15 maio 2019.

[235] LEITE, F.; BRANCATELLI, R. Ociosidade atinge 70% dos principais aeroportos do País. **Estadão**, 07 ago. 2012. Disponível em: <https://brasil.estadao.com.br/noticias/geral,ociosidade-atinge-70-dos-principais-aeroportos-do-pais,33412>. Acesso em: 29 maio 2019.

dos quais 24.000 km pertencem à Amazônia brasileira, ocupando uma área territorial com mais de 3,6 milhões de quilômetros quadrados[236].

Finalmente, o sistema portuário brasileiro, que possui 82 portos públicos e privados, movimentou, em 2007, 754.716.655 toneladas de cargas[237]. Nessa complexa rede de transportes, diariamente circulam criminosos e são transportadas mercadorias ilícitas. A fragilidade da estrutura de recursos humanos e materiais do estado não viabiliza um conjunto eficiente e eficaz de ações de prevenção, repressão e fiscalização, constituindo ainda um incentivo à fomentação do crime.

3.4.4. Fragilidade da fiscalização e corrupção

Aliada à fragilidade de fiscalização, os altos índices de corrupção do Brasil representam um fator atraente para o crime organizado. A corrupção em vários níveis pode neutralizar e/ou imobilizar as ações preventivas e repressivas, assegurar informações prévias e privilegiadas, bem como a impunidade dos crimes se descobertos e levados a julgamento, além de interferir em processos legislativos e atos administrativos de interesse da organização, possibilitar a não efetividade da execução da pena e garantir o domínio da organização criminosa dentro e fora dos presídios, viabilizando acesso a licitações e esquemas fraudulentos, entre outras possibilidades.

A organização Transparência Internacional publica uma lista anual dos índices de corrupção no mundo. No relatório de 2018, o Brasil ficou na 105ª colocação, piorando sua situação no *ranking* mundial, haja vista que em 2016 ocupava a 79ª e em 2017 a 96ª colocação. A posição brasileira é bem atrás de Chile (67ª), Cuba (61ª), Argentina (85ª), Uruguai (23ª) e Colômbia (99ª). A situação de México (138ª) e Venezuela (168ª) é cada vez mais preocupante, demonstrando as dificuldades estatais daqueles países[238].

Segundo especialistas, a corrupção desperdiça de 5% a 10% do Produto Interno Bruto brasileiro. Não obstante a dificuldade de mensuração dos prejuízos causados,

---

[236] SANT'ANNA, J. A. **Rede básica de transportes da Amazônia**. IPEA, jun. 1998, p. 14.

[237] ANTAQ. **Anuário Estatístico 2007**. Disponível em: <http://web.antaq.gov.br/Portal/Anuarios/Portuario2007/Index.htm>. Acesso em: 15 maio 2019.

[238] LUIZ, G. Brasil piora em ranking de percepção de corrupção em 2018. **G1**, 29 jan. 2019. Disponível em: <https://g1.globo.com/mundo/noticia/2019/01/29/brasil-fica-cai-para-105o-lugar-em-ranking-de-2018-dos-paises-menos-corruptos.ghtml>. Acesso em: 29 maio 2019.

108 Inteligência Policial Judiciária

haja vista a clandestinidade de atos nesse campo, estimam-se que sejam de US$ 4 bilhões a US$ 8 bilhões perdidos[239].

De acordo com o índice da Impunidade Global, o México ocupa o segundo nível no mundo. Reportados apenas sete de dez crimes, desse volume menos de 5% são concluídos com um processo legal com veredicto e sentença. Isso significa que a impunidade no México está próxima de 95%. Com impunidade na devassidão, não é surpreendente que somente 9% dos mexicanos confiem nas autoridades judiciais do seu país[240].

3.4.5. Grande produtor de insumos químicos

Outro aspecto atrativo é o fato de o Brasil ter um grande parque químico produtor de insumos para o refino de cocaína. Os países andinos produtores da folha de coca não possuem indústrias químicas. São necessários 300.000 litros de querosene, 775 toneladas de ácido sulfúrico, 23.000 toneladas de cálcio, 10.000 toneladas de acetona e de tolueno para produzir 1.000 toneladas de cocaína[241]. Assim, os insumos vêm sempre de fora, ou melhor, chegam aos laboratórios clandestinos por meio de contrabando ou de desvios de químicos importados regularmente.

Walter Maierovich, especialista em crime organizado e diretor do Instituto Brasileiro Giovanni Falcone (IBGF), afirma que a existência da refinaria na Rocinha, com tamanha capacidade de produção, é de uma gravidade muito grande. Mostra uma inversão de mão, pois, anteriormente, os produtos químicos eram contrabandeados para Colômbia, Bolívia e Peru para se produzir a droga. A refinaria na favela é o primeiro indicativo do contrário. A matéria-prima passa a ser trazida para o Brasil para se refinar a cocaína aqui no país. Agora a pasta de coca vem para o país, e o refino passa a ser feito no Rio de Janeiro, dentro de um grande centro de consumo[242].

Sem dúvida, o efeito mais visível do desequilibro econômico é o fenômeno do desemprego, que se dá em virtude da quebra de empresas idôneas frente à concorrência

---

[239] ZIONI, C. O custo da corrupção. **Problemas Brasileiros**, n. 330, nov. 1998. Disponível em: <https://www.sescsp.org.br/online/artigo/101_O+CUSTO+DA+CORRUPCAO>. Acesso em: 29 maio 2019.

[240] GRUPO DE TRABAJO DEL AEI SOBRE EL CRIMEN ORGANIZADO TRANSNACIONAL EN LAS AMÉRICAS. **Capos y corrupción**: atacando el crimen organizado transnacional en las américas. American Enterprise Institute, June 26, 2017, p. 48.

[241] MONTOYA, M. D. **Máfia e Crime Organizado**. Rio de Janeiro: Lumen Juris, 2007, p. 109.

[242] INSTITUTO BRASILEIRO GEORGE FALCONE. Site. Disponível em: <http://www.ibgf.org.br/>. Acesso em: 16 maio 2019.

desleal e ao abuso de poder econômico praticado pelas empresas instaladas com capital oriundo de crime, além da criação de monopólios que, por fim, acabam por estimular a corrupção e o comércio informal.

Os efeitos do crime organizado são, de fato, devastadores e podem ser traduzidos pelo aumento do desemprego, em decorrência do fechamento de empresas e da redução de investimentos rentáveis, gerando o desestímulo dos investidores idôneos e a descrença da sociedade como um todo, uma vez que não se restringe à ordem econômica, mas a toda estrutura político-administrativa do país.

3.5. Pontos fracos e fortes das organizações criminosas

As organizações criminosas possuem classicamente pontos fortes e fracos. Citaremos alguns deles sem a pretensão de exaurir a temática sob a perspectiva das organizações brasileiras. Contudo, estudar e entender o fenômeno das organizações se apresenta como essencial para traçar políticas e estratégias visando a aumentar a eficiência estatal e compor políticas que possam atingir as fraquezas das organizações[243].

Os pontos fortes e fracos são analisados na perspectiva interna, enquanto as oportunidades e as ameaças são analisadas sob a perspectiva externa à organização.

No ambiente interno, as Organizações Criminosas Transnacionais (TOCs) dispõem de pontos fortes e fracos, e, no ambiente externo, existem oportunidades de se fortalecerem diante de ameaças de enfraquecimento. Passaremos a analisar essas premissas com o intuito de diagnosticar o cenário atual no Brasil.

3.5.1. Pontos fortes

As TOCs buscam recrutar pessoas nos mais diversos níveis. Buscam alianças com grupos e pessoas que tenham expertises nos diversos ramos de atuação para atingir seus objetivos. A cooptação de membros com baixo grau de escolaridade é maior, porém há também o recrutamento de profissionais liberais, com nível superior em várias áreas de atuação, além de menores de idade e ex-integrantes das forças de segurança e de defesa, uma vez que as TOCs estão em constante busca de soluções em campos diversificados para manter sua atuação criminosa próspera.

---

[243] A presente análise SWOT foi realizada por meio de uma pesquisa com 15 especialistas em crime organizado.

110 Inteligência Policial Judiciária

Os argumentos fáceis, e, em especial, a motivação de aglutinar para ganhar mais dinheiro e proteção, são capazes de unir criminosos sob o mesmo propósito, por meio de um sentimento forte de pertencimento e de um modelo de gerenciamento adotado que obedece a critérios de hierarquia, de forma organizada e subdividida por setores com funcionalidades específicas nas facções. Baseiam-se no discurso da força e união, empregando ideias de luta contra a opressão vivida dentro do sistema penitenciário. Essa influência é facilmente internalizada por seus integrantes, que admitem como certa a insurgência contra a "opressão" do estado, tornando-os determinados no cumprimento de ordens.

As decisões tomadas de forma colegiada são amplamente difundidas entre os setores que compõem a organização, sendo facilitadas pela entrada de aparelhos celulares nos presídios para fortalecer e demandar crimes. Há também a utilização de parentes e advogados, que são usados tanto para a comunicação dos faccionados e o envio de ordens entre as unidades prisionais quanto para os membros em liberdade nas ruas.

A existência de um alto número de faccionados, o constante aumento desse número e a forma como estão espalhados em todo o território nacional e em países vizinhos ou de outros continentes demonstram a crescente potencialidade de capilaridade das facções existentes no Brasil e fora. Verifica-se muita facilidade na cooptação de novos membros. Observa-se também uma crescente influência de envolvimento das organizações criminosas na política em vários lugares do país.

O sistema organizacional hierárquico possibilita o controle das TOCs, dispondo de estatuto próprio com previsão de punições para quem não se enquadrar. Algumas decisões também são tomadas de forma colegiada, possibilitando um melhor planejamento de ações, em que se utiliza o melhor da expertise de seus integrantes. Existe ainda uma valorização de seus faccionados, que assumem funções e cargos dentro da estrutura da organização. Há a possibilidade de ascensão hierárquica, provocando no indivíduo a sensação de prestígio e poder. As TOCs acabam acolhendo indivíduos socialmente marginalizados pelo estado, pessoas sem perspectiva de melhoria de vida, dando a eles e a seus familiares a assistência negada pelo poder público.

Há uma forte presença e controle de presídios por parte das facções, assim como o controle de territórios em áreas desassistidas pelo poder estatal em algumas cidades do país, onde são socialmente aceitos em diversas comunidades. O faccionado, mesmo preso, continua no controle das TOCs, formando uma rede de ligações que passa a ser amplamente fortalecida quando se infiltram em ramos sociais, econômicos e políticos.

As organizações criminosas possuem um alto poder financeiro, o qual se encontra em fase de crescimento, adquirido por meio das mais variadas formas de ações criminosas: tráfico de drogas, de armas, contrabando, roubos a bancos e de cargas, lavagem de dinheiro, etc. Nesse sentido, fortalecem mais ainda suas ações, além de obterem recursos financeiros para contratação de bons advogados e de darem assistência às famílias dos presos e faccionados. Há um maior fluxo financeiro do dinheiro em espécie, porém utilizam inúmeras contas em nome de laranjas e até a utilização de *bitcoins* já foi constatada. Sem contar que a crescente expertise nas atividades de lavagem de dinheiro favorece suas ações.

A prática das arrecadações mensais de seus faccionados, adquiridas a partir das chamadas "cebolas", estabelece também uma base financeira sistemática e permanente, que funciona como fundos de reserva administrativa das TOCs para situações de emergências. Desse modo, a cobrança de dívidas costuma ser por meio de violência e coação.

Conhecem ainda as fragilidades do estado, a ineficiência e a ineficácia da legislação vigente e as usam em benefício das facções. Contam com apoio de servidores corruptos, que, em troca de vantagem ilícita, favorecem as ações das facções, inclusive no campo informacional, passando dados estratégicos para o cometimento de ilícitos e para não serem descobertos e/ou presos. Esse acesso informacional também repercute em intimidações e ameaças realizadas contra as autoridades que conduzem investigação ou julgamento de integrantes de organizações criminosas: policiais, agentes penitenciários, promotores, juízes, etc.

3.5.2. Pontos fracos

Dificuldade em ocultar ou dissimular os produtos e proventos do crime. Apesar das facções estarem se aperfeiçoando cada vez mais nessa prática, as ações de lavagem de dinheiro são realizadas no mundo oficial, onde tudo deixa rastro.

O sentimento de ganância e o interesse pelo poder, por ocupar um posto de destaque na organização criminosa, em detrimento da ideologia que visa os interesses coletivos da facção, acabam gerando disputas internas e podem provocar os "rachas" e, consequentemente, a formação de novas facções. As traições de membros costumam ser cobradas com extrema violência –fato que tem ocorrido com frequência e vem gerando um aumento de mortes de membros devido aos constantes conflitos.

O grande número de organizações criminosas existentes no país – mais de 70, em sua maioria oriundas do sistema penitenciário – acaba por provocar conflitos de

112 Inteligência Policial Judiciária

interesses e disputas entre elas, ocasionando forte rivalidade e confrontos dentro e fora dos presídios, desestabilizando inclusive a própria parte financeira, com as perdas de armamento, dinheiro, bens e membros, tudo isso provocado por disputas pelo controle de território, rotas, fornecimento de drogas, armas, etc.

O alto poder de violência vem fazendo com que as taxas de homicídios no Brasil se elevem. Dívidas financeiras, traições, descumprimento de regras ou de ordens entre os membros da mesma facção ou os acertos entre organizações diferentes são cobrados com o uso de extrema violência.

Atesta-se a necessidade de ostentar poder e força (exposição e divulgação de vídeos e fotos de torturas e execuções), além de bens adquiridos com as práticas criminosas (exposição e divulgação em redes sociais com dinheiro e produtos de origem ilícita, viagens, festas, mulheres, etc.). Tais práticas acabam por expor o criminoso e/ou suas ações, facilitando o seu reconhecimento, a denúncia e a sua consequente prisão.

As organizações criminosas brasileiras possuem uma organização interna deficiente na maioria das facções, pouca durabilidade das lideranças, em geral muito jovens, violentas e sem experiência.

3.5.3. Oportunidades para as organizações criminosas

A corrupção de agentes públicos, como policiais, agentes penitenciários, promotores, juízes ou mesmo políticos, interessados em se locupletar e favorecendo, assim, as organizações criminosas, contribui para a infiltração (capilaridade) destas nas três esferas de poder: Executivo, Legislativo e Judiciário.

Verificam-se lacunas na legislação que não acompanham o processo dinâmico que sofrem os eventos sociais e criminais, bem como a falta de legislação que proteja a atividade de servidores que lidam com o crime organizado (policiais, agentes prisionais, promotores e juízes), devendo imputar penas mais pesadas para quem comete crimes de ameaça, contra a vida ou a incolumidade física (tentado ou consumado) desses servidores, além da excessiva proteção, quanto aos criminosos, proveniente de organismos de direitos humanos.

A situação econômica ruim na qual se encontra o país, somada ao círculo vicioso entre corrupção e desigualdade social, configura oportunidade para o crescimento das organizações criminosas, uma vez que o número crescente de pessoas em condições de subsistência ou pobreza facilita a cooptação destas para o crime.

A melhoria e o estreitamento das relações internacionais nos últimos anos também contribuíram para que as facções passassem a explorar as rotas do comércio com outros países. O potencial de permeabilidade das nossas fronteiras e o fortalecimento das formas de conectividade entre as redes urbanas, principalmente na faixa fronteiriça, considerando-se a extensão de um país com proporções continentais, favorecem a atuação das organizações criminosas tanto dentro como fora do Brasil, em que acabam estabelecendo fortes vínculos transnacionais.

As operações policiais com foco no financiamento ilícito de campanhas políticas por parte das empresas privadas, a exemplo da Operação Lava Jato, podem gerar uma ausência de dinheiro para esses financiamentos. As organizações delitivas têm uma oportunidade de direcionar seus lucros ilícitos para a candidatura e a possibilidade de vitória de candidatos que tragam benefícios direta ou indiretamente para as organizações criminosas, com financiamento direto ou não de suas campanhas políticas.

Há uma grande precariedade no sistema prisional brasileiro, unidades com infraestrutura prejudicada, facilitando as fugas e a falta de controle dos agentes, efetivo insuficiente e baixos salários pagos aos agentes prisionais. O crescimento nos últimos 10 anos é exponencial. Vejamos:

Figura 11. Evolução numérica do Sistema Criminal.
Fonte: Adaptado de DAYLLIN, D. Brasil dobra número de presos em 11 anos para 726 mil detentos. GP1, 08 dez. 2017. Disponível em: <https://www.gp1.com.br/noticias/brasil-dobra-numero-de-presos-em-11-anos-para-726-mil-detentos-425173.html>. Acesso em: 16 maio 2019.

No cenário internacional, os cartéis de drogas atuantes e fortalecidos na Colômbia, segundo a ONU, apontam um aumento de mais de 50% em 2016, com uma área de cultivo que passou de 96.000 para 146.000 hectares[244]. Outras estimativas apontam para um aumento ainda maior, além do recrutamento de ex-integrantes das Forças Armadas Revolucionárias da Colômbia (FARC) para o tráfico de drogas. A crise político-econômica na Venezuela favorece o aumento da pobreza na faixa de fronteira de Roraima e, consequentemente, da criminalidade transnacional, passando a existir uma fragilidade econômico-social que atrai os mais afetados para os ganhos fáceis com as práticas ilícitas transfronteiriças.

Já no cenário nacional, notam-se as fragilidades do estado, a inexistência de um sistema de interceptação de mensagens dos inúmeros aplicativos criptografados existentes e utilizados para comunicação, a falta de integração das forças de segurança e o aproveitamento por parte das organizações criminosas de tecnologias atuais existentes para aprimorar e dar mais eficiência para suas atividades criminosas, com o uso de celulares criptografados, drones, GPS, aplicativos para troca de mensagens criptografadas, bloqueadores de sinais (*jammer*), etc.

Novas tecnologias nas transações econômicas, como as criptomoedas, também são oportunidades aproveitadas pelas organizações criminosas e cada vez mais utilizadas com o intuito de dificultar o rastreamento das transações internacionais dos lucros obtidos com as várias práticas criminosas.

3.5.4. Ameaças às organizações criminosas

A maioria dos membros das facções está presa e, apesar da facilidade de comunicação ilegal dentro dos presídios, o encarcerado ainda consegue articular menos do que se estivesse em liberdade. O isolamento das lideranças da forma como é feita nos presídios federais ou nos estaduais, que têm sistema de RDD, constitui uma ameaça às organizações criminosas, dificultando o envio de "salves" e ordens para ações criminosas, exigindo um planejamento maior para se atingir o objetivo de se obter comunicação com o mundo fora do sistema prisional.

Dessa forma, constata-se que o endurecimento das medidas carcerárias, com a prisão e o isolamento de elementos-chave dentro da organização, e o aumento do controle do estado dentro do ambiente prisional são ameaças indiscutíveis às atividades das organizações criminosas.

---

[244] MANETTO, F. Cultivo de coca na Colômbia aumentou mais de 50% em 2016. **El País**, 15 jul. 2017. Disponível em: <https://brasil.elpais.com/brasil/2017/07/15/internacional/1500075179_746891.html>. Acesso em: 16 maio 2019.

Fugas e tentativas de fugas acabam também por enfraquecer as ações criminais, pois demandam uma resposta imediata do estado, causando revistas, buscas, apreensões e prisões, seja dentro ou fora do sistema prisional, fazendo também com que precisem de mais tempo para restabelecerem todo o fluxo de comunicação.

O Decreto nº 3.695, de 21 de dezembro de 2000, inseriu no ordenamento legal brasileiro a atividade de Inteligência de Segurança Pública (ISP) e o Subsistema de Inteligência de Segurança Pública (SISP). A finalidade foi coordenar e integrar as atividades de Inteligência de Segurança Pública em todo o país, bem como suprir os governos federal e estaduais de informações capazes de subsidiar as tomadas de decisão nesse campo; portanto, o trabalho integrado e o bom funcionamento do fluxo informacional do SISP podem aumentar a eficiência estatal no enfrentamento das organizações criminosas.

Tanto o surgimento de novas organizações criminosas (facções) quanto as constantes guerras entre as que já existem geram conflitos em razão da concorrência pelo domínio do monopólio do fornecimento, das rotas e da venda de drogas, o que ocasiona a disputa e a perda de territórios, bem como o aumento de homicídios entre seus membros e líderes. Uma das atividades que mais despende recursos por parte das organizações criminosas é a briga pela conquista de territórios, seja pelos locais de venda (comunidades, bairros, "biqueiras", pontos, etc.), de fornecimento de drogas e armas ou pela exclusividade do uso das rotas de transporte desses ilícitos.

Desse modo, o controle e a presença nesses locais de domínio, tanto pelas forças de segurança quanto pelas organizações rivais, configuram-se como uma ameaça externa aos interesses de uma facção, assim como a atuação das Forças Armadas em ações específicas: fronteiras, rios, presídios e nas ações de Garantia da Lei e da Ordem (GLO) em territórios dominados.

O poder e a legitimidade do estado são quase ilimitados; contudo, o fracionamento e a divisão desse poder, como, por exemplo, a divisão de poderes da República com estados membros e municípios. Essa necessidade imperiosa de colocar limites a fim de que haja freios e contrapesos torna esse poder difuso quando não há planejamento, políticas de estado perenes, sistêmicas, com uma participação integrada e focada nas políticas, estratégias e ações estabelecidas para a utilização do poder.

A própria existência de um Estado de Direito, democrático, com instituições sólidas e que prezam o bem comum, configura o principal ponto forte do estado brasileiro.

Ações desenvolvidas pelo estado brasileiro

Existem várias ações exitosas no combate às organizações criminosas. O problema, porém, é que elas não estão sistematizadas. Vamos citar algumas boas práticas sem a pretensão de exaurir as ações estatais brasileiras no enfrentamento às organizações criminosas.

A Estratégia Nacional de Fronteiras (ENAFRON) foi um conjunto de políticas e projetos do governo federal criado em 2011 dentro do Plano Estratégico de Fronteiras (PEF), cuja finalidade era melhorar a percepção de segurança pública junto à sociedade e garantir a presença permanente das instituições policiais e de fiscalização na região de fronteira do Brasil, otimizando a prevenção e a repressão aos crimes transfronteiriços, por meio de ações integradas de diversos órgãos federais, estaduais e municipais.

Os objetivos foram promover a articulação dos atores governamentais, das três esferas de governo – União, estados e municípios –, no sentido de incentivar e fomentar políticas públicas de segurança, uniformizar entendimentos e ações, otimizar o investimento de recursos públicos nas regiões de fronteira e enfrentar os ilícitos penais típicos das regiões de fronteira, tais como tráfico de drogas, armas, munições e contrabando, de forma a promover um bloqueio e a desarticulação das atividades de financiamento, planejamento, distribuição e logística do crime organizado e dos crimes transnacionais, cujos efeitos atingem os grandes centros urbanos e a sociedade brasileira como um todo.

Em 2016, o Decreto nº 8.791, de 29 de junho de 2016, extingue o ENAFRON e institui o Programa de Proteção Integrada de Fronteiras (PPIF), conferindo mais amplitude às atuações de proteção da fronteira, incluindo mais órgãos e ampliando as políticas de atuação.

O PPIF, na prática, extingue o Decreto nº 7.496, de 2011, que contemplava o Programa Estratégico de Fronteiras (PEF), dando nova roupagem às ações de fronteira, inserindo o Ministério das Relações Exteriores na missão de integrar os países vizinhos e o Gabinete de Segurança Institucional (GSI) para coordenar e integrar as ações de inteligência nessa relação[245].

De acordo com o decreto, o plano tem como diretriz "a atuação integrada e coordenada dos órgãos de segurança pública, dos órgãos de inteligência, da Secretaria da Receita Federal e do EMCFA". Esses setores atuarão em cooperação e integração

---

[245] Decreto nº 8.903, de 16 de novembro de 2016. Disponível em: <https://presrepublica.jusbrasil.com.br/legislacao/405669176/decreto-8903-16>. Acesso em: 16 maio 2019.

com os vizinhos da América do Sul. O decreto cria também o Comitê-Executivo do programa, composto por representantes do GSI, ABIN, EMCFA, Receita Federal, Polícia Federal, Polícia Rodoviária Federal, Secretaria de Segurança Pública do Ministério da Justiça e Cidadania e da Secretaria Geral do Ministério das Relações Exteriores.

O Sistema Integrado de Monitoramento de Fronteiras (SISFRON), tendo como principal responsável o Exército Brasileiro, é um sistema de sensoriamento e de suporte à decisão em apoio ao emprego operacional, atuando de forma integrada. O propósito é fortalecer a presença e a capacidade de monitoramento e de ação do estado na faixa de fronteira terrestre, potencializando a atuação dos entes governamentais com responsabilidades sobre a área. Foi concebido por iniciativa do Comando do Exército, em decorrência da aprovação da Estratégia Nacional de Defesa, em 2008, a qual orienta a organização das Forças Armadas sob a égide do trinômio monitoramento/ controle, mobilidade e presença[246].

A Secretaria Nacional de Justiça (SNJ), por meio do Departamento de Recuperação de Ativos e Cooperação Jurídica Internacional (DRCI), promove a articulação dos órgãos dos poderes Executivo, Legislativo e Judiciário e do Ministério Público, no que se refere ao combate à lavagem de dinheiro, conforme previsto no inciso II do art. 11 do Anexo I do Decreto nº 6.061, de 15 de março de 2007. Nesse sentido, o DRCI teve implantada em sua estrutura a Estratégia Nacional de Combate à Corrupção e à Lavagem de Dinheiro (ENCCLA), além da Rede Nacional de Laboratórios de Tecnologia contra Lavagem de Dinheiro – Rede-Lab (criada, inclusive, como meta da ENCCLA em 2006). Além disso, o DRCI é o órgão central brasileiro para cooperação jurídica em matérias penal e cível, participando ativamente nas tratativas visando à obtenção de informações e à recuperação de ativos no exterior[247].

Para a formulação de políticas públicas voltadas ao combate desses crimes, a ENCCLA é a principal rede de articulação para o arranjo e discussões em conjunto de órgãos dos Poderes Executivo, Legislativo e Judiciário das esferas federal e estadual e, em alguns casos, municipal, bem como do Ministério Público de diferentes esferas. Nesse sentido, foi criado o Programa Nacional de Capacitação e Treinamento para o Combate à Corrupção e à Lavagem de Dinheiro (PNLD), com mais de 18 mil agentes públicos capacitados em todas as regiões do país.

---

[246] ESCRITÓRIO DE PROJETOS DO EXÉRCITO BRASILEIRO. **SISFRON**. Disponível em: <http://www.epex. eb.mil.br/index.php/sisfron>. Acesso em: 16 maio 2019.
[247] ESTRATÉGIA NACIONAL DE COMBATE À CORRUPÇÃO E À LAVAGEM DE DINHEIRO. Site. Disponível em: <http://enccla.camara.leg.br/>. Acesso em: 16 maio 2019.

O Laboratório de Tecnologia contra Lavagem de Dinheiro (LAB-LD) é resultado da meta 16 da Estratégia Nacional de Combate à Corrupção e à Lavagem de Dinheiro (ENCLLA) 2006, sob a necessidade de "implantar laboratório modelo para a aplicação de soluções de análise tecnológica em grandes volumes de informações e para a difusão de estudos sobre as melhores práticas em hardware, software e a adequação de perfis profissionais"[248].

Como o projeto do primeiro LAB-LD foi bem-sucedido, o Ministério da Justiça, por intermédio do DRCI/SNJ, iniciou, em 2009, a replicação do modelo para outros órgãos estaduais e federais. O conjunto desses laboratórios forma a Rede Nacional de Laboratórios de Tecnologia (Rede-Lab), hoje presente em todos os estados brasileiros.

Atualmente, são 58 unidades LAB-LD, além da cooperação técnica com outros seis órgãos federais, também membros da Rede-Lab.

Na Rede-Lab, atestamos o reconhecimento da importância estratégica da cooperação interinstitucional e do incentivo à atuação célere e articulada dos diferentes órgãos públicos para prevenção e combate à corrupção, lavagem de dinheiro e malversação de recursos públicos, bem como para desenvolver e compartilhar capacidades e habilidades específicas para lidar com crescentes e expressivos volumes de dados e informações.

A Lei nº 12.850, intitulada Lei das Organizações Criminosas, foi um grande avanço legislativo no nosso país.

O Sistema Único de Segurança Pública (SUSP), Lei nº 13.675, de 11 de junho de 2018, criou várias possibilidades de integração, representando, de forma geral, um avanço no sistema de segurança pública. Para a área de inteligência, no entanto, citou mais do mesmo e, em alguns momentos, confundiu mais do que esclareceu.

Em seu artigo nº 10, IV, dispôs sobre o compartilhamento de informações, inclusive com o Sistema Brasileiro de Inteligência (SISBIN), cuja razão de existir é o compartilhamento de informações, e não trouxe novidade alguma.

---

[248] MINISTÉRIO DA JUSTIÇA. **Laboratório de Tecnologia contra Lavagem de Dinheiro (LAB-LD)**. Disponível em: <http://www.justica.gov.br/sua-protecao/lavagem-de-dinheiro/LAB-LD>. Acesso em: 16 maio 2019.

No mesmo artigo no parágrafo, consta que:

> § 2º As operações combinadas, planejadas e desencadeadas em equipe poderão ser ostensivas, investigativas, de inteligência ou mistas, e contar com a participação de órgãos integrantes do Susp e, nos limites de suas competências, com o Sisbin e outros órgãos dos sistemas federal, estadual, distrital ou municipal, não necessariamente vinculados diretamente aos órgãos de segurança pública e defesa social, especialmente quando se tratar de enfrentamento a organizações criminosas.

Quanto à Atividade de Inteligência, há uma série de incongruências doutrinárias e até mesmo jurídicas. A distinção entre inteligência policial e investigação policial mais uma vez não fica nítida. Sabe-se que o compartilhamento direto sempre foi possível, exceto nos casos de provas que possuam medidas cautelares e que exigem a solicitação, por parte da autoridade policial, ao judiciário para o compartilhamento da prova.

As operações de inteligência sempre foram passíveis de realização em conjunto – e é claro que a competência constitucional opera como balizadora das agências, que devem e podem atuar dentro do enfrentamento das organizações criminosas.

3.6. Políticas e estratégias[249]

A missão de combater organizações com características tão complexas e de caráter globalizado ultrapassa a ação de um país isoladamente. São imperiosos para o sucesso no combate ao crime organizado a cooperação internacional entre os entes estatais responsáveis pelo combate ao crime organizado, a vontade política dos governantes e legisladores em estabelecer acordos internacionais nesse sentido e a visão geopolítica de traçar ações globais para o combate sistemático como prioridade dos estados.

Naturalmente, algumas medidas podem e devem ser viabilizadas em escala nacional, em especial nos âmbitos administrativo, legislativo e de políticas públicas, visando a possibilitar uma maior efetividade às ações policiais.

---

[249] COSTA, R. J. C. C. **A questão da violência urbana**: a ameaça do crime organizado à segurança interna. ESG, 2009, p. 48-69.

3.6.1. Óbices

Alguns especialistas apontam que a própria estrutura do mundo capitalista globalizado recorre a uma terceira via ilícita como forma de tornar a competição desigual em seu favor, conforme demonstra Jean Ziegler, especialista em crime organizado, em seu livro "Os senhores do crime: as novas máfias contra a democracia":

> [...] O capitalismo encontra sua essência no crime organizado. Mais precisamente, o crime organizado constitui a fase paroxística do modo de produção e da ideologia capitalista. Ao reino da argila sucede o reino do ferro [...].

Nos próximos tópicos indicaremos os seguintes óbices no combate às organizações criminosas:

- ✓ Falta de foco, vontade política e continuidade na política.
- ✓ Legislação ultrapassada e branda.
- ✓ Deficiência estrutural e humana dos órgãos policiais.
- ✓ Falta de bancos de dados integrados.
- ✓ Baixa gestão e foco no sistema criminal.
- ✓ Desestruturação do sistema penitenciário.
- ✓ Falta de cooperação entre entes estatais.
- ✓ Falta de cooperação internacional.

3.6.2. Políticas e estratégias

Com o intuito de superar os referidos obstáculos, são propostas as seguintes Estratégias (E), com as suas Ações (A) e, em alguns casos, os desdobramentos em Projetos (P) decorrentes a fim de amenizar as ameaças do crime organizado à segurança interna, possibilitando, assim, maior eficiência, eficácia e efetividade estatal:

E.1 Adequação da legislação

A desorganização e o enfraquecimento do estado são óbices que dificultam sobremaneira as investigações, bem como a supervalorização dos direitos individuais em detrimento dos direitos coletivos materializados na Constituição Cidadã de 1988. Considerando-se que, no art. 5º da Carta Magna, encontram-se dispositivos que limitam a utilização dos mecanismos legais colocados à disposição dos órgãos de investigação, observa-se que estes vêm sendo largamente empregados para dificultar ou mesmo impedir as investigações focadas no combate a organizações criminosas. Estas, ironicamente, são poupadas de terem suas ações devassadas em favor da proteção aos direitos individuais, mormente, o da privacidade de seus membros.

Organizações Criminosas **121**

É imprescindível que se desenvolva uma consciência coletiva que atente para a prevalência do interesse público sobre o particular, adotando-se a política da transparência, em prol da credibilidade dos órgãos de controle estatais e do fortalecimento do Estado Democrático de Direito.

É fato que a legislação pátria já não corresponde às demandas da complexa realidade do crime organizado, com relação ao Direito Penal e Processual Penal. Não conseguiram acompanhar as transformações que delinearam a presente realidade social brasileira, com suas complexidades e desafios, o Código Penal (CP), em vigor desde 1940, reformado em 1984; o Código de Processo Penal (CPP), que entrou em vigência em 1941, e a Lei de Execuções Penais (LEP), de 1984, com pequenas modificações ao longo dos anos. Cabe destacar que o advento da Lei nº 12.850/2015 representou o maior avanço legislativo dos últimos tempos, apesar de dispor de pontos negativos.

Podemos apontar alguns aspectos da nossa legislação pátria sem a pretensão de exaurir a temática ou de realizar uma análise jurídica aprofundada, e que deveriam ser modificados, já que dificultam a efetiva aplicação das sanções e, em contrapartida, aumentam a sensação de impunidade.

Seguem elencadas sete estratégias a fim de tornar mais eficiente a legislação ordinária, de onde se observa maior necessidade de reforma:

A.1.1 Alterar a legislação processual penal

O intuito é que o réu cumpra, na íntegra, o total das penas privativas de liberdade a que foi condenado nos casos de crime violentos e crime organizado. O tempo total de cumprimento das penas privativas de liberdade em nosso país é de 30 anos, isto é, se um indivíduo é condenado a 200 anos por uma série de homicídios, combinados com diversos crimes, somente cumprirá 30 anos[250]. Esse dispositivo é um dos pilares da impunidade, completamente anacrônico e desassociado da realidade do nosso país.

A.1.1.1 Aumentar o cumprimento máximo da pena e o engessamento da progressividade do regime de cumprimento de elementos pertencentes às organizações criminosas

A legislação pátria prevê que a pena privativa de liberdade será executada em forma progressiva, com a transferência para um regime menos rigoroso, a ser determinado

---

[250] Art. 75 do CP. Disponível em: <http://www.planalto.gov.br/ccivil_03/decreto-lei/del2848.htm>. Acesso em: 16 maio 2019.

pelo juiz quando o preso tiver cumprido ao menos um sexto no regime anterior e ainda ostentar bom comportamento carcerário, comprovado pelo diretor do estabelecimento. Exemplificando: o elemento que foi condenado a 30 anos de prisão (o máximo da pena, como explicado anteriormente), uma vez cumprida a prisão em regime fechado de cinco anos, poderá solicitar a progressão para o regime semiaberto, ficando sujeito a trabalho em comum durante o período diurno em colônia agrícola, industrial ou estabelecimento similar e a trabalho externo, frequência a cursos supletivos profissionalizantes, de instrução de segundo grau ou superior[251].

A.1.1.2 Endurecimento do Regime Disciplinar Diferenciado

Com o propósito de manter isoladas e neutralizar o poder das lideranças oriundas do crime organizado, foi instituído o Regime Disciplinar Diferenciado (RDD), sendo este um conjunto de regras rígidas que orienta o cumprimento da pena privativa de liberdade ou a custódia do preso provisório. No Brasil, o RDD tem prazo máximo de 360 dias[252], podendo ser renovado. Na Itália e nos Estados Unidos[253], não há prazo máximo e as regras são bem mais rígidas do que em nosso país, sendo excelentes os resultados, o que configura uma alternativa viável a ser incorporada em nossa legislação.

A.1.2 Enrijecer as penas privativas de liberdade

Outro aspecto bastante polêmico é a questão do endurecimento das penas. Essa temática, em razão de sua complexidade, não teria uma solução rápida e unânime, bem como não passaria por um endurecimento irrestrito, permeado por casuísmos e pelo calor de emoções decorrentes de casos absurdos. Contudo, se for procedido um estudo comparativo de ocorrências, no âmbito nacional, de algumas tipificações penais com Argentina, Itália, México e Colômbia, conforme a Tabela 13, constata-se que o ordenamento pátrio é mais brando em relação a algumas tipificações.

---

[251] Art. 35 do CP e Art. 112 da Lei de Execuções Penais (LEP). Disponível em: <http://www.planalto.gov.br/ccivil_03/leis/l7210.htm>. Acesso em: 16 maio 2019.

[252] Art. 52 da LEP. Disponível em: <http://www.planalto.gov.br/ccivil_03/leis/l7210.htm>. Acesso em: 16 maio 2019.

[253] TOGNOLLI, C. J. Entrevista: Roberto Porto, promotor de justiça em São Paulo. **Consultor Jurídico**, 22 mar. 2007. Disponível em: <http://www.conjur.com.br/2007-mar-22/promotor_lanca_livro_crime_organizado_presidios>. Acesso em: 16 maio 2019.

Tabela 13. Comparativo de penas entre Brasil, Argentina, Itália, México e Colômbia.

Crimes País	Homicídio	Estupro	Sequestro	Concussão	Tráfico de drogas	Roubo	Crime organizado/ Quadrilha	Lavagem de dinheiro
Brasil	06 a 20 (12 a 30)	6 a 10	8 a 30	2 a 8 (2 a 12)	5 a 15	4 a 10	3 a 8 (1 a 3)	3 a 10
Argentina	8 a 20 (perpétua)	6 a 15 (8 a 20)	------	5 a 10	8 a 20	1 a 6	3 a 10	6m e 3 (2 a 10)
Itália	20 a perpétua	6 a 12 (7 a 14)	-----	6m a 3 (6 a 20)	-----	6m a 3 (1 a 6)	3 a 7 (1 a 5)	4 a 12
México	14 a 24 (30 a 60)	8 a 14	15 a 40 (25 a 50)	3m a 2 (2 a 12)	10 a 25	4 a 10	-----	5 a 15
Colômbia	25 a 40 (40 a 60)	8 a 20	25 a 40	6 a 15	6 a 20	1 a 6	6 a 12 (3 a 6)	6 a 15

Fonte: O autor.

A.1.3 Facilitar o acesso dos órgãos policiais às bases de dados

Somente é possível o acesso às bases de dados públicas, privadas e de concessionárias de serviço público com autorização judicial, dificultando e tornando lenta a ação policial. O acesso à informação de forma ágil é imprescindível para o combate às organizações criminosas. A Lei nº 12.850/15 avançou nessa temática, mas ainda temos dificuldades em acessar bases privadas e públicas.

E.2 Aumento da eficiência das polícias

Diversos aspectos influenciam a qualidade e a eficiência do sistema criminal como um todo e, particularmente, no tocante aos órgãos policiais, como recrutamento e manutenção dos quadros, utilização de tecnologia em todo o processo do sistema criminal, capacitação sistemática, motivação, corregedoria eficiente a fim de identificar desvios de conduta, etc.

Focarei nas Polícias Judiciárias, mas com a convicção de que todas as demais polícias são importantes dentro do cenário macro e da maioria das estratégias mencionadas, com exceção dos aspectos investigativos, que constituem problemas e soluções comuns às polícias e ao sistema prisional.

A.2.1 Aumentar e garantir orçamento para as polícias

Conforme expresso no primeiro capítulo, os custos da violência são enormes e os investimentos, apesar de crescentes, ainda se apresentam como tímidos. A problemática da segurança, como já colocado anteriormente, requer investimentos sociais em um espectro amplo, mas a repressão, principalmente com foco nas organizações

124 Inteligência Policial Judiciária

criminosas, tem diversos aspectos complexos e que demandam investimentos vultuosos, bem como de prioridade política.

A realidade das polícias estaduais é de quase nenhum investimento em tecnologia, somente há orçamentos para o custeio dos aspectos essenciais. Investir pesadamente em tecnologia, equipamentos, capacitação, locais dignos de se trabalhar e salários compatíveis com as responsabilidades.

Nesse diapasão, o Ministério da Segurança Pública conseguiu um grande avanço, que foi o financiamento por meio de linhas de crédito por parte do Banco Nacional de Desenvolvimento Econômico e Social (BNDES), além da utilização dos recursos das loterias esportivas administradas pela Caixa Econômica Federal, aumentando substancialmente o numerário disponível do Fundo Nacional de Segurança Pública.

A.2.2 Implantar uma política de recursos humanos nos órgãos policiais

O aumento do efetivo deve ter como prisma o aumento com qualidade, desde o recrutamento, no qual o cidadão adentra a instituição por meio de concurso público, sendo recrutado de nível social e cultural adequado, a partir de uma política de bons salários, valorização dos recursos humanos, cuja consequência é o desejo de se manter na instituição e constituir uma carreira.

A.2.3 Capacitar sistematicamente a Polícia Judiciária e a Inteligência

Inicialmente, é preciso deixar claro que a atividade de inteligência é eficiente quando focada em um adversário de grande porte, como uma organização criminosa, por exemplo, ou em uma situação na qual se realiza uma investigação baseada na qualidade das informações. Caso o foco recaia sobre os furtos ocorridos em um estado-membro, é possível utilizar ferramentas como a análise criminal[254] para estabelecer os chamados *hotspots* (pontos quentes), os padrões e as tendências para esse crime – ferramentas estas não utilizadas somente pela atividade de inteligência.

---

[254] Tradução livre e adaptação de: GOTTLIEB, S. L.; ARENBERG, S.; SINGH, R. **Crime analysis:** from first report to final arrest: study guide and workbook. Montclair: Alpha Publishing, 2002, p. 5. "É um conjunto de processos sistemáticos (...) direcionados para o provimento de informação oportuna e pertinente sobre os padrões do crime e suas correlações de tendências, de modo a apoiar as áreas operacional e administrativa no planejamento e na distribuição de recursos para prevenção e supressão de atividades criminais, auxiliando o processo investigativo e aumentando o número de prisões e esclarecimento de casos. Em tal contexto, a análise criminal tem várias funções setoriais na organização policial, incluindo a distribuição do patrulhamento, operações especiais e de unidades táticas, investigações, planejamento e pesquisa, prevenção criminal e serviços administrativos (como orçamento e planejamento de programas)".

Nesse sentido, trata-se de outro equívoco considerar que a atividade de inteligência deveria ser aplicada para todos os casos de criminalidade em massa, tendo em vista que assim estaríamos perdendo as especificidades da atividade, igualando-a à investigação policial. No limite, todos os policiais fazem inteligência.

O profissional que passa a integrar a atividade de inteligência, principalmente no seu plano tático, em sua rotina, não dispõe de hora para chegar e sair, dias fixos para trabalhar ou férias pré-programadas, além de estar no foco da violência e retaliação das organizações criminosas. Enfim, é uma atividade que exige dedicação exclusiva, em detrimento, muitas vezes, das questões de ordem pessoal e familiar. Por isso, torna-se imperiosa a criação de mecanismos de motivação dos profissionais, a exemplo das avaliações diferenciadas para promoção, gratificação pecuniária voltada à atividade de inteligência, criação de cargos como analista de interceptação e, até mesmo, o estabelecimento de um plano de carreira.

Algumas dessas medidas foram implementadas pioneiramente no estado de Pernambuco, com a criação do Sistema Estadual de Inteligência de Segurança Pública (SEINSP) e a publicação do Decreto Estadual nº 30.847/2007 que o regulamentou, com a criação ainda de diversos mecanismos de valorização da atividade, dentre os quais destacam-se:

- ✓ O ingresso, desligamento e/ou remoção dos policiais é aprovado pelo Conselho de Inteligência, órgão colegiado, composto pelos chefes das agências centrais da PC, PM, CBM, Sistema Prisional e Casa Militar.
- ✓ No caso de desligamento do sistema, os agentes deverão ser criteriosa e preferencialmente lotados em local que não os exponha.
- ✓ As portarias de transferência, afastamento de policiais, bem como as demais publicações, deverão externar somente fragmentos da matrícula dos policiais, ficando o ato por completo em pasta classificada como confidencial no Órgão Central.
- ✓ Foram criadas 89 gratificações para nível superior (delegados e oficiais) e 560 para nível médio (soldados, agentes...), totalizando 649 gratificações por exercício na atividade de inteligência GEAI para os profissionais que concorram a escala de sobreaviso, em razão da necessidade do serviço ou estejam realizando trabalhos de monitoramento pertinentes à análise de interceptação telefônica[255].

---

[255] Criada pela Lei Estadual nº 13.241, de 29 de maio de 2007.

126 Inteligência Policial Judiciária

A motivação diferenciada por meio de mecanismos normativos suscita perenidade e maior especialização, possibilitando a evolução dos recursos humanos e, consequentemente, de toda a atividade.

A especialização do profissional a partir das capacitações ainda não foi implementada uniformemente dentro da área de Segurança Pública no país, e em poucos estados se mantém contínua, não obstante os esforços empreendidos, sobretudo pela SENASP, desde a formação do SISP[256], em 2000. A criação do SISP possibilitou maior padronização e integração entre diversas forças de inteligência, viabilizando, embora ainda de modo embrionário, uma formação sistemática de profissionais.

Um dos primeiros exemplos de cursos de inteligência a nível nacional foi o Curso de Aperfeiçoamento em Inteligência de Segurança Pública (CAISP), ocorrido simultaneamente em 2003, nas cidades de Natal/RN e Porto Alegre/RS, voltado para o nível estratégico e patrocinado pela Coordenadoria de Inteligência da SENASP.

Apesar do pioneirismo, naquele momento a ISP ainda era muito incipiente e o curso foi importante como laboratório fomentador de discussões. Outro marco da capacitação de inteligência dentro das polícias estaduais foi o Curso de Inteligência de Segurança Pública (CISP), em 2005, com uma carga horária de 400 horas/aulas, realizado em Recife/PE, em uma parceria entre a SENASP e a Secretaria de Defesa Social de Pernambuco, contando com a presença de policiais provenientes de 17 estados da federação, além de federais, rodoviários federais e analistas da Agência Brasileira de Inteligência, cujos instrutores foram servidores da ABIN e da DPF.

O CISP teve como proposta a formação de multiplicadores dentro das polícias estaduais e serviu de base para fomentar um curso regular de capacitação, que já se encontra em sua 28ª edição no Estado de Pernambuco, com 30 policiais por turma, carga horária total de 320 horas/aulas, a partir de três módulos: o primeiro com temas introdutórios da ISP, produção do conhecimento e contrainteligência; o segundo módulo sobre várias técnicas de operações de inteligência; e o terceiro sobre interceptação telefônica e ambiental, todos eles com metade da carga horária direcionada para prática cotidiana da ISP.

Outro exemplo expressivo é o primeiro curso de pós-graduação com ênfase em Inteligência de Segurança Pública, realizado em Cuiabá/MT, sob a chancela da Universidade Federal do Mato Grosso em parceria com a Escola de Governo e SENASP.

---

[256] Decreto Federal nº 3.695, de 21 de dezembro de 2000.

Todas essas experiências consistem de resultados de parcerias entre a SENASP/MJ e os governos estaduais, com o objetivo de especializar em nível tático e estratégico os profissionais de segurança pública.

Além da questão da capacitação propriamente dita, também é crucial estabelecer mecanismos que possibilitem a manutenção dos profissionais capacitados na atividade de inteligência. A formação do policial em ISP é onerosa e demanda tempo para aperfeiçoamento. As inconstâncias na segurança pública ocasionam mudanças em chefias e unidades de inteligência, tendo como consequência final a desarticulação da atividade. É preciso que se desenvolva uma consciência política de que a atividade de inteligência visa atender às necessidades do estado e não às do governo. Somente técnicos capacitados doutrinariamente e compromissados com os valores e o bem--estar da sociedade deverão adentrar o sistema com o propósito de desempenhar de modo eficiente e eficaz a assessoria nas investigações policiais.

Nesse sentido, faz-se imperiosa a criação da Escola Nacional de Segurança Pública e de Inteligência e da Escola Superior de Segurança Pública.

A.2.4 Investir no aperfeiçoamento das técnicas policiais e em todas as formas de fontes de informações

A repressão às organizações criminosas, no nível operacional, basicamente é realizada por meio das investigações policiais. Para tanto, são de fundamental importância a investigação policial e a troca de informações com a IPJ.

Promover a evolução das técnicas de investigação e de inteligência apresenta-se, portanto, como essencial. Nesse sentido, propomos a criação da Rede Nacional de Gestão e Recrutamento de Fontes Humanas, da Rede Nacional de Gestão de Inteligência Cibernética, além do Laboratório Nacional de Prospecção e Pesquisa de Tecnologia de Investigação Policial.

A.2.5 Criação da Rede Nacional de Centros Integrados de Inteligência

O intuito é criar uma rede de fluxo informacional institucional baseada na integração das forças de segurança pública em níveis nacional, regional e estadual, permitindo um fluxo contínuo entre as instituições, bem como uma visão sistêmica mais ampla.

A.2.6 Criação do Centro Nacional de Tecnologia de Enfrentamento contra Lavagem de Dinheiro

O objetivo é sistematizar e criar uma rede nacional de estudo, identificação de padrões e detecção das ações das organizações criminosas, desenvolvendo, assim, a cultura da investigação de lavagem de dinheiro.

A.2.7 Incentivo na criação de unidades especializadas em área de fronteiras

Para se alcançar uma rápida resposta aos dados acionáveis enviados pela investigação e inteligência, é fundamental o policiamento ostensivo especializado na área de fronteiras. Há boas práticas desse tipo de policiamento especializado no estado do Mato Grosso, como, por exemplo, a Delegacia Especializada de Repressão aos Crimes de Fronteira (Defron) e o Departamento de Operações de Fronteira (DOF), além de outras iniciativas no Paraná e no Mato Grosso do Sul.

A.2.8 Padronização e estruturação do Sistema Prisional

Sabidamente, a falência do Sistema Prisional é pública e notória. As ações das organizações criminosas dentro dos presídios, somadas ao caos humano e material, já constituem um óbice grave nesse contexto. As grandes organizações criminosas brasileiras nasceram da falta de eficiência estatal em contê-las dentro dos próprios presídios, já que são originárias dessas mesmas instituições. Temos que sanear os sistemas penitenciários estaduais, padronizá-los e dar estrutura. O Brasil já dispõe de um padrão de excelência a ser copiado, que é o Sistema Penitenciário Federal. Justifica-se, então, utilizar esse padrão nos sistemas penitenciários estaduais.

É necessário, assim, investir em ressocialização, buscando dar oportunidades a presos de crimes de baixo nível de violência e não reincidentes. Cabe, porém, a separação por crime e periculosidade. Não se pode tolerar a reincidência, como também é mister ter a consciência de que existem presos não passíveis de ressocialização, sendo justificável excluí-los da sociedade, a exemplo daqueles oriundos das organizações criminosas.

A.2.9 Aumento da independência policial e aprimoramento do controle correcional

A independência funcional das polícias configura uma instância essencial para a blindagem das intromissões de ordem política e de quaisquer outras ordens. Naturalmente, mais independência deve estar acompanhada de mais fiscalização.

E.3 Incremento na utilização de tecnologia

A integração entre países no combate ao crime organizado deve ser auxiliada por tecnologias mais modernas e pela Tecnologia da Informação (TI), objetivando potencializar a capacidade de análise e extração da informação.

No mundo globalizado, no qual o acesso à informação é imediato e o volume, o formato e a origem dos dados são extensos e diversos, a TI assume destaque na produção do conhecimento. As fontes de informação são fundamentais para a realização da produção do conhecimento e da investigação policial.

A.3.1 Integração das bases de dados através de criação de um *big data*

Outro grande desafio é a criação de pontes entre as ilhas informacionais, ou seja, um *big data*, a fim de possibilitar o armazenamento estruturado das informações coletadas, buscadas, analisadas, processadas, bem como análises de vínculos e preditivas. Esse armazenamento permitiria o resgate imediato das informações, além do seu cruzamento e compartilhamento com aqueles que necessitam conhecê-las dentro de uma visão sistêmica.

Um banco de dados estruturado conjuntamente com uma ferramenta de TI que viabilize a realização de cruzamentos e filtros possibilitará, com mais eficiência, a criação de vínculos de rede de relacionamento, identificando, desse modo, padrões e elos nas cadeias criminosas.

No cenário tecnológico, dado o caráter transnacional das organizações criminosas, a construção de ferramentas com disponibilização para os países parceiros da América do Sul é fundamental, bem como o acesso a ferramentas de análise, a análise preditiva e a geração de alertas.

A.3.2 Aumento da estrutura de fiscalização na zona de fronteira através do aporte de tecnologia

A priorização do investimento em tecnologia direcionada ao policiamento ostensivo, em especial na área de fronteira, além do aumento estrutural das instituições com tecnologia e policiais capacitados, é crucial para ampliar a eficácia das ações ostensivas.

A.3.3 Investir em Redes Nacionais de Tecnologia de Perícia Criminal

Faz-se fundamental investir no aperfeiçoamento da área pericial, criando padrões e expertise, gerando ações coordenadas e bancos de dados periciais nacionais, como

130 Inteligência Policial Judiciária

bancos de DNA, balísticos, de impressões digitais, etc., qualificando, assim, as provas nas investigações policiais.

E.4 Incentivo à cooperação entre os entes estatais

Uma missão árdua e complexa, como o combate às organizações criminosas, necessita, inicialmente, para alcançar êxito, tornar-se prioridade de estado. É imprescindível que os mecanismos legais criados e colocados à disposição do estado para o combate às organizações criminosas (corrupção, infiltração, recrutamento, entre outros) sejam, de fato, exequíveis e dotados de agilidade e eficiência, não tornando as ações inócuas, inclusive no que se refere ao aporte financeiro necessário à implementação dessas ações.

A.4.1 Aumentar a cooperação entre os entes estatais internos

É importante ressaltar ainda que a iniciativa de combater o crime organizado tem de estar necessariamente vinculada à figura do estado, e não a pessoas isoladamente, uma vez que a personalização do combate ao crime organizado pode resultar nos chamados "cadáveres excelentes", pessoas que as organizações criminosas visualizam como barreiras e que, por essa razão, planejam e executam suas mortes. Portanto, é imprescindível que sejam criados grupos especializados dentro das instituições, bem como a execução de ações no conceito de "força-tarefa", operadas por grupos compostos por várias instituições. Tais conceitos também devem ser seguidos nos âmbitos do Poder Judiciário, Ministério Público e forças policiais.

Duas necessidades aparentemente paradoxais são a de compartimentação e a de interação. A compartimentação é o princípio que preconiza restringir o acesso ao conhecimento sigiloso somente para aqueles que precisem efetivamente conhecê-lo, em vista da função desempenhada e da credencial de segurança adequada, independentemente da hierarquia, evitando, assim, riscos e comprometimentos. Por sua vez, a interação implica estabelecer e/ou adensar relações de cooperação que possibilitem otimizar esforços e trocar informações a fim de alcançar melhor os objetivos.

O estado deve compartimentar em grupos especializados informações das investigações que têm como foco as organizações criminosas, de modo a evitar vazamentos, corrupção, recrutamento de membros estatais, entre outros problemas. Contudo, tem que integrar as suas informações a fim de otimizar os esforços. Para atingir esse objetivo, é mister que as unidades de inteligência dos vários órgãos estatais troquem informações e trabalhem juntas.

É imperativa ainda a criação de grupos de gestão que viabilizem uma articulação institucional mais célere, além do acompanhamento e gerenciamento do combate às organizações criminosas. Nesse sentido, sugerimos: Grupos de Gestão Integrados Estaduais com participação do Poder Judiciário, Ministério Público e Polícia Judiciária a fim de priorizar e acompanhar investigações e processos com foco no crime organizado; criação do Conselho Nacional Estratégico de Segurança Pública, formado pelo presidente da República, ministro da Segurança Pública, ministro da Defesa e governadores dos estados; a constituição do Conselho Nacional de Enfrentamento às Organizações Criminosas.

A.4.2 Incrementar a cooperação entre os entes estatais externos

A transnacionalidade que caracteriza o crime organizado, e que se expande por meio do fenômeno da globalização, exige a integração entre os países. Essas nações, ao assumirem uma postura de cooperação mútua, devem adotar medidas preventivas e repressivas contra o crime organizado. O uso de instrumentos de política externa, essenciais à elaboração e à aprovação de tais medidas, possibilita a consolidação de uma integração efetiva entre os países, objetivando ações conjuntas e troca de informações.

E.5 Aumento da eficiência do sistema criminal

A.5.1 Criação das Varas Criminais Privativas de Crime Organizado

Outro aspecto essencial para aumentar a eficiência estatal no combate às organizações criminosas é aperfeiçoar o sistema criminal. O Poder Judiciário e o Ministério Público têm de dispor de setores preparados para lidar com as organizações criminosas, responder agilmente às demandas da investigação e à lentidão do processo, julgar em colegiado a fim de não haver personalização do enfrentamento, além de servidores públicos com perfil e capacitação para lidar com as particularidades dessas situações.

A capacitação de juízes e serventuários das Varas Criminais Privativas de Crime Organizado e a adoção do Sistema de Colegiado nas Varas Criminais Privativas de Crime Organizado se apresentam como fundamentais para dotar o Judiciário de estruturas especializadas, capacitadas e preparadas para as pressões das organizações criminosas.

A.5.2 Criação das Varas Criminais Privativas de Lavagem de Dinheiro

Na esfera estadual, a criação das Varas Especializadas em julgar crimes de lavagem de dinheiro é essencial para descapitalizar as organizações criminosas. Nessa perspectiva, faz-se importante a capacitação de juízes e serventuários das Varas Criminais

132 Inteligência Policial Judiciária

Privativas de Lavagem de Dinheiro e a adoção do sistema de colegiado nas Varas Criminais Privativas de Lavagem de Dinheiro.

Em ambas as varas, justificam-se a criação de um Sistema de Priorização para Alvos de Altos Valores e o estabelecimento de metas e medição de resultados para processos que versem sobre as organizações criminosas.

A.5.3 Aperfeiçoamento do Programa Nacional de Proteção de Testemunhas e Réus Colaboradores e criação da Comissão Nacional de Gestão de Bens Apreendidos

A preservação da integridade das testemunhas em âmbito nacional é essencial para preservação da prova testemunhal, criando uma rede nacional de preservação e segurança. A detecção, apreensão, gestão e perdimentos dos bens de origem ilícitas oriundos das organizações criminosas são essenciais para descapitalizar as organizações.

E.6 Transversalidade da política de prevenção

O espectro de atuação do aparelho policial não abarca as causas geradoras, originárias do desequilíbrio social e da atuação criminosa, ou seja, segurança pública não é somente um problema de polícia, já que dispõe da prerrogativa estratégica de prevenção primária a outros setores dos poderes público e privado.

Nessa perspectiva, sugerimos a participação integrada entre a segurança pública e os setores responsáveis pela prevenção para mapear as ações de prevenção, em suas várias facetas – educação, saúde, esporte, lazer, moradia – nas áreas com forte domínio territorial das organizações criminosas, com o propósito de direcionar as atividades preventivas para as regiões com altas incidências criminais e controle territorial. Sugerimos a criação de Conselhos Estaduais gestores das políticas de prevenção voltadas a acompanhar, de forma integrada, as ações e uma rede nacional de readaptação de dependentes químicos.

4. O Papel da Inteligência de Polícia Judiciária no Assessoramento à Investigação Policial com Foco no Crime Organizado

A hercúlea tarefa de enfrentar essas organizações degeneradas que se valem dos mecanismos do capitalismo, globalização e fragilidade do estado pertence, principalmente, aos órgãos policiais. Tamanha incumbência é, entretanto, totalmente desproporcional diante da falta de limites, barreiras econômicas, éticas ou sociais por parte do crime organizado. Em compensação, os órgãos policiais têm a prerrogativa do cumprimento de normas, limitações financeiras, éticas, sociais, além de empreender o combate com fragilidades estatais, muitas vezes incentivadas e criadas por pessoas a serviço das organizações criminosas.

A investigação policial é o método de materialização e esclarecimento de fatos passados, circunstâncias em que esse fato típico se desenvolveu, ao buscar motivação e recolher provas a fim de subsidiar o início do processo penal. Em última análise, a investigação policial visa a estabelecer a materialidade, circunstâncias e autoria de um delito[257].

Em Portugal, o artigo 1º da Lei nº 49/2008, denominada Lei da Organização da Investigação Criminal, define como o "conjunto de diligências que, nos termos da lei processual penal, se destinam a averiguar a existência de um crime, determinar os seus agentes e a sua responsabilidade, descobrir e recolher as provas, no âmbito do processo". Em nossa pesquisa, adotamos as nomenclaturas investigação policial e criminal como sinônimas, apesar de a doutrina apontar as devidas distinções.

As técnicas e a metodologia da investigação, que objetivam a produção de prova com foco na busca da materialidade e identificação da autoria de crimes, apresentam algumas peculiaridades em relação àqueles perpetrados pela criminalidade de massa. A complexidade das investigações resulta na necessidade de dispositivos jurídicos

---

[257] DOMINGUES, B. G. **Investigação criminal**: técnica e táctica nos crimes contra as pessoas. Lisboa: Escola prática de ciências criminais, 1963, p. 10.

134 Inteligência Policial Judiciária

específicos a fim de viabilizar a produção de provas lícitas, bem como a utilização da atividade de Inteligência Policial Judiciária visando a ações especializadas. Na Colômbia, existe o princípio da necessidade, que versa sobre a decisão de utilizar a atividade de inteligência policial sempre que não houver outra forma de alcançar os objetivos, haja vista a dificuldade de enfrentar as organizações criminosas[258].

Por causa da estabilidade temporal das organizações e as suas complexidades, o foco da investigação não está centrado somente nos crimes, mas na própria organização, empresas e componentes.

Didaticamente, dividimos as abordagens em dois tipos: a primeira, abrangendo os mecanismos expressos no ordenamento jurídico brasileiro; a segunda, no próximo capítulo, incluindo as técnicas de organização, coleta e análise de dados, utilizadas como procedimento da Polícia Judiciária e da IPJ. Ressalte-se que as duas formas são interligadas, interdependentes e complementares. Por isso, essa divisão consiste em mera facilitação no sentido de demonstrar os principais mecanismos e as suas deficiências.

4.1. Perspectivas e técnicas de repressão

Um dos objetivos da corrupção do crime organizado é gerar inércia na aprovação de leis que possam criar mecanismos eficazes de combate. Observe-se que, em momentos em que há grandes pressões sociais para aprovação de leis, elabora-se a norma com imperfeições, a fim de dificultar ou impossibilitar a ação eficaz estatal.

As legislações penal, processual e a lei de execuções penais do Brasil são atrasadas e ineficazes. No combate ao crime organizado, torna-se importante o endurecimento no cumprimento do tempo total das penas privativas de liberdade, da progressividade da pena privativa de liberdade, dos crimes hediondos e assemelhados, do Regime Disciplinar Diferenciado e de algumas penas privativas de liberdade. Nos últimos anos, o país teve dois grandes avanços na perspectiva jurídica: o advento da Lei nº 12.850/2013, mais conhecida como Lei de Combate ao Crime Organizado, e a atualização da conhecida Lei de Combate à Lavagem de Dinheiro, Lei nº 9.863/98, pela Lei nº 12.683/2012.

---

[258] POLÍCIA NACIONAL DA COLÔMBIA. Reflexiones de Inteligencia Policial 14; seguridad de la información y protección de datos, 2018, p. 15.

4.1.1. Rastreamento dos lucros ilícitos e medidas assecuratórias

Investigar o crime organizado é investigar o seu dinheiro. O principal objetivo de uma organização criminosa é o lucro obtido por meio de atividades ilícitas. O sucesso para aprofundar e alcançar o esperado e robusto conjunto probante, a fim de possibilitar uma condenação rigorosa, é lastrear a investigação com provas dos bens da organização e fazer a conexão com sua origem ilícita. Essa tarefa cabe às polícias judiciárias assessoradas por órgãos de Inteligência Financeira estaduais, COAF e os Laboratórios de Tecnologia contra a Lavagem de Dinheiro (LABLV) das Agências Centrais de ISP e IPJ.

Com muita propriedade, o Parlamento Europeu, através da Diretiva nº 42, de 2014, que versa sobre o congelamento e a perda dos instrumentos e produtos do crime na União Europeia, expressou o seguinte:

> A criminalidade internacional organizada, incluindo organizações criminosas do tipo máfia, tem por principal objetivo o lucro. Por conseguinte, as autoridades competentes deverão dispor dos meios necessários para detectar, congelar, administrar e decidir a perda dos produtos do crime. Todavia, para prevenir eficazmente e combater a criminalidade organizada haverá que neutralizar os produtos do crime, alargando, em certos casos, as ações desenvolvidas a quaisquer bens que resultem de atividades de natureza criminosa[259].

No ordenamento jurídico do Brasil há algumas leis e dispositivos que viabilizam essas técnicas, das quais destacamos a quebra de sigilo bancário e fiscal, a lei de lavagem de dinheiro e o sequestro de bens.

A Lei nº 9.613/98, mais conhecida como Lei da Lavagem de Dinheiro, inseriu naquele ordenamento os caminhos legais para possibilitar a investigação do lucro proveniente de determinadas atividades ilícitas. Para tanto, foi aventada uma novidade no sistema normativo: a inversão do ônus da prova sempre que for necessário levantar a origem de bens, direitos e valores durante o curso do inquérito ou processo, desde que esteja em acordo com o ordenamento jurídico de cada país.

É compreensível a adoção dessa medida, se considerarmos que, em plena era da informação globalizada, dotada de um aparato tecnológico, a desmaterialização e o despiste de atividades monetárias ilícitas tornam-se sobremaneira mais rápidos e

---

[259] Diretiva 2014/42/EU do Parlamento Europeu e do Conselho, de 03 de abril de 2014. Disponível em: <http://eur-lex.europa.eu/legal-content/PT/TXT/PDF/?uri=CELEX:32014L0042&from=PT>. Acesso em: 13 maio 2019.

passíveis de realização, justificando-se, portanto, a sua previsão na lei de Lavagem de Dinheiro[260]. A citada lei também estabelece o sequestro de bens, figurando tal como as medidas cautelares de busca e apreensão, podendo o juiz adotá-lo, mesmo sem a existência de provas, mas desde que a sua decisão esteja fundada em relevantes indícios da prática da aludida infração penal.

Portanto, havendo o sequestro dos bens do acusado, este somente poderá reavê-los antes do julgamento se provar a licitude de sua origem e demonstrar a sua inocência nessas aquisições. Do contrário, em caso de condenação penal, dar-se-á a perda dos bens em favor da União, ressalvados os direitos dos lesados e terceiros de boa-fé, conforme aponta o Art. 7º, I da Lei de Lavagem de Dinheiro.

A Lei de Lavagem de Dinheiro representou um grande avanço nos dispositivos de combate ao crime organizado. É considerada uma lei de terceira geração, uma vez que não coloca a necessidade de crime antecedente à lavagem. Além disso, dificultam ou tornam vagarosas as investigações e rastreamentos do dinheiro sujo fatores como a complexidade dos sistemas financeiros e bancários mundiais, a existência dos chamados "paraísos fiscais", a possibilidade de conectividade, via internet, os mecanismos de transferência dos bancos no mundo e as legislações diferentes, a lentidão da disponibilidade dos dados para a polícia e a burocracia estatal.

4.1.2. Interceptação telefônica

No Brasil, grande parte do gerenciamento das atividades de interceptação telefônica e ambiental está concentrada na atividade de IPJ, dada a necessidade de uma ação especializada e compartimentação dessas medidas. No entanto, cabe à atividade de inteligência, durante o percurso do monitoramento, somente gerenciar administrativamente as demandas advindas da investigação policial. Quando solicitado o apoio por parte das autoridades policiais, fica a cargo da IPJ a análise e o processamento dos dados oriundos dessas fontes de dados, valendo apenas salientar que no Brasil a interceptação telefônica é um método de investigação policial, portanto, a IPJ tem papel de apoio à investigação. A Lei nº 12.850/2013, Art.3, VII, possibilitou o compartilhamento dos dados em vários níveis do estado[261].

---

[260] SILVA, C. A. **Lavagem de Dinheiro**: uma nova perspectiva penal. Porto Alegre: Livraria do Advogado, 2001, p. 142.

[261] Art. 3º Em qualquer fase da persecução penal, serão permitidos, sem prejuízo de outros já previstos em lei, os seguintes meios de obtenção da prova: VIII – cooperação entre instituições e órgãos federais, distritais, estaduais e municipais na busca de provas e informações de interesse da investigação ou da instrução criminal.

O uso de interceptações telefônicas e ambientais ainda é considerado um dos meios mais eficazes no combate ao crime organizado, apesar de vir perdendo a sua eficiência por conta da exposição midiática que vem sofrendo nos últimos anos. É por meio desse recurso que se consegue adentrar na intimidade das condutas dos criminosos, rastrear os seus vínculos, identificar o seu *modus operandi* e facilitar a localização dos criminosos. Vale ressaltar que, na atualidade, a pluralidade de formas de comunicação e utilização de criptografia de forma indiscriminada e sem controle acaba por fragilizar essa técnica investigativa.

A Lei nº 9.296/96 autoriza a censura legal das comunicações para produção de prova dentro de uma investigação[262]. No Brasil, como também em Portugal, como esclarece o renomado especialista Valente, não existe a possibilidade da interceptação telefônica como meio de produção de conhecimento para a atividade de inteligência, fora de uma investigação policial[263].

O debate desqualificado em argumentos, encobrindo "terceiras intenções", aponta para uma vulgarização da ferramenta. De fato, o que se atesta é o aumento descontrolado das organizações criminosas, da criminalidade de massa e a ausência de punição para as autoridades – Ministério Público, Judiciário e Polícias – que cometem e perpetuam abusos de exposição no intuito de se destacarem na mídia.

Em nota pública, a Associação dos Juízes Federais do Brasil (AJUFE) afirmou que:

> [...] as interceptações telefônicas na Justiça Federal são deferidas após exame criterioso de seu cabimento, por meio de decisões fundamentadas, passíveis de controle por parte do Ministério Público, tribunais e investigados. Ao contrário do que tem sido dito, a interceptação telefônica como meio de investigação é exceção. Nas varas federais criminais o número não chega a 1% (um por cento) do total de investigações em curso[...][264].

---

[262] Art. 1º A interceptação de comunicações telefônicas, de qualquer natureza, para prova em investigação criminal e em instrução processual penal, observará o disposto nesta Lei e dependerá de ordem do juiz competente da ação principal, sob segredo de justiça. Parágrafo único. O disposto nesta Lei aplica-se à interceptação do fluxo de comunicações em sistemas de informática e telemática.

[263] VALENTE, M. M. G. **Escutas telefónicas**: da excepcionalidade à vulgaridade. 2.ed. Coimbra: Almedina, 2008, p. 26.

[264] ESCUTAS legais representam 1% das investigações, diz Ajufe. **Consultor Jurídico**, 05 set. 2008. Disponível em: <https://www.conjur.com.br/2008-set-05/escutas_legais_representam_investigacoes>. Acesso em: 29 maio 2019.

138 Inteligência Policial Judiciária

A falta de conhecimento sobre a técnica faz com que não sejam abordadas na mídia questões de grande relevância, como, por exemplo, a ausência de controle eficiente, na perspectiva policial, a respeito das operadoras de telefonia. Essa autonomia isenta de controle e dificulta a ação policial, além de favorecer a utilização de grampos ilegais e a comercialização indiscriminada de aparelhos de criptografia, armas utilizadas pelas organizações criminosas.

4.1.2.1. Da investigação

Como técnica de investigação policial, cabe à autoridade definir o objetivo da investigação, estabelecendo o resultado que se pretende obter, o que se busca e quais as indagações a serem respondidas, havendo uma contínua troca de informações com o agente encarregado do caso.

O encarregado do "caso" se baseia, então, nas informações captadas pelas gravações, literalmente transcrevendo as conversações pertinentes à investigação e ainda captando informações oriundas das conversações não intrinsecamente relacionadas com os alvos ou o objetivo da investigação. Desse modo, deve desenvolver uma "intimidade" com todos os aspectos da vida do alvo.

Com o decorrer da escuta, o analista conseguirá identificar as pessoas que costumeiramente aparecem no monitoramento, por meio da sua forma de falar, vícios de linguagem, som da sua voz, enfim, elementos essenciais à construção do caso na identificação dessa "intimidade" que o agente irá desenvolver com os seus alvos. É importante ainda conferir atenção a possíveis fragmentos de conversa que possam subsidiar uma determinada localização, possibilitando à equipe de operações a identificação, a vigilância, bem como a fotografia dos alvos e as filmagens, quando for pertinente e necessário um flagrante, ou mesmo uma solicitação de prisão provisória e/ou busca e apreensão.

De forma frequente, parentes ou contatos do alvo não diretamente relacionados com as atividades criminosas podem revelar, em seus diálogos, aparentemente banais e muitas vezes extensos, informações vitais à investigação em curso, que deixam de ser registradas pelo analista, que não dá a devida importância.

O encarregado do caso deverá confeccionar um glossário com palavras, gírias e expressões utilizadas pelos alvos. Muitas vezes não se entende o significado de uma palavra ou gíria em um determinado diálogo, contudo, mais à frente, em outro contexto, ela acaba se tornando clara.

O Papel da Inteligência de Polícia Judiciária no Assessoramento à Investigação Policial **139**

Os diálogos relacionados diretamente com o caso, bem como as impressões, observações e conclusões do agente, devem ser transcritos no Relatório de Análise, a fim de subsidiar o Relatório Circunstanciado da Autoridade Policial.

Recomenda-se especial cuidado com todos os dados decorrentes das chamadas recebidas e efetuadas, principalmente aquelas cujo conteúdo está intrinsecamente relacionado com o objetivo da investigação, devendo o agente informar à autoridade policial os telefones importantes para a quebra de sigilo.

Espera-se ainda que as Estações Rádio Base (ERBs) tenham uma atenção especial por parte do analista, já que possibilitam a localização aproximada do alvo, viabilizando, desse modo, um rastreamento de áreas de atuação e locais de encontro.

A investigação baseada na interceptação não é estanque às demais formas de investigação, mas complementar, cabendo ao policial, sempre que necessite, cruzar as informações coletadas com as dos bancos de dados (antecedentes criminais, cadastro civil, entre outros), fontes abertas (mapas, redes sociais, etc.) oriundas de informantes e de outros órgãos de inteligência.

Caso se obtenha autorização judicial para o acesso às informações cadastrais de pessoas que contatem, ou que sejam contatadas por alvos da investigação, deverá ser demonstrada a importância de solicitar à concessionária as informações necessárias.

A ideia básica na qual se apoia a informação deve estar contida em uma frase simples, ou no menor número de palavras possível, a fim de facilitar sua memorização e compreensão por parte do destinatário. O relatório deve ser útil e primar pela objetividade, clareza, precisão, oportunidade, simplicidade, imparcialidade e segurança, não colocando em risco o agente ou órgão a que pertence.

É preciso que todas as informações importantes captadas nas conversações sejam escritas em comentários, conversações e resumo. Na conversação, os aspectos importantes do diálogo devem ser colocados em ordem cronológica. Em trechos importantes, é essencial ainda transcrever a conversação. Vale ressaltar que a padronização de códigos facilita pesquisas mais rápidas e precisas no que se refere a diálogos com semelhantes níveis de importância e interligados a aspectos específicos da investigação.

4.1.2.2. Principais obstáculos

Genericamente, existem alguns aspectos que dificultam o procedimento de interceptação quanto às restrições de ordem judicial. É relevante mencionar primeiramente a morosidade que, às vezes, incide na tramitação do pedido até que se obtenha a autorização do juiz. Esse fato, em geral, é atribuído à burocracia cartorial e, notadamente, ao invariável acúmulo de processos que se verificam nas varas e nos cartórios do fórum, especialmente aqueles de alçada criminal.

Em razão da necessidade premente de se agilizar a decisão da medida cautelar, cumpre o papel da autoridade policial de pessoalmente despachar com a autoridade judiciária, demonstrando os aspectos importantes da sua representação, a urgência do pedido e os cuidados necessários em relação ao sigilo das informações.

Outro fator adverso é a questão da concorrência, da modificação ou da prorrogação de jurisdições. Isso ocorre quando, com a evolução da investigação, o alvo se direciona para outros estados da federação ou comarcas distintas, ocasionando a expedição de precatórias, o que demanda tempo. Desse modo, não é raro que a operacionalização da interceptação transcorra em diferentes regiões, abrangidas por uma diversidade de operadoras de telefonia.

4.1.2.3. Do investigado

É evidente que o investigado procura se esquivar de qualquer controle. Caso este desconfie de seu monitoramento, mudará o seu contato telefônico ou simplesmente não usará mais a telefonia móvel, optando por telefones públicos.

Mesmo não desconfiando ser alvo de um monitoramento, o criminoso sempre pensará nessa possibilidade, razão pela qual passa a adotar extremos cuidados para driblar o controle, praticando inúmeras e astuciosas manobras evasivas, tais como: diálogos cifrados, constante troca de prefixos telefônicos, utilização de diversos *chips*, clonagem de aparelhos celulares, uso dos pré-pagos, comunicação via satélite, internet, entre outros, gerando, assim, dificuldades à investigação.

Tais dificuldades se agravam quando os investigadores, seja por descuido ou por motivos egocêntricos, deixam vazar à imprensa o conteúdo das gravações, tornando os delinquentes cada vez mais cautelosos nos diálogos realizados via telefone.

4.1.2.4. Problemas estruturais internos

Há também os problemas das operações de longo prazo, principalmente pelo fato de se multiplicarem as tarefas de degravação e de análise, o que, às vezes, exige a filtragem das comunicações *ipsis litteris*, bem como o desprezo aos diálogos desinteressantes à investigação.

Portanto, torna-se imprescindível a especialização de pelo menos um núcleo de policiais por delegacia a fim de exaurir todas as possibilidades dessa ferramenta, possibilitando, desse modo, o acesso profissional às informações, a partir da viabilização de cruzamentos e de análises da interceptação[265].

4.1.2.5. Interceptação ambiental

No tocante à interceptação ambiental, a legislação brasileira não detalha as regras processuais. O planejamento para execução dessa medida é bastante técnico, exigindo a análise de diversas variáveis para se levar a efeito, como local a ser instalado e o modo de entrar no ambiente para esse fim, energia para os equipamentos, acústica, ruídos. Portanto, dadas essas variáveis, nem sempre é possível valer-se dessa técnica. Caso o planejamento e a execução sejam adequados, o seu nível de eficiência, entretanto, é muito grande do ponto de vista da produção de provas.

Outro aspecto a ser analisado é a necessidade de entrar no ambiente para instalação dos equipamentos. Não há norma que aborde expressamente essa possibilidade. Segundo a Constituição Federal de 1988, em seu Art. 5º, XI, "a casa é asilo inviolável do indivíduo, ninguém nela podendo penetrar sem consentimento do morador, salvo em caso de flagrante delito ou desastre, ou para prestar socorro, ou, durante o dia, por determinação judicial". A interpretação é que, por determinação judicial, podem ser autorizadas a entrada e instalação, havendo, contudo, uma restrição no período noturno para a realização da colocação.

Alguns doutrinadores recorrem a nomenclaturas, como "vigilância técnica" ou "vigilância eletrônica", como sinônimos de interceptação ambiental. Utilizaremos inteligência de sinais como gênero e a interceptação ambiental e telefônica como espécie. Definimos ainda a vigilância eletrônica como o uso da técnica da vigilância conjugada a meios eletrônicos, um subgrupo da interceptação ambiental.

---

[265] COSTA, R. J.C. C.; NOGUEIRA, J. C. C. **Manual de Análise de Interceptação**. Centro Integrado de Inteligência de Defesa Social da Secretaria de Defesa Social de Pernambuco. 2012, p. 6-12.

142 Inteligência Policial Judiciária

A utilização de meios eletrônicos não é estanque às demais técnicas de operações de inteligência. Apresentam-se como mais eficientes quando utilizadas conjuntamente com as demais técnicas, corroborando com outras circunstâncias probantes. Visa à busca do dado de forma sigilosa, realizando o registro e a gravação das informações, resultando, na maioria das vezes, na produção de provas.

Valendo-se da analogia com a interceptação telefônica, é possível separar inicialmente duas definições, como:

- ✓ **Interceptação ambiental:** a captação de sinais eletromagnéticos, óticos ou acústicos, na qual existem três protagonistas, dois interlocutores e um terceiro que capta os sinais sem o conhecimento daqueles.
- ✓ **Escuta ambiental:** ocorre da mesma forma que a interceptação, mas a partir do consentimento de apenas um dos interlocutores.

A legislação pátria, quando define interceptação ambiental, cita a possibilidade de captação de sinais óticos, acústicos e eletromagnéticos. Vamos pormenorizar cada uma dessas possibilidades:

- ✓ **Sinais óticos:** relativos à visão ou à luz proveniente de radiações luminosas, a exemplo de imagens e fotografias.
- ✓ **Sinais acústicos:** são os sons derivados das oscilações e ondas percebidas pelo ouvido como ondas sonoras. Seria a captação de vozes, sons e ruídos.
- ✓ **Sinais eletromagnéticos:** transmissões de rádio, televisão e comunicações que não sejam realizadas por intermédio de telefonia.

A Lei nº 9.034, de 3 de maio de 1995, foi a pioneira em nosso ordenamento jurídico no tocante à utilização de meios operacionais para a prevenção e repressão de ações praticadas por organizações criminosas. Com o advento da Lei nº 10.217, de 11 de abril de 2001, a qual alterou os artigos 1º e 2º da Lei nº 9.034, dispondo sobre a captação e a interceptação ambiental de sinais eletromagnéticos, óticos ou acústicos, e o seu registro e análise, mediante circunstanciada autorização judicial, sedimentou-se o uso dos meios eletrônicos como forma de produção de prova e levantamento de informações. O art. 3º da Lei nº 12.850, de 02 de agosto de 2013, em seu inciso II, cita como meio de obtenção da prova a captação ambiental de sinais eletromagnéticos, óticos ou acústicos, embora de modo não detalhado.

As polícias judiciárias vêm recorrendo à interceptação telefônica desde a década de 80, mas foi com a vigência da Lei nº 9.296, de 24 de julho de 1996, que regulamentou o inciso XII, parte final, do art. 5º da Constituição Federal, que a sua utilização se tornou mais corriqueira. Nesse período, diversas pelejas judiciais foram levantadas a partir da alegação do direito à intimidade.

Vários questionamentos contrários à utilização das interceptações telefônica e ambiental vêm sendo suscitados, avocando-se o direito à intimidade, à imagem e à privacidade. As legislações omissas em determinados aspectos e a ausência de procedimentos que regulamentem a utilização dessas ferramentas constituem um dos motivos que fomentam tais questionamentos.

Os julgados majoritários dos tribunais superiores definem que as escutas ambientais não necessitam de autorização judicial, tendo em vista que um dos interlocutores declina de seu direito à privacidade. Na interceptação, há a exigência de autorização judicial.

Quanto ao direito à imagem, a regra determina que se a área é pública, ou de acesso ao público, a gravação ou fotografia é permitida, já que a própria natureza do local elimina a sua privacidade. Em locais privados, particulares, somente é possível a captação de sinais óticos com a devida autorização judicial.

Outro questionamento importante é a necessidade de se realizar a chamada entrada operacional, autorizada judicialmente, a fim de "plantar" um transmissor em uma residência, empresa ou veículo.

O artigo 5º, XI, da Constituição Federal consigna que "a casa é asilo inviolável, ninguém nela podendo penetrar sem consentimento do morador, salvo em caso de flagrante delito ou desastre, ou para prestar socorro, ou, durante o dia, por determinação judicial". A carta magna expressamente dispõe como exceção ao princípio da inviolabilidade do domicílio a possibilidade jurídica de adentrar o domicílio quando houver determinação judicial.

A lei de combate ao crime organizado não cita expressamente essa possibilidade, mas, caso a interceptação seja ambiental, naturalmente terá de ser colocada no local em que o indivíduo corriqueiramente frequenta, sendo fundamental a autorização judicial para a realização de uma entrada de forma sigilosa ou respaldada, por uma estória-cobertura a fim de plantar os equipamentos nos ambientes em que costumeiramente o alvo permanece.

Inteligência Policial Judiciária

O planejamento para utilização de meios eletrônicos é baseado no reconhecimento do ambiente operacional e no objetivo que se pretende alcançar com os equipamentos. O reconhecimento (*recon*) se caracteriza por ser aplicado antes da execução de uma operação de Inteligência e objetiva coletar subsídios para suprir a necessidade de conhecer o alvo e o ambiente operacional.

Diversas informações são necessárias para a execução do reconhecimento e do planejamento das operações eletrônicas. A obtenção desses elementos exige um procedimento metódico que pretende evitar que os agentes designados tenham de retornar ao local mais de uma vez, aumentando, portanto, a possibilidade de "queimar" a operação.

Cada técnica operacional possui as suas próprias particularidades a serem observadas no momento do planejamento. Diversas técnicas serão utilizadas para captar informações e possibilitar a realização das operações eletrônicas, dada a interdependência das ações e dos meios[266].

4.1.3. Infiltração em organizações criminosas

Essa estratégia se dá por meio da inserção de agentes oficiais em organizações criminosas. Ao omitir a sua real identidade enquanto se faz passar por integrante do grupo e mediante o estreitamento das relações, o agente obtém, assim, informações preciosas sobre a estrutura e a forma de agir da organização. A infiltração necessita de um aparato profissional, técnico e de autorização judicial.

Valente esclarece que o agente infiltrado não se confunde com o agente encoberto, sendo este um agente policial ou terceiro que, de forma velada, frequenta e conquista a confiança dos criminosos, sem necessidade de autorização judicial, com o intuito de obter dados[267]. Portanto, a semelhança entre os dois dispositivos é que ambos agem de forma a ocultar a sua identidade[268].

Outras importantes distinções são as chamadas "penetração" e "infiltração". Matos destaca que a primeira é obtida quando um elemento que já pertence à estrutura

---

[266] COSTA, R. J. C. C.; LUNA, J. L. U. **Manual de Operações Eletrônicas.** Centro Integrado de Inteligência de Defesa Social da Secretaria de Defesa Social de Pernambuco. 2012, pp. 6-12.

[267] VALENTE, M. M. G. (coord.). **Criminalidade organizada e criminalidade de massa:** interferências e ingerências mútuas. Coimbra: Almedina, 2009, p. 168.

[268] MONTEROS, R. Z. E. **El policial infiltrado:** los presupuestos jurídicos en el proceso penal español. Valencia: Tirant Editorial, 2010, p. 146.

O Papel da Inteligência de Polícia Judiciária no Assessoramento à Investigação Policial **145**

da organização, ou guarda relações funcionais ou de acesso privilegiado, se dispõe a fornecer dados a partir do seu interior, enquanto a infiltração é realizada de fora para dentro[269].

Por várias razões, é uma operação de alto risco para o policial infiltrado, necessitando de alta capacitação e de um setor especializado de forma a realizar um planejamento meticuloso e um acompanhamento sistemático psicológico e de segurança[270].

Matos discorre e expõe as fases da infiltração. A primeira, o **recrutamento**, consiste na determinação do objetivo e do perfil adequado do agente para a missão. A segunda – **formação e treino** – equivale à preparação e ao treinamento para uma cobertura profunda, observando-se três áreas de formação: psicológica, instrumental e profissional. A próxima fase, a **imersão**, persegue dois objetivos primordiais: confirmar o grau de incorporação da identidade por parte do agente e verificar a eficácia da estória-cobertura. A quarta fase é a **infiltração** propriamente dita, consubstanciada na sua operacionalização. Na sequência, vem o **controle**, momento em que se acompanharão a segurança, os fatores psicológicos, o redirecionamento das ações do infiltrado e a coleta dos dados produzidos[271].

O planejamento deverá prever a chamada **exfiltração**, seja por motivos de segurança, seja por ter alcançado os objetivos pretendidos, bem como a **reinserção** ou **desativação**, pois, como preceitua Matos, consiste na "devolução" da verdadeira identidade e o acompanhamento, a todos os níveis, na reintegração deste ao seu ambiente pessoal, social e profissional[272].

A complexidade e os riscos da técnica de infiltração devem ser analisados no planejamento, depois de avaliadas a indispensabilidade, a necessidade e a segurança, além da proporcionalidade da atuação do agente infiltrado[273]. Importante salientar que quanto maior a proximidade do núcleo decisor ou coordenador da organização, mais

---

[269] MATOS, H. J. Contraterrorismo: o papel da Intelligence na acção preventiva e ofensiva. *In:* **Livro de Actas do VII Congresso Nacional de Sociologia**. Porto: Faculdade de Letras da Universidade do Porto, 2012, p. 12.

[270] ONETO, I. **O agente infiltrado:** contributo para a compreensão do regime jurídico das acções encobertas. Coimbra: Coimbra Editora, 2005, p. 84.

[271] MATOS, H. J. Contraterrorismo: o papel da Intelligence na acção preventiva e ofensiva. *In:* **Livro de Actas do VII Congresso Nacional de Sociologia**. Porto: Faculdade de Letras da Universidade do Porto, 2012, p. 13.

[272] Idem, p. 14.

[273] SOUZA, M. **Crime organizado e infiltração policial:** parâmetros para a validação de prova colhida no combate às organizações criminosas. São Paulo: Atlas, 2015, p. 111.

146 Inteligência Policial Judiciária

acesso a dados relevantes, como explica Matos: "dada a sua precisão, oportunidade e disponibilidade"[274], como também aumenta o perigo para o agente infiltrado.

Embora a Lei nº 9.034/95 tenha inserido esse recurso no ordenamento, não havia, contudo, garantias e detalhamento suficientes para operacionalizá-lo. Não existia a previsão legal de troca de identidade do policial e de excludentes de ilicitude. Já com o advento da Lei nº 12.850/2013, uma legislação mais detalhada e completa, viabilizou-se a utilização dessa técnica no Brasil.

A título de contextualização, ao se infiltrar em uma organização criminosa, de forma natural e espontânea, o policial se defronta com situações nas quais será necessário o cometimento de delitos para não levantar suspeitas entre os seus membros, adquirindo, dessa forma, confiança e perpetuação dentro da organização. Nesse caso, a lei prevê excludentes de ilicitude e identidade fictícia[275].

A cultura de compartimentação bem sedimentada na atividade de IPJ gera uma preservação da identidade dos seus componentes, viabilizando possibilidades de atuação em infiltração nas organizações criminosas.

De modo frequente, essa estratégia é criticada no que diz respeito a seus resultados, uma vez que se revela bastante arriscada para a segurança do infiltrado, por conta da possibilidade de desequilíbrio psicológico do policial, além de demonstrar também ser propícia a estimular a sua corrupção enquanto integrante de uma organização que possui a habitualidade no crime.

4.1.4. Delação premiada e proteção à testemunha

O recurso da delação premiada vem ganhando grande popularidade nos meios de mídia no Brasil, haja vista a grande repercussão de operações com foco em financiamento de campanhas políticas, como também de corrupção. Anselmo cita o juiz Sérgio Moro em sua definição associada à delação premiada:

---

[274] MATOS, H. J. Contraterrorismo: o papel da Intelligence na acção preventiva e ofensiva. *In*: **Livro de Actas do VII Congresso Nacional de Sociologia**. Porto: Faculdade de Letras da Universidade do Porto, 2012, p. 12.

[275] Lei nº 12.850/2013. Art. 10. A infiltração de agentes de polícia em tarefas de investigação, representada pelo delegado de polícia ou requerida pelo Ministério Público, após manifestação técnica do delegado de polícia quando solicitada no curso de inquérito policial, será precedida de circunstanciada, motivada e sigilosa autorização judicial, que estabelecerá seus limites. Art. 13. O agente que não guardar, em sua atuação, a devida proporcionalidade com a finalidade da investigação, responderá pelos excessos praticados. Parágrafo único. Não é punível, no âmbito da infiltração, a prática de crime pelo agente infiltrado no curso da investigação, quando inexigível conduta diversa.

> *A delação premiada consiste, em síntese, na utilização de um criminoso como testemunha contra seus cúmplices. Sua colaboração pode ser utilizada para que ele deponha em juízo como testemunha contra seus pares ou apenas para que sirva de fonte de informação para a colheita de outras provas[276].*

A delação premiada consiste em privilégio concedido ao integrante de organização criminosa que, em qualquer fase da persecução penal, colabora com a justiça, fornecendo informações sobre as atividades praticadas pelo seu grupo. O propósito é atacar o chamado "código de silêncio" das organizações. Nessas circunstâncias, faz-se imperiosa uma ação especializada no sentido de identificar perfis de criminosos suscetíveis à delação, como também a individualização do conhecimento do criminoso em relação às ações criminosas da organização, podendo a IPJ assessorar na construção desses perfis.

Esse instituto, previsto na Lei nº 12.850/2013, também adotado por outras leis especiais, como a dos crimes hediondos e a de lavagem de dinheiro, tem sofrido inúmeras críticas, no que tange à sua eficiência nos casos práticos e quanto ao aspecto ético[277].

A decisão do Supremo Tribunal Federal julgou improcedente a Ação Direta de Inconstitucionalidade nº 5.508/DF, que buscava assentar a inconstitucionalidade dos §§ 2º e 6º do art. 4º (1) da Lei nº 12.850/2013. Ação impugnava as expressões "e o delegado de polícia, nos autos do inquérito policial, com a manifestação do Ministério Público" e "entre o delegado de polícia, o investigado e o defensor, com a manifestação do Ministério Público, ou, conforme o caso"[278].

---

[276] MORO, S. *apud* ANSELMO, M. A. **Colaboração premiada e o novo paradigma do processo penal brasileiro.** Rio de Janeiro: Mallet, 2016, p. 31.

[277] Lei nº 12.850/2013. Art. 4º O juiz poderá, a requerimento das partes, conceder o perdão judicial, reduzir em até 2/3 (dois terços) a pena privativa de liberdade ou substituí-la por restritiva de direitos daquele que tenha colaborado efetiva e voluntariamente com a investigação e com o processo criminal, desde que dessa colaboração advenha um ou mais dos seguintes resultados: I – a identificação dos demais coautores e partícipes da organização criminosa e das infrações penais por eles praticadas; II – a revelação da estrutura hierárquica e da divisão de tarefas da organização criminosa; III – a prevenção de infrações penais decorrentes das atividades da organização criminosa; IV – a recuperação total ou parcial do produto ou do proveito das infrações penais praticadas pela organização criminosa; V – a localização de eventual vítima com a sua integridade física preservada.

[278] SUPREMO TRIBUNAL FEDERAL. Informativo n. 907/2018. STF, 2018. Disponível em: <http://stf.jus.br/portal/jurisprudencia/listarJurisprudencia.asp?s1=%285508+ADI%29&base=baseInformativo&url=http://tinyurl.com/ybfxpr9s>. Acesso em: 16 maio 2019.

148　Inteligência Policial Judiciária

Essa afirmação da constitucionalidade de utilização pelos Delegados de Polícia, conjugada aos recentes sucessos de utilização desse mecanismo de meios de prova, confere uma necessidade de evolução no assessoramento da IPJ para realização de perfis psicológicos e identificação de padrões dos alvos possuidores de dados valiosos que podem colaborar no desmantelamento das organizações criminosas.

Cabe ressaltar que não basta ao delator colaborar com as investigações em curso para que se beneficie do privilégio. É preciso que ele o faça espontaneamente e que, no caso do crime de lavagem de dinheiro, por exemplo, as suas informações conduzam a um resultado prático, devendo esclarecer ao menos como se desenvolveu o crime e a sua autoria.

Entretanto, deve-se levar em conta que de pouco adiantará a adoção da delação premiada se, de forma síncrona, não houver uma política de proteção à testemunha, considerando-se o risco de vida ao qual o colaborador e a sua família estarão expostos, a partir do momento em que forem reveladas à autoridade investigadora informações estratégicas sobre a organização criminosa da qual fazia parte.

4.1.5. Ação controlada

A ação controlada consiste no mecanismo de postergar a ação policial, mantendo o acompanhamento das atividades criminosas, a fim de agir no melhor momento do ponto de vista de produção da prova e obtenção de informações. É o recurso que se harmoniza com o princípio da **Amplitude**, pois objetiva obter provas e informações de forma mais ampla no sentido de aumentar o espectro de atuação da investigação.

Para investigar o crime organizado é mister focar nas ações do empreendimento criminoso como um todo, não só em um único crime, mas no conjunto dos crimes, pessoas, vínculos entre pessoas, papel que cada membro tem na organização, hierarquia, bens e formas de transformar o capital ilícito em lícito.

Dentro desse processo investigativo, o sigilo é fundamental[279] – daí as ações de inteligência terem grande eficiência nessas ações. Qualquer ação ostensiva percebida pela organização pode gerar mudança de padrão, aumento da segurança e inviabilizar o prosseguimento da investigação. Contudo, como defendem Bitencourt e Busato, deixar

---

[279] UNITED NATIONS OFFICE ON DRUGS AND CRIME. **Model Legislative Provisions against Organized Crime**. Vienna: UNODC, 2012, p. 60.

de agir pode gerar conflito de deveres[280], a exemplo de contradições relacionadas à obrigatoriedade dos agentes do estado em realizar prisões flagrantes, suscitando-se a possibilidade do crime de prevaricação[281]. A ação controlada autoriza a não ação, desde que motivada e monitorada.

O artigo 8º da Lei nº 12.850/2013 assim define e regulamenta a ação controlada:

> Consiste a ação controlada em retardar a intervenção policial ou administrativa relativa à ação praticada por organização criminosa ou a ela vinculada, desde que mantida sob observação e acompanhamento para que a medida legal se concretize no momento mais eficaz à formação de provas e obtenção de informações.

A observação e o acompanhamento devem ser realizados pelos meios legais e operacionais disponíveis. Cabe à autoridade policial informar ao magistrado, que, por sua vez (e se for o caso), estabelece os seus limites, comunicando ao Ministério Público. É necessário que a autoridade elabore o relatório circunstanciado sobre o desenrolar da medida.

4.1.6. Acesso à base de dados

O acesso rápido a bases públicas e privadas de dados é essencial para o bom desenvolvimento das ações contra as organizações criminosas. Nesse diapasão, a agilidade e o desenvolvimento de ações em um Sistema de Inteligência, composto por vários órgãos, facilita o rápido acesso a dados. A Lei nº 12.850/2013, em seus Art. 3º, IV, e Art. 15 a 17, avançou nessa temática ao permitir o acesso a registros de ligações telefônicas e telemáticas, a informações cadastrais constantes de bancos de dados públicos ou privados e a informações eleitorais ou comerciais.

A referida lei viabilizou o acesso a dados cadastrais, independentemente de autorização judicial, entre eles a qualificação pessoal, a filiação e o endereço mantidos pela Justiça Eleitoral, empresas telefônicas, instituições financeiras, provedores de internet e administradoras de cartão de crédito. Outro aspecto salutar é a obrigatoriedade de as empresas de transporte armazenarem por cinco anos os dados de

---

[280] BITENCOURT, R. C.; BUSATO, P. C. **Comentários à Lei de Organização Criminosa Lei nº 12.850/2013.** São Paulo: Saraiva, 2014, p. 144.

[281] Crime de prevaricação: Código Penal do Brasil. Art. 319 – Retardar ou deixar de praticar, indevidamente, ato de ofício, ou praticá-lo contra disposição expressa de lei, para satisfazer interesse ou sentimento pessoal: pena – detenção, de 3 (três) meses a 1 (um) ano, e multa.

reservas e viagens, como também as concessionárias de telefonia guardarem, pelo mesmo período, registros de identificação dos números dos terminais de origem e de destino das ligações telefônicas internacionais, interurbanas e locais.

Outra grande problemática em relação a esse tema é a qualidade dos dados inseridos nessas bases, em especial nas de caráter privado. Quanto aos dados cadastrais da telefonia, por exemplo, não há nenhum tipo de checagem e regras para se construir uma base séria e fidedigna, imperando o comércio e as vendas, o que dificulta em muito a correta utilização pelas polícias.

Vale salientar que todas as técnicas e metodologias para combater as organizações criminosas são empregadas com o propósito de preservar direitos e garantias do indivíduo e da sociedade. A ONU cita a Recomendação nº 10/2005 do Conselho da Europa sobre "técnicas especiais de investigação" em relação a crimes graves, incluindo atos de terrorismo. Observa-se a necessidade de equilibrar os interesses e de garantir a segurança pública por meio da aplicação da lei, ao mesmo tempo em que assegura os direitos dos indivíduos[282].

4.1.7. Assessoria das ações especializadas da IPJ à investigação policial

As técnicas tradicionais da investigação policial normalmente utilizadas na apuração de crimes oriundos da criminalidade de massa dispõem de eficiência limitada na repressão a essas organizações. No nível operacional, a atividade de Inteligência Policial Judiciária pode assessorar uma investigação policial mais complexa, considerando-se as características que lhe são intrínsecas, o que potencializa a eficiência do processo investigativo com foco em uma organização criminosa.

Ao corroborar com esse entendimento, o Escritório das Nações Unidas sobre Drogas e Crime (UNODC) acrescenta que o advento da análise de inteligência criminal está diretamente ligado à transformação do padrão de ação individual do criminoso em uma ação em grupo, ou seja, do próprio crime organizado. Ressalta ainda a importância da atividade de inteligência: "o uso efetivo de inteligência é crucial para a capacidade de uma agência de aplicação da lei para combater os grupos criminosos"[283].

---

[282] UNITED NATIONS OFFICE ON DRUGS AND CRIME. **Model Legislative Provisions against Organized Crime**. Vienna: UNODC, 2012, p. 64.

[283] UNITED NATIONS OFFICE ON DRUGS AND CRIME. **Criminal Intelligence:** manual for front-line law enforcement. Vienna: UNODC, 2010, p. 7.

O Papel da Inteligência de Polícia Judiciária no Assessoramento à Investigação Policial **151**

A ameaça do crime organizado à segurança interna impele alguns serviços de inteligência, que não realizam a inteligência policial, ao acompanhamento da criminalidade organizada. Segundo Fiães, o Serviço de Segurança de Informações de Portugal em 2012 priorizou, entre outras, a criminalidade organizada nacional e transnacional[284].

A utilização da Inteligência Policial Judiciária como assessoria à investigação policial complexa é bem antiga. Nos Estados Unidos, em 1967, a comissão presidencial sobre a aplicação da lei e a administração da Justiça recomendaram que todas as grandes polícias das cidades, com unidades de inteligência, concentrassem-se apenas na coleta e no processamento de informações acerca dos cartéis do crime organizado. A comissão recomendou ainda que essas unidades dispusessem de um efetivo capacitado de forma adequada para assegurar a eficácia da produção do conhecimento[285].

Nesse diapasão, a ONU relata que a utilização da inteligência policial vem crescendo nos últimos 50 anos, sendo útil na tarefa de dirigir e priorizar recursos para a prevenção, redução e detecção de todas as formas de crime, bem como na definição e análise das tendências, *modus operandi* e pontos de conflitos. Destaca também a participação na assessoria às investigações policiais ao mencionar que "a ação da inteligência criminal é essencial para a prevenção, redução e investigação de formas graves de criminalidade organizada, especialmente quando é de natureza transnacional."[286].

Na mesma linha de raciocínio, a DNISP direcionou, como principal objetivo da Inteligência Policial Judiciária, a produção de conhecimentos acerca de fatos e situações de interesse da corporação, notadamente no assessoramento das ações especializadas da investigação policial. Como objetivo específico, apontou a assessoria à investigação policial na produção de conhecimentos e, excepcionalmente, de provas, mediante relatórios técnicos sobre fatos e situações associados às organizações criminosas ou aos crimes cuja complexidade exija o emprego de ações especializadas[287].

Na verdade, a investigação policial é extremamente focada no caso concreto. O objetivo não é ter uma visão macro sobre o fenômeno criminal, buscando tendências, semelhanças e estabelecendo estratégias. No enfrentamento às organizações,

---

[284] FIÃES, L. F. **Intelligence e Segurança Interna.** Lisboa: ISCPSI, 2014, p. 90.

[285] CARTER, D. L. **Law Enforcement Intelligence**: a guide for state, local, and tribal law enforcement agencies. U.S. Department of Justice, 2004, p. 30.

[286] UNITED NATIONS OFFICE ON DRUGS AND CRIME. **Policía**: sistemas policiales de información e inteligencia. Manual de instrucciones para la evaluación de la justicia penal n. 4. New York, 2010, p. 7.

[287] Doutrina Nacional de Inteligência de Segurança Pública, rev., DNISP. 5.ed. Brasília: Ministério da Justiça, Secretaria Nacional de Segurança Pública, 2016, p. 40.

152 Inteligência Policial Judiciária

faz-se essencial uma visão mais completa. Pascoal enfatiza "a natureza holística da inteligência criminal, caracterizada pela aproximação da análise e interpretação de uma questão ou situação desde uma perspectiva multidisciplinar e integrando informações de todos os tipos de fontes"[288].

Lupsha, *apud* Gomes, leciona que, para controlar o crime organizado, é importante o uso proativo da inteligência policial. Nessa perspectiva, analisamos alguns métodos e características utilizados pela IPJ, que aumentam a eficiência de suas ações na assessoria das investigações policiais com foco nas organizações criminosas[289].

4.1.8. Compartimentação

O princípio do **Sigilo** é basilar na atividade de Inteligência. O segredo se confunde com a própria atividade. Um dos ramos é a contrainteligência, cujo objetivo é o de preservar, obstruir, detectar e neutralizar ações que venham vulnerar a atividade e todos os seus ativos.

Podemos destacar a cultura e os métodos de compartimentação de acesso a informações, métodos, documentos, instalações, como também os critérios mais rígidos de recrutamento para adentrar na atividade. Essa cultura gera uma barreira que dificulta as ações de infiltração[290] e de recrutamento por parte das organizações criminosas – parâmetros essenciais que se contrapõem ao alto poder de corrupção das organizações e aumentam a eficiência das ações da repressão.

Para aumentar a eficácia na repressão a essas organizações, é fundamental que as ações sejam centralizadas em unidades especializadas para esse fim, ou seja, unidades de elite que adotem compartimentação e ação especializada. Outra necessidade é a de despersonalização do combate, não havendo uma repressão sob responsabilidade

---

[288] PASCUAL, D. S. R. Analysis of Criminal Intelligence from a Criminological Perspective: the future of the fight against organized crime. **Journal of Law and Criminal Justice**, vol. 3, n. 1, American Research Institute for Policy Development, June 2015, p. 6.

[289] GOMES, R. C. Prevenir o crime organizado: inteligência policial, democracia e difusão do conhecimento. **Revista do Tribunal Regional Federal da 1ª Região,** vol. 21, n. 8, ago. 2009. Disponível em: <https://www2.mppa.mp.br/sistemas/gcsubsites/upload/60/prevenir_crime_organizado_inteligencia.pdf>. Acesso em: 29 maio 2019.

[290] Infiltração no sentido genérico, haja vista que a doutrina e a norma brasileira só possibilitam a infiltração de elemento orgânico da polícia na organização criminosa. Lei nº 12.850/2013, "Art.10. A infiltração de agentes de polícia em tarefas de investigação[...]".

O Papel da Inteligência de Polícia Judiciária no Assessoramento à Investigação Policial **153**

de uma única pessoa, atuando-se em formato de colegiado a fim de que a organização não identifique possíveis alvos para as suas ações violentas[291].

4.1.9. Métodos de processamento de dados

A globalização, a internet, as bases de dados – enfim, a "era do conhecimento" – são caracterizadas pelo rápido acesso e grande volume de informações. Somado a isso, resta ainda a complexidade intrínseca às organizações criminosas em relação à significativa quantidade de dados provenientes de operações ilícitas, extratos decorrentes das quebras de sigilo telefônico, ambiental, bancário e fiscal dos criminosos e das empresas. Portanto, faz-se necessário ter métodos, bem como o esperado e ágil processamento da totalidade desses dados.

Os órgãos policiais possuem, sobretudo, três dificuldades para lidar com essa realidade: a primeira é a burocracia, lentidão e ausência de compartimentação nos organismos que monopolizam as informações, a exemplo das operadoras de telefonia, que vendem os dados a particulares e, entretanto, negam ou dificultam o acesso à polícia. Somam-se a esses fatores a velocidade do aparecimento de tecnologias e as dificuldades em interceptá-las.

A segunda dificuldade, de ordem metodológica, refere-se aos métodos artesanais aos quais as polícias recorrem para análise de dados, considerando que, cada vez mais, esse volume aumenta. Na mesma medida, esses métodos perdem eficiência, suscitando a necessidade de aquisição de softwares que facilitem o processamento dos dados coletados. Nesse contexto, a IPJ dispõe de uma metodologia própria que facilita o processamento.

A terceira dificuldade, relacionada à especialização, consiste na obrigação de capacitação dos recursos humanos, fundamentando-se nos métodos e na doutrina de inteligência policial. Nesse cenário, a metodologia de produção de conhecimento facilita o processamento do complexo universo de dados, aumentando ainda a precisão dos resultados.

Essa metodologia é similar à utilizada nos ramos das ciências em geral. Estabelece premissas, extraindo a verdade dos dados reunidos, identifica vazios informacionais,

---

[291] Lei nº 12.694, de 24 de julho de 2012. "Art. 1º Em processos ou procedimentos que tenham por objeto crimes praticados por organizações criminosas, o juiz poderá decidir pela formação de colegiado para a prática de qualquer ato processual [...]".

apontando caminhos para preenchê-los, e cria hipóteses baseadas nas premissas identificadas, gerando menor empirismo e maior cientificidade dos resultados.

4.1.10. Sistemas de inteligência

Outro aspecto da atividade de IPJ que contribui, de forma positiva, para a investigação é o trabalho em sistema, ou seja, as ligações por canal técnico dentro da comunidade de inteligência geram rapidez nas trocas de conhecimento e confiabilidade às informações. Cussac afirma que as interrelações entre os problemas e ameaças nacionais e internacionais aumentam ainda mais a obrigação de cooperar[292].

Um dos grandes dilemas da atividade de inteligência é o equilíbrio entre a necessária compartimentação, um dos seus pilares, e a imperativa necessidade de difundir e compartilhar os dados e conhecimentos. Esse dilema aumenta ainda mais quando o foco são organizações criminosas, já que têm como características a sua introdução paulatina no aparelho estatal por meio da corrupção.

Um dos aspectos mais problemáticos da efetividade das ações de ISP no Brasil é a ausência de um sistema de tecnologia da informação que promova a cooperação entre os diversos órgãos que atuam nessa área. O que se percebe é que, na maior parte dos casos, há dificuldade de integração entre os órgãos. O crime organizado, por sua vez, encontra-se bem estruturado e tira proveito dessa deficiência. Para o combate ao crime organizado, o poder público necessita da ação coordenada dos diversos órgãos de inteligência nas esferas federal, estadual e municipal[293].

É um grande exemplo para o mundo a decisão-quadro nº 960/2006 do Conselho Europeu, que versa sobre a simplificação do intercâmbio de dados e informações entre as autoridades de aplicação da lei dos estados membros da União Europeia. Vejamos:

> *A presente decisão-quadro tem por objetivo estabelecer as regras ao abrigo das quais as autoridades de aplicação da lei dos Estados-Membros podem proceder ao intercâmbio célere e eficaz de dados e informações existentes para a realização de investigações criminais ou de operações de informações criminais.*

---

[292] CUSSAC, J. L. G. **Inteligencia.** Valencia: Tirant Editorial, 2012, p. 93.

[293] GONÇALVES, J. B. A atividade de inteligência no combate ao crime organizado: o caso do Brasil. **Research and Education in Defense and Security Studies**, Center for Hemispheric Defense Studies. Santiago, out. 2003, p. 14.

O Papel da Inteligência de Polícia Judiciária no Assessoramento à Investigação Policial **155**

Incentivar o fluxo de dados e conhecimentos é essencial para fortalecer o sistema e possibilitar àquele que tem a necessidade de conhecer receba a informação, complementando-a, produzindo conhecimento, difundindo-a e retroalimentando o fluxo. Trabalhar em sistema com uma metodologia, conceitos e procedimentos padronizados facilita esse intento.

A Associação Internacional de Chefes de Polícia (IACP) propôs o desenvolvimento de um plano para superar cinco barreiras que inibem o compartilhamento de inteligência, como a falta de comunicação entre as agências; de equipamentos (tecnologia) para desenvolver um sistema nacional de dados; de normas e políticas em matéria de inteligência; de análise de inteligência; e pobres relações de trabalho e vontade de compartilhar informações[294].

4.1.11. Operações de inteligência

Diante da infinidade de informações necessárias para a caracterização de uma organização criminosa no curso da investigação, é natural que muitos dados cruciais para fechar o "quebra-cabeça" se encontrem protegidos, a fim de dificultar o acesso e o intento investigativo. Portanto, faz-se necessário, como forma de assessoramento, o emprego de técnicas operacionais de inteligência para o preenchimento dos vazios da investigação.

Operações de inteligência constituem o conjunto das chamadas Ações de Busca (eventualmente envolvem Ações de Coleta) executadas para a obtenção de dados com acesso protegido e/ou negado, as quais exigem, pelas dificuldades e/ou riscos, planejamento minucioso, esforço concentrado e emprego de pessoal, técnicas e materiais especializados[295].

As Ações de Coleta encerram todos os procedimentos realizados, de maneira ostensiva ou sigilosa, a fim de reunir dados cadastrais e/ou catalogados em órgãos públicos ou privados. Já as Ações de Busca são todos os procedimentos realizados (buscando-se o sigilo) a fim de reunir dados protegidos em um universo adverso à obtenção.

---

[294] CARTER, D. L. **Law Enforcement Intelligence:** a guide for state, local, and tribal law enforcement agencies. US Department of Justice, 2004, p. 49.
[295] Doutrina Nacional de Inteligência de Segurança Pública. Brasília: Ministério da Justiça, Secretaria Nacional de Segurança Pública, 2016, p. 32.

156 Inteligência Policial Judiciária

Os dados oriundos das quebras de sigilo, depoimentos, informantes, ou seja, das três fontes de dados, como a tecnológica, a humana e a de conteúdo, são processados e encaixados, gerando algumas necessidades para o entendimento real e completo. As ausências de dados necessários são denominadas de "vazios informacionais".

Entre as técnicas operacionais de inteligência voltadas à obtenção de dados destacam--se a **Vigilância**, ação de seguir o alvo, obtendo dados sobre a sua vida cotidiana e seus padrões comportamentais; o **Recrutamento**, realizado para convencer ou persuadir uma pessoa a trabalhar em benefício da polícia; a **Entrevista**, procedida para levantar dados por meio de uma conversação, consentida pelo alvo, mantida com propósitos definidos e planejada e controlada pelo entrevistador; a **Observação, Memorização e Descrição** (OMD), empreendida no sentido de observar, memorizar e descrever, com precisão, pessoas, objetos, locais e fatos, com o objetivo de identificá-los ou de reconhecê-los; a **estória-cobertura**, com vistas a encobrir as reais identidades dos agentes, facilitando, assim, a obtenção de dados – dissimulando os verdadeiros propósitos da atividade – e assegurar a segurança e o sigilo; entre outras.

O sigilo das ações de IPJ leva a uma maior eficiência operacional. Os seus métodos, desconhecidos do público geral, e a preservação da identidade dos agentes e métodos aumentam e preservam a força de suas ações.

Abaixo comentaremos, de forma sucinta e superficial, aspectos importantes associados a algumas técnicas.

Vigilância

A vigilância consiste na técnica operacional que objetiva manter o alvo sob observação. Há diversos tipos de vigilância (a pé, fixa, móvel, entre outros), divididos de modo didático, mas, na prática, o desenvolvimento das ações é conjunto.

A execução da vigilância necessita de planejamento, equipamentos para locomoção, comunicação e uma equipe bem entrosada, sendo essencial em todos os casos muito treinamento para que o vigilante disponha de naturalidade e saiba intercalar os papéis no ambiente operacional.

Nesse caso, na maioria das vezes serão utilizados artefatos móveis prontos em laboratório, como camuflagem, a exemplo de câmaras em bolsas, pacotes, além de viaturas técnicas ou montagem dos equipamentos eletrônicos, utilizando-se do meio ambiente operacional e adaptando os artefatos ao local, ou mesmo criando outros que se façam necessários.

Basicamente, a vigilância pode ter como alvo a observação de pessoas, ou sobre pessoas. Para tanto, faz-se imperativo o levantamento dos seguintes dados básicos:

✓ **Pessoas:** nome, foto, descrição física, residência, local de trabalho, meios de transportes, itinerários, horários, hábitos, familiares, amigos, locais que frequenta, possibilidades de entrada e de estória-cobertura, entre outros.

✓ **Área ou instalação:** iluminação do alvo, sugestões para métodos e equipamentos, sugestões para camuflagem do equipamento, possibilidade do emprego de viatura técnica (local e distância), postos de observação para execução de foto (distância), possibilidades de entrada e de estória-cobertura, etc.

Entrevista

Conversação com um propósito definido. Utilizada diariamente em todos os momentos, consiste basicamente no estabelecimento de uma conversação, ostensiva ou com os objetivos encobertos, estimulando que o alvo fique à vontade em falar e se direcionar para a necessidade informacional. É fundamental o planejamento prévio do perfil do alvo, quando possível, como também planejar as necessidades informacionais. A utilização de gravação das conversas é adequada, devendo-se ter em mente o local operacional e as vulnerabilidades decorrentes desse ambiente.

Entrada

A entrada consiste na técnica operacional que visa a adentrar em um ambiente de forma velada ou recorrendo a uma estória-cobertura a fim de plantar equipamentos eletrônicos para a realização da interceptação ambiental. Na prática, a entrada é dificilmente usada, tendo em vista as dificuldades jurídicas e a complexidade de sua execução. Esteia-se em duas possibilidades: utilização de estória-cobertura (disfarces) e a entrada velada. É uma técnica operacional que, quando bem executada, alcança enorme eficiência para a interceptação ambiental, já que possibilita captar informações dentro do ambiente privado e íntimo do alvo, aproveitando-se do total sentimento de segurança. Entretanto, expõe demasiadamente o agente de inteligência, requerendo estrutura apropriada, condições favoráveis, agentes altamente treinados e especializados, bem como o momento adequado para sua utilização. Alguns dados básicos são necessários a fim de possibilitar a utilização desta técnica: detentor(es) da(s) chave(s), alarmes e vigias, chave geral (iluminação e tomadas), tipos de mecanismos de fechamento, marca da fechadura, sugestões para o método de entrada a ser empregado, etc.

Estória-cobertura

Doutrinariamente, a estória-cobertura é conceituada como uma identidade de proteção para pessoas, instalações e organizações, visando a encobrir seus propósitos ou atos nas operações de Inteligência.

Estória-cobertura configura uma técnica operacional a ser utilizada isoladamente ou em apoio a outras, sendo simples na sua aplicação, mas exigindo, porém, planejamento detalhado e profissional bem treinado para executá-la.

Em muitas situações, a única forma para se obter acesso a determinado dado é excluindo deliberadamente a identidade do órgão de Inteligência pelos fatores intrínsecos à atividade.

Pode-se afirmar, então, que a estória-cobertura objetiva mascarar a verdade sobre o pessoal, as instalações e os objetivos das operações de Inteligência, com base no aproveitamento de pretextos e circunstâncias favoráveis, por meio de uma argumentação que possa ser comprovada, se houver necessidade.

Pode ser utilizada apenas em um determinado momento, ou em caráter permanente, a depender da necessidade de provimento de dados necessários e das condições de segurança do ambiente operacional[296]. O treinamento exaustivo, o exercício do pensar como a personagem, desenvolvendo maturidade, naturalidade e autoconfiança, aumenta a eficiência e a eficácia da estória-cobertura.

No mundo virtual, a utilização da estória-cobertura ganhou uma grande intensidade e normalidade. Ter padrões bem definidos e controle se apresenta como essencial.

O treinamento inclui, também, um estudo completo da identidade, que será adotada pelo agente. Diante da complexidade e profundidade da estória-cobertura, faz-se necessário realizar um laboratório, detalhando os levantamentos dos dados para construir o personagem, como também um treinamento em um ambiente operacional semelhante ao da missão. Quanto mais profunda é a estória-cobertura, mais detalhes precisam ser concebidos, buscando-se, sempre que possível, bases naturais.

Algumas teorias da psicologia afirmam que o ser humano possui várias máscaras e formas de ser segundo suas experiências e ambientes em que vive. Carl Gustav Jung

---

[296] COSTA, R. J. C. C.; LUNA, J. L. U. **Manual de Operações Eletrônicas.** Centro Integrado de Inteligência de Defesa Social da Secretaria de Defesa Social de Pernambuco. 2012, pp. 6-12.

afirmava que o indivíduo tem de saber lidar com os vários papéis que assume na vida, ou seja, deve saber conviver com diversos personagens, sem se envolver definitivamente com a máscara, usando a máscara e sabendo sair dela sem se prejudicar[297].

Para se transformar em outra pessoa, em um personagem, o primeiro aspecto necessário é se despir de alguns padrões, formas de agir, de olhar, de se vestir, de gesticular, de falar e se comportar, principalmente no que diz respeito aos estereótipos adquiridos na vida policial.

4.1.12. Planejamento operacional

No plano tático, segundo a necessidade imperiosa de identificar e responsabilizar os membros das organizações criminosas, pois soltos continuam a perpetrar crimes, o momento mais adequado é quando há provas suficientes para preencher grande parte dos vazios da investigação, identificação da fonte financeira da organização criminosa, bem como locais de moradia e atuação de seus membros. A partir de então, inicia-se o planejamento operacional com a finalidade de prender, em uma única ação, todos os membros, além de realizar coletas de dados por meio de buscas e apreensões.

O planejamento operacional é um método da investigação policial, embora não se possa prescindir da atividade de inteligência, afirma Meneses, tendo em vista que as técnicas desenvolvidas pela atividade colaboram em demasia com o planejamento[298]. Cabe destacar a vigilância, seguida de alvos que visam a mapear os contatos, locais e padrões desse alvo. Paralela a essa assessoria à investigação policial, a IPJ realiza esse tipo de planejamento para todas as ações operacionais realizadas com o intuito de buscar dados negados.

Em termos gerais, Meneses define planejamento operacional como uma atividade ordenada e sistematizada a partir da definição de uma linha de ação, baseada em uma análise de situação, compreendendo a alocação de recursos humanos, materiais e financeiros com fim de alcançar objetivos[299].

---

[297] ABDO, H. 6 reflexões para entender o pensamento de Carl Jung. **Revista Galileu**, 23 fev. 2017. Disponível em: <https://revistagalileu.globo.com/Ciencia/noticia/2017/02/6-reflexoes-para-entender-o-pensamento-de-carl-jung.html>. Acesso em: 16 maio 2019.

[298] MENESES, R. L. L. **Manual de planejamento e gestão da investigação policial**. Olinda: Livro Rápido, 2012, p. 41-156.

[299] Idem.

Ademais, é imprescindível reduzir a possibilidade de improvisos, prever as dificuldades e sistematizar o método de ação com o fito de suavizar os riscos, preservando a integridade dos policiais e dos acusados e aumentando o êxito de prisões e apreensões de provas.

Após a análise crítica de um especialista sem ligação afetiva com a investigação, serão elaborados perfis de cada alvo, observando-se o respectivo grau de periculosidade, a sua importância dentro da organização criminosa e as particularidades técnicas. Para compor as diligências pertinentes à operação, a escalação de policiais deve ser orientada segundo suas aptidões, especializações em determinadas áreas e destrezas operacionais. Por fim, é necessário que a operação seja deflagrada seguindo regras bastante austeras de compartimentação, realizando-se, de preferência, em um único momento, tornando o fator surpresa um aliado da ação operacional.

5. Fatores Diferenciadores entre a Inteligência Policial Judiciária e a Investigação Policial

Entre os aspectos mais nevrálgicos da doutrina de IPJ destacam-se as diferenças e similitudes com a investigação policial. Tal problemática está relacionada ao nível operacional de IPJ, não se encontrando de todo exaurida pela doutrina e bibliografias associadas. A relação umbilical que a IPJ possui com a investigação policial não ocorre, no entanto, com os demais tipos de Inteligência de Segurança Pública.

Adstrita ao nível operacional, debruçada em ocorrências delitivas, a investigação apura fatos concretos, buscando estabelecer a autoria do delito, suas circunstâncias e a prova material de que o crime existiu.

Já a IPJ atua, conforme preceitua a DNISP, em quatro níveis: **político**, no sentido de assessorar a criação de políticas amplas; **estratégico**, assessorando o estabelecimento dos caminhos estratégicos para materialização da política; **tático**, debruçando-se sobre as possíveis táticas para consecução das estratégias; e **operacional**, que possui as vertentes de assessoramento e de operacionalização da política, além do assessoramento a uma investigação policial específica, de forma habitual, com foco nas organizações criminosas.

Nos três primeiros níveis a distinção entre IPJ e investigação policial é muito nítida, considerando-se que a investigação está restrita ao nível operacional, circunscrita a um caso concreto, enquanto a IPJ possui ações em todos os níveis, sendo o operacional um produtor dos dados operacionais, no sentido de subsidiar a esperada análise estratégica, tática, bem como o estabelecimento de políticas. Portanto, no plano operacional, a distinção é muito mais complexa. Pascoal expõe que, em relação à fase de coleta de informações/evidências na investigação policial ou criminal, em muitas ocasiões são compartilhados os mesmos objetivos da atividade de inteligência policial, mas assumindo propósitos diferentes: "essa circunstância reproduz confusos

162 Inteligência Policial Judiciária

episódios de sobreposição onde é difícil discernir os limites entre ambos, identificando claramente onde um começa e o outro termina"[300].

A IPJ é mais abrangente no tocante à amplitude do assunto e à abordagem no nível estratégico, podendo navegar nas causas e consequências do fenômeno criminal, criação de cenários prospectivos, subsidiar diagnósticos mais amplos para criação de políticas públicas, etc. Por sua vez, a investigação policial foca as suas ações em fatos delimitados, sendo mais precisa e formal no âmbito operacional.

Manzano e Bechara relatam que a doutrina americana distingue inteligência de investigação, descrevendo a inteligência como proativa, detentora de base de dados fechada, sigilosa, cujo produto é um relatório de inteligência. A investigação é retroativa e possui uma composição de base de dados aberta, destinada à produção de provas e, em última análise, o seu resultado é a prisão[301].

Gonçalves expõe que a Inteligência Policial tem no escopo questões táticas de repressão, investigação de ilícitos e grupos infratores. E que o escopo, em maior parte, é a produção de provas de materialidade e autoria de crimes. De início, não é o gênero Inteligência Policial, mas, sim, a IPJ que objetiva, no plano operacional, assessorar a Polícia Judiciária na investigação de ilícitos e grupos infratores[302].

A visão de que a IPJ tem como intento principal a produção de provas para determinar a autoria e a materialidade é, no mais alto grau, equivocada. Essa finalidade pertence à investigação policial. A IPJ tem como missão a produção e salvaguarda de conhecimentos[303]. Como excepcionalidade, pode coletar indícios e elementos de prova, nos casos de grande complexidade com foco nas organizações criminosas, ressaltando que o cerne principal, no plano operacional, é produzir certezas, apontar caminhos, assessorar no processamento, obter padrões e assessorar a investigação policial.

Mingardi descreve a confusão entre Inteligência Policial e investigação. Para o especialista, o trabalho de inteligência pode ser opinativo e de caráter preventivo. O

---

[300] PASCUAL, D. S. R. Analysis of Criminal Intelligence from a Criminological Perspective: the future of the fight against organized crime. **Journal of Law and Criminal Justice**, vol. 3, n. 1, American Research Institute for Policy Development, June 2015, p. 10.

[301] MANZANO; BECHARA. *In*: FERNANDES, A. S.; ALMEIDA, J. R. G.; MORAES, M. Z. (coords.). **Crime Organizado**: aspectos processuais. São Paulo: Editora Revistas dos Tribunais, 2009, p. 163.

[302] GONÇALVES, J. B. **Atividade de Inteligência e legislação correlata.** Niterói: Impetus, 2009, p. 28.

[303] CASTRO, C. A. (coord). **Inteligência de segurança pública**: um xeque-mate na criminalidade. Curitiba: Juruá, 2012, p. 80.

autor identifica pelo menos quatro aplicações para as informações produzidas pela Inteligência: a prevenção de tendências, a identificação das lideranças das organizações criminosas, o monitoramento da movimentação cotidiana da organização visando à identificação da sua rotina, os pontos fracos da organização e de informantes em potencial[304].

Sobre esse assunto, Dantas e Souza ressaltam o quanto é sutil a diferenciação entre a Atividade de Inteligência e a de Investigação Criminal:

> *Ambas lidam, muitas vezes, com os mesmos objetos (crime, criminosos e questões conexas), com seus agentes atuando lado a lado. Enquanto a investigação policial tem como propósito direto instrumentar a persecução penal, a inteligência policial é um suporte básico para a execução das atividades de segurança pública, em seu esforço investigativo inclusive. A metodologia (de abordagem geral e de procedimentos específicos) da inteligência policial está essencialmente identificada com a da inteligência de Estado[305].*

Outra diferenciação é que a IPJ navega sobre as três dimensões temporais, ou seja, o passado, reunindo o máximo de dados a fim de entender o já ocorrido; o presente, devidamente contextualizado e analisado, com um diagnóstico preciso dos fatos em curso; e o futuro, buscando antecipar possíveis cenários e construir alternativas para eles. A investigação policial é limitada, com maior relevância para o passado e com alguns reflexos no presente. No passado, o objetivo é reviver os fatos relativos aos crimes em apuração, e no presente, as repercussões que podem desencadear a investigação e a localização de pessoas e coisas.

No tocante ao controle, na perspectiva de utilização da IPJ como assessoramento de investigações policiais, em especial aquelas direcionadas para as Operações de Repressão Qualificadas com foco nas organizações criminosas, é nítida a realização pelo Judiciário e Ministério Público. No assessoramento estratégico, o controle da IPJ não é explícito, a julgar pela Lei nº 9.883/99, que disciplina o controle tão somente no que se refere à inteligência no âmbito federal.

---

[304] MINGARDI, G. **O trabalho da Inteligência no controle do Crime Organizado:** estudos avançados. São Paulo: Editora Universidade de São Paulo, 2007, pp. 52-57.

[305] DANTAS, G. F. L; SOUZA, N. G. **As bases introdutórias da análise criminal na inteligência policial,** 2004, p. 5. Disponível em: <https://www.justica.gov.br/central-de-conteudo/seguranca-publica/artigos/art_as-bases-introdutorias.pdf>. Acesso em: 16 maio 2019.

164 Inteligência Policial Judiciária

Ao traçarmos um paralelo com as distinções realizadas por Romeu em relação à ISP[306], o princípio do **Sigilo**, sedimentado em vários dispositivos legais direcionados à atividade de inteligência[307], proporciona à IPJ maior facilidade e oportunidade no levantamento de dados, já que os seus integrantes e métodos são desconhecidos. No entanto, a investigação policial é, em regra, pública, sendo o conteúdo das jurisprudências pacificadas[308]dos Superiores Tribunais, excetuadas as medidas em andamento, de livre acesso às partes. Romeu aponta ainda que a excelência reside na obtenção de dados e conhecimentos e na sua transmissão às autoridades policiais, para que elas possam, com mais facilidade e oportunidade, produzir as provas[309].

Moraes defende que a inteligência policial deve ficar adstrita a questões e assuntos estratégicos, com vistas a conhecer a dinâmica do crime sem se confundir com a investigação. Concordamos em parte, pois, no universo geral das inteligências policiais, isso representa uma forma de diminuir as possibilidades de excrescências. Contudo, em relação à IPJ, trata-se de algo inviável, pois a ela cabe assessorar a atribuição fim constitucional das Polícias Judiciárias, que é a investigação. Esse assessoramento é fundamental para o aumento da eficiência da IPJ perante a sua instituição de origem[310].

Entretanto, os pontos de interseção não podem ser fomentadores de desvio de finalidade por outras instituições, que se valem da inteligência como meio de viabilizar a investigação, bem como não devem constituir ainda uma forma de burlar o ordenamento pátrio ao recorrerem à atividade de inteligência para atuar ilegalmente, ferindo, assim, os direitos e as garantias previstas na Carta Magna.

---

[306] ROMEU, A. F. Disciplina 01: fundamentos doutrinários, unidade didática 01.01. Rio de Janeiro: ESISPERJ, 2016, p. 3.

[307] Lei nº 12.527, de 18 de novembro de 2011. Lei de Acesso à Informação: Art. 6º Cabe aos órgãos e entidades do poder público, observadas as normas e procedimentos específicos aplicáveis, assegurar a: III – proteção da informação sigilosa e da informação pessoal, observada a sua disponibilidade, autenticidade, integridade e eventual restrição de acesso. Art. 23. São consideradas imprescindíveis à segurança da sociedade ou do Estado e, portanto, passíveis de classificação as informações cuja divulgação ou acesso irrestrito possam: III – pôr em risco a vida, a segurança ou a saúde da população; VIII – comprometer atividades de inteligência, bem como de investigação ou fiscalização em andamento, relacionadas com a prevenção ou repressão de infrações.

[308] 14ª Súmula Vinculante do STF: "é direito do defensor, no interesse do representado, ter acesso amplo aos elementos de prova que, já documentados em procedimento investigatório realizado por órgão com competência de polícia judiciária, digam respeito ao exercício do direito de defesa".

[309] ROMEU, A. F. Disciplina 01: fundamentos doutrinários, unidade didática 01.01. Rio de Janeiro: ESISPERJ, 2016, p. 3.

[310] MORAES, R. I. **Inteligência criminal e denúncia anônima.** Belo Horizonte: Arraes Editores, 2011, p. 49.

Fatores Diferenciadores entre a Inteligência Policial Judiciária e a Investigação Policial **165**

A incompreensão do verdadeiro papel da IPJ, sobretudo no plano operacional, leva à confusão e comparação com a Inteligência Clássica. Para Santos, é nefasta a conexão entre IPJ e investigação, pois a Inteligência maneja um conceito de "inimigo"[311], defendendo que a atividade de inteligência é antidemocrática – visão equivocada, já que todas as ações da IPJ são centradas no princípio da **Legalidade**, considerando-se que o assessoramento à investigação só se torna eficaz caso esteja em harmonia com os ditames legais.

A DNISP prolata que as Ações de Busca que utilizam, por exemplo, infiltração, entrada e interceptação de sinais e de dados, e que necessitam de autorização judicial, são classificadas como ações de Inteligência Policial Judiciária no assessoramento a uma investigação policial. Tais ações são de natureza sigilosa e envolvem o emprego de técnicas especiais visando à obtenção de dados (indícios, evidências ou provas de autoria ou materialidade de um crime)[312]. Na verdade, essas técnicas são, conforme o ordenamento brasileiro, ações de investigação policial nas quais a IPJ pode dar suporte na execução e na operacionalização das medidas autorizadas judicialmente.

Um dos grandes desafios da IPJ é que o dado operacional seja aquele contido nos inquéritos policiais, oriundos, inclusive, de medidas intrusivas, podendo converter-se, transformar-se e ser processado para subsidiar uma análise estratégica em proveito da instituição e da sociedade. Na atividade policial, esses dados somente são direcionados para o oferecimento da denúncia.

5.1. Limites na assessoria da IPJ às investigações policiais

A regra basilar na investigação policial, assim como na atividade de Inteligência Policial Judiciária, é o princípio da **Legalidade**. É condição *sine qua non* a harmonia com a legislação e o respeito às garantias individuais e coletivas. Os parâmetros dos princípios da **Legalidade, Eficiência** e **Eficácia** são essenciais para a inteligência, conforme defende Cussac[313].

No âmbito da investigação policial, as normas regradoras são as previstas no Código de Processo Penal. O princípio da **Publicidade** se refere à transparência dos atos

---

[311] SANTOS, C. J. **Investigação Criminal Especial:** seu regime no marco do estado democrático de direito. Porto Alegre: Núria Fabris, 2013, p. 29.

[312] Doutrina Nacional de Inteligência de Segurança Pública. Brasília: Ministério da Justiça, Secretaria Nacional de Segurança Pública, 2016, p. 34.

[313] CUSSAC, J. L. G. **Inteligencia.** Valencia: Tirant Editorial, 2012, p. 284.

público; o do **Contraditório**, à obrigação de dar oportunidades à opinião contrária daquela manifestada pela parte oposta da lide. Por sua vez, o princípio da **Ampla Defesa** consiste em garantir a defesa no âmbito mais abrangente possível. Podem, portanto, ser conflituosos com as ações da atividade de ISP, considerando-se ser sigilosa quase a totalidade de suas ações.

No nível operacional e sob a perspectiva de assessoria a uma investigação policial, e, em um caso concreto, trata-se da necessidade de captar e registrar elementos de prova. O outro grande limite é a ponderação entre a necessidade extrema da captação e registro de elementos de prova e a exposição da atividade de inteligência, situação a ser analisada pelos gestores que vão pesar se vale a pena a mitigação do princípio do **Sigilo**.

5.2. Aspectos jurídicos da utilização dos elementos de prova excepcionalmente coletados pela IPJ

Diversos aspectos e princípios constitucionais, processuais e doutrinários devem ser observados e analisados com o intuito de constatar se vale a pena a utilização dos elementos de prova colhidos e coletados pela IPJ. De forma óbvia, todas as ações têm de ser permeadas de legalidade.

Um dos princípios basilares é o princípio da **Eficiência**, sedimentado no Art.37, *caput*, da Constituição Federal[314]. Moraes assim define este princípio:

> *Assim, o princípio da eficiência é o que impõe à Administração Pública direta e indireta e a seus agentes a persecução do bem comum, por meio do exercício de suas competências de forma imparcial, neutra, transparente, participativa, eficaz, sem burocracia e sempre em busca da qualidade, primando pela adoção dos critérios legais e morais necessários para a melhor utilização possível dos recursos públicos, de maneira a evitar desperdícios e garantir-se uma maior rentabilidade social[315].*

Almeida defende que, por si só, a atividade de inteligência não garante a eficiência de uma instituição, mas que diminuem os riscos de erro com o uso de metodologia

---

[314] Art. 37: "A administração pública direta e indireta de qualquer dos Poderes da União, dos Estados, do Distrito Federal e dos Municípios obedecerá aos princípios de legalidade, impessoalidade, moralidade, publicidade e eficiência".

[315] MORAES, A. Constituição do Brasil interpretada. São Paulo: Atlas, 2002, p. 787, *apud* MARTINS, I. G. S. (coord.). **Princípio da eficiência em matéria tributária**. São Paulo: Editora Revista dos Tribunais, 2006, p. 53.

e planejamento: "[...] não há dúvida de que, com sua implementação e estruturação (*da atividade de inteligência*), os riscos de tomada de decisões arbitrárias, desconexas, contraditórias, destoantes de uma estratégia racionalmente delimitada e em confronto com o interesse público serão bastante reduzidos"[316].

De acordo com Milton Pereira, a ineficiência do estado em contrapor ações do crime organizado gera uma necessidade do uso da atividade de inteligência[317]. Entretanto, faz-se essencial, para aumentar a eficiência estatal nas ações de repressão às organizações criminosas, o aproveitamento das certezas geradas nas análises de Inteligência como caminho para auxiliar a investigação policial, bem como, em poucos momentos, a utilização do que foi coletado pela IPJ para compor o caderno probante.

Outro pilar da atividade policial e de Inteligência é o princípio da **Oportunidade**. Apesar de fazer parte da doutrina, Valente esclarece que não se encontra positivado[318]. Calado o define como "a faculdade concedida legalmente de possibilitar um espaço de escolha por parte do intérprete"[319] e, na visão de Teixeira, corresponde a uma "discricionariedade vinculada"[320]. A alternativa de escolher caminhos legais mais prósperos se alinha à técnica de Ação Controlada, medida legal que visa a buscar o momento eficaz para a formação de provas e obtenção de informações.

Segundo Pereira, o princípio da **Proporcionalidade** se aplica "sempre que existir uma relação entre um fim pretendido e os meios utilizados", alertando que, nesse momento, deve ser analisada a possibilidade de limitação dos direitos fundamentais[321]. Prossegue defendendo que, nesses casos, deve-se observar a adequação da medida para conseguir os objetivos pretendidos; a necessidade da medida, analisando se os objetivos não podem ser obtidos por outros meios menos gravosos; e a **Proporcionalidade**, no sentido estrito do que a medida guarda em referência à gravidade do crime.

---

[316] ALMEIDA NETO, W. R. **Inteligência e Contrainteligência no Ministério Público**. Belo Horizonte: Dictum, 2009, p. 80-84.

[317] MIRANDA, J. (coord.). **O direito constitucional e os desafios do século XXI**. Lisboa: Editora AAFDL, 2015, p. 127.

[318] VALENTE, M. M. G. **Teoria Geral do Direito Policial**. Coimbra: Almedina, 2014, p. 217.

[319] CALADO, A. M. F. **Legalidade e oportunidade na investigação criminal**. Coimbra: Coimbra Editora, 2009, p. 46.

[320] TEIXERA, C. A. **Princípio da Oportunidade, manifestações em sede processual penal e a sua conformação jurídico-constitucional**. Coimbra: Almedina, 2006, p. 33.

[321] PEREIRA, E. S. **Teoria da Investigação Criminal**. Coimbra: Almedina, 2010, p. 315.

Pacheco conduz o referido princípio para a Atividade de Inteligência, defendendo que é um método proporcional apto a alcançar o fim em que se destina, não devendo haver outro método que atinja o fim com menos intervenção em direitos fundamentais[322].

No ordenamento brasileiro, a prova, quando alcançada, além de tudo que se coletar na investigação, é direcionada ao Ministério Público, que, por sua vez, oferece a denúncia baseada nesse arcabouço probante. Cabe ao magistrado apreciar, valendo-se da sua livre convicção motivada. O princípio da **Livre Apreciação** (Art. 127, CPP PT e Art. 155, CPP BR[323]) não se confunde com arbítrio, pois o magistrado terá de motivar a sua decisão a partir do conjunto de elementos probatórios existentes nos autos do processo.

Outro aspecto importante é o princípio da **Liberdade de Prova**. O CPP expõe, no seu artigo 157, serem inadmissíveis as provas ilícitas, assim entendidas aquelas obtidas em violação às normas constitucionais ou legais, não sendo taxativo o que é permitido[324]. O Código de Processo Civil, em seu artigo 132, postula que "todos os meios legais, bem como os moralmente legítimos, ainda que não especificados neste Código, são hábeis para provar a verdade dos fatos em que se funda a ação ou a defesa".

Não existe princípio, bem ou direito soberano. O direito mais basilar e primário, o direito à vida, possui a sua excepcionalidade. Muitas vezes, a segurança da sociedade e do estado restringe e protege os direitos fundamentais. Canotilho explica que as colisões de direitos se dão, no sentido próprio, "quando o exercício de um direito fundamental colide com outros bens constitucionalmente protegidos"[325].

Milton Pereira exemplifica esse pressuposto, analisando a utilização da chamada estória-cobertura, a partir da qual surge um conflito entre o direito fundamental à

---

[322] PACHECO, D. F. **Operações de Inteligência, ações de busca e técnicas operacionais como provas.** 8.ed. Niterói: Impetus, 2011, p. 1035.

[323] CPP-BR Art. 155. O juiz formará sua convicção pela livre apreciação da prova produzida em contraditório judicial, não podendo fundamentar sua decisão exclusivamente nos elementos informativos colhidos na investigação, ressalvadas as provas cautelares, não repetíveis e antecipadas e CCP-PT Art. 127. Salvo quando a lei dispuser diferentemente, a prova é apreciada segundo as regras da experiência e a livre convicção da entidade competente.

[324] Art. 157. São inadmissíveis, devendo ser desentranhadas do processo, as provas ilícitas, assim entendidas as obtidas em violação a normas constitucionais ou legais... §2º Considera-se fonte independente aquela que por si só, seguindo os trâmites típicos e de praxe, próprios da investigação ou instrução criminal, seria capaz de conduzir ao fato objeto da prova.

[325] CANOTILHO, J. J. G. **Direito constitucional e Teoria da Constituição.** 7.ed. Coimbra: Almedina, 2003, p. 1270.

Fatores Diferenciadores entre a Inteligência Policial Judiciária e a Investigação Policial **169**

verdade e o bem constitucional segurança pública, fazendo-se imprescindível ponderar o conflito segundo os princípios da **Proporcionalidade, Igualdade** e **Eficiência**[326].

5.3. Inteligência Policial Judiciária como coletora de elementos de prova

Importante destacar a diferença entre os meios de prova e os meios de obtenção de prova. Soares cita o renomado Germano Marques, o qual explica que os meios de prova são *per si* fonte de convencimento e os meios de obtenção de prova permitem apenas conseguir coisas ou declarações dotadas de aptidão probatória. O jurista informa ainda que a distinção se atenua nos casos em que o próprio meio de obtenção da prova se transforma em um meio de prova[327].

Neste trabalho, utilizamos a terminologia IPJ como coletora de prova, no sentido de considerarmos a atividade como forma de conseguir coletar e registrar indícios, elementos de prova e evidências. Mendroni discorre que "tanto as evidências (indícios diretos e indiretos), como os elementos de provas (medidas cautelares) todos pertencentes à fase pré-processual, também devem ser consideradas 'provas' *lato sensu*"[328].

São escassas a literatura, a doutrina e as decisões judiciais que abordam a temática de coleta de prova pela atividade de inteligência. Cussac aponta que há uma tendência de utilizar as informações oriundas da atividade de inteligência no Processo Penal, afirmando que "la judicialización de la inteligencia, o lo que es lo mismo, la utilización cada vez mayor de recursos de inteligencia en procedimientos judiciales penales"[329].

Na Holanda, há casos em que a atividade de inteligência recebeu relatórios de inteligência de agências de outros países e iniciou procedimentos investigativos com base nas provas produzidas, como relata Vervaele:

> *Los informes tampoco desvelaban como fue obtenida esta información, por ejemplo por vigilancia continuada digital, o mediante el uso de un informante, es*

---

[326] PEREIRA, M. *In*: MIRANDA, J. (coord.). **O direito constitucional e os desafios do século XXI**. Lisboa: Editora AAFDL, 2015, p. 144.

[327] SOARES, P. A. F. **Meios de obtenção de prova no âmbito das medidas cautelares e de polícia**. Coimbra: Almedina, 2014, p. 97.

[328] MENDRONI, M. B. **Provas no processo penal**: estudo sobre a valoração das provas penais. 2.ed. São Paulo: Atlas, 2015, p. 37.

[329] CUSSAC, J. L. G. **Inteligencia**. Valencia: Tirant Editorial, 2012, p. 289.

170 Inteligência Policial Judiciária

> *decidir que los modus operandi de recaudación de La inteligencia permanecían encubiertos por el secreto profesional. Informes de este tipo fueron utilizados em Holanda como base para abrir investigación judicial, como sospecha razonable para ejecutar medidas coactivas y hasta se utilizó como fuente probatoria em el juicio*[330].

Na Espanha, é vasta a jurisprudência nesse sentido, a julgar pela experiência da inteligência policial no combate ao grupo terrorista basco ETA (Pátria Basca e Liberdade). Assim elucida Vervaele:

> *El Tribunal Supremo cualifica La inteligencia policial como una variante de pericial, una prueba pericial de inteligencia. Esto tiene como consecuencia que el objeto de la prueba, su documentación y todo el material que los os tienten e que estar a disposición de las partes*[331].

Cussac defende que uma tendência de judicialização da inteligência, verificando-se a utilização cada vez maior dos recursos de inteligência nos processos judiciais[332].

A Decisão-Quadro nº 960/2006 do Conselho Europeu, que versa sobre a simplificação do intercâmbio de dados e informações entre as autoridades de aplicação da lei dos estados-membros da União Europeia, separa a fase de investigação criminal da etapa de operação de inteligência criminal, conforme exposto a seguir:

> *Operação de informações criminais, uma fase processual, anterior à fase da investigação criminal, em cujo âmbito uma autoridade competente de aplicação da lei está habilitada pelo direito interno a recolher, tratar e analisar informações sobre infracções ou actividades criminosas com o objectivo de determinar se foram ou poderão vir a ser cometidos actos criminosos concretos*[333].

O artigo 1º não impõe aos estados-membros qualquer obrigação de fornecer dados ou informações a serem utilizados como meio de prova perante uma autoridade judiciária, nem confere qualquer direito de utilizar tais dados ou informações para esse fim.

---

[330] VERVAELE *In*: GIL, J. P. (coord.). **El proceso penal em La sociedad de La información**: las nuevas tecnologías para investigar y probar el delito. Madrid: La Ley, 2012, p. 30.

[331] Idem, p. 32.

[332] CUSSAC, J. L. G. **Inteligencia**. Valencia: Tirant Editorial, 2012, p. 287.

[333] Decisão-quadro 2006/960/JAI do Conselho da União Europeia, de 18 de dezembro de 2006. Disponível em: <https://publications.europa.eu/pt/publication-detail/-/publication/cc614cd4-ea25-4bbe-900e-4f185d260038>. Acesso em: 13 maio 2019.

> *Nos casos em que um Estado-Membro tenha obtido dados ou informações ao abrigo da presente decisão-quadro e queira utilizá-los como meio de prova perante uma autoridade judiciária, terá de obter o consentimento do Estado-Membro que forneceu os dados ou informações, se necessário ao abrigo do direito interno do Estado-Membro que os forneceu, utilizando os instrumentos de cooperação judiciária em vigor entre os Estados-Membros. Tal consentimento não é exigido nos casos em que o Estado-Membro requerido tenha já dado, quando da transmissão dos dados ou informações, autorização para a sua utilização como meio de prova[334].*

Os limites da atuação da IPJ no assessoramento às investigações com foco nas organizações criminosas são bastante controvertidos. A DNISP possibilitou, como excepcionalidade, a possibilidade de produção de prova. Nesse sentido, para Pascual, surge a dicotomia sobre os pontos positivos e negativos da judicialização da inteligência:

> *Uma opção que desperta uma árdua controvérsia doutrinária e conceitual que para o assunto não foi resolvida com sucesso. A motivação para usar a inteligência como prova processual está diretamente relacionada à cultura da supressão da evidência e deve ser entendida em termos de excepcionalidade (ultima ratio).[335]*

A partir da materialização na DNISP dessa possibilidade, mesmo que excepcional, foi gerado o Relatório Técnico, a fim de materializar essa produção. Ainda não foram definidos na doutrina os parâmetros excepcionais para a produção de provas, tampouco a proporção de ganhos e perdas dessa produção.

Em relação à validade das provas levantadas na busca (operação de inteligência), Pacheco esclarece que todas as "provas" obtidas pelas atividades de inteligência em geral e pelas operações de inteligência podem, em princípio, ser utilizadas na investigação criminal, desde que sujeitas às limitações de conteúdo e de forma estabelecida pela lei processual penal. Essa possibilidade de utilização decorre do princípio da liberdade da prova[336].

---

[334] Idem.

[335] PASCUAL, D. S. R. Analysis of Criminal Intelligence from a Criminological Perspective: the future of the fight against organized crime. **Journal of Law and Criminal Justice**, vol. 3, n. 1, American Research Institute for Policy Development, June 2015, p. 8.

[336] PACHECO, D. F. Atividades de inteligência e processo penal. *In*: **IV Jornada Jurídica da Justiça Militar da União – Auditoria da 4ª CJM**. Juiz de Fora, 2005, p. 4.

5.4. A excepcionalidade da utilização dos elementos de prova coletados pela IPJ

A DNISP prescreve que "a IPJ está orientada para a produção de conhecimento e apenas, excepcionalmente, à produção de provas"[337]. Nesse sentido, o sigilo, como princípio da atividade de ISP, fica mitigado em caráter excepcional. Havendo necessidade de emprestar aos procedimentos policiais e judiciais elementos de provas, deverão, portanto, estar materializados em documento destinado ao público externo, denominado Relatório Técnico (RT)[338].

Com o propósito de viabilizar uma análise técnica produzida pela atividade de inteligência para anexá-la em documento público, a última versão da DNISP[339] criou, no subtítulo 1.9.3, o qual dispõe sobre a Inteligência Policial Judiciária, um documento para esse fim denominado Relatório Técnico (RT), assim o definindo:

> *Relatório técnico é o documento externo padronizado, passível de classificação, que transmite, de forma excepcional, análises técnicas e de dados, destinadas a subsidiar seu destinatário, inclusive, na produção de provas.*

O documento mais conhecido e utilizado pela atividade de inteligência é o Relatório de Inteligência. Trata-se de documento externo, padronizado, no qual são repassados conhecimentos com grau de sigilo. Contudo, esse relatório classificado não pode ser anexado e nem citado em inquéritos policias, ou mesmo usado em qualquer ação ostensiva.

Portanto, o RT, de forma excepcional, pode realizar uma análise de inteligência por meio da metodologia de produção de conhecimento ou a partir de ferramentas acessórias de análises, não se exigindo as análises específicas próprias da atividade de inteligência, com o intuito de assessorar e/ou produzir provas para subsidiar uma investigação policial.

A DNISP cita e define três tipos de técnicas acessórias: **Análise de Vínculos, Análise de Riscos** e **Análise Criminal**. A **Análise de Vínculos**, técnica especializada de importação, depuração, organização, interpretação e diagramação de dados, permite

---

[337] Doutrina Nacional de Inteligência de Segurança Pública. Brasília: Ministério da Justiça, Secretaria Nacional de Segurança Pública, 2016, p. 18.

[338] Idem, p. 30.

[339] Ibidem, p. 31.

ao usuário detectar padrões e relacionamentos existentes entre os elementos constitutivos do universo da análise. A **Análise de Riscos** identifica, quantifica e analisa ameaças e vulnerabilidades aos ativos da segurança pública e da defesa social, sendo elaborada com a finalidade de apontar alternativas para mitigar e controlar os riscos. Por fim, a **Análise Criminal** objetiva identificar padrões do crime e correlações de tendências da violência e da criminalidade, a fim de assessorar o planejamento para a distribuição eficaz de meios e recursos de segurança pública que se destinam à prevenção, ao controle e à repressão do ato criminoso[340].

Couto defende que a utilização do RT tem como consequência a "Produção de Prova", direcionando-se para análise dos dados protegidos aqueles obtidos com uma autorização judicial ou credenciamento para acesso, como bases de dados institucionais, dados oriundos de interceptação telefônica, ambiental, fluxos de utilização de internet e movimentações financeiras[341].

A limitação do uso da IPJ na "produção de prova" é essencial para proteção e preservação da IPJ. Todavia, a DNISP não restringe a utilização dos elementos de provas, mas somente os dados protegidos, e há circunstâncias fáticas em que a IPJ se depara com possíveis elementos de provas e indícios em que pode ser crucial a apresentação formal dentro da investigação.

Em acordo com a DNISP, defendemos a raridade da utilização da IPJ como um meio de obtenção de elementos de prova. Contudo, a doutrina especifica a possibilidade da análise técnica e de dados. A análise técnica está detalhada na doutrina e a de dados é a própria produção de conhecimento. Os postulados não adentram em que momentos e circunstâncias a produção de conhecimento pode ser usada como elemento de provas, sendo essencial a limitação, a fim de que a IPJ não se transforme em um setor de "investigação especial". Portanto, uma produção de conhecimento com elementos de certeza e dúvida não pode ser inserida em um RT e utilizada como prova no mundo processual.

Sem a pretensão de exaurir a temática, relacionamos alguns casos em que a IPJ pode, de forma excepcional, materializar no Relatório Técnico elementos de prova reunidos no percurso de sua assessoria à investigação policial.

---

[340] Ibidem.

[341] WENDT, E.; LOPES, F. M. (coords.) **Investigação Criminal:** provas. Porto Alegre: Livraria do Advogado, 2015, p. 201.

174 Inteligência Policial Judiciária

Em nosso entendimento, o RT somente deve ser usado no âmbito do assessoramento a uma investigação policial, pois é necessário que os dados, indícios e elementos de prova colhidos por acaso ou intencionalmente pela IPJ sejam produto de uma solicitação e/ou direcionamento da investigação policial. Em hipótese alguma, a IPJ pode causar prejuízos ou atrapalhar o trabalho investigativo, como competir com a atividade investigativa.

Um aspecto claro na doutrina é que as ações da IPJ têm de ser direcionadas para a assessoria às investigações com foco na criminalidade organizada. A DNISP orienta as ações de IPJ para "produzir conhecimentos e, excepcionalmente, provas, mediante Relatórios Técnicos, acerca de fatos e situações relativos às organizações criminosas ou aos crimes cuja complexidade exija o emprego de ações especializadas"[342].

No decorrer da coleta e busca de dados sobre os alvos da investigação, com o objetivo de produzir conhecimentos, certezas e identificar padrões, a IPJ se depara e registra momentos que não mais irão se repetir. Traçando um paralelo com a figura das provas irrepetíveis, segundo Lopes Jr. e Gloeckner, as provas não repetíveis "por sua própria natureza, têm de ser realizadas no momento do seu descobrimento, sob pena de perecimento ou impossibilidade de posterior análise"[343]. Por conseguinte, se o elemento de prova não pode ser repetido e é essencial ao conjunto probante, a IPJ deve enviá-lo para os autos da investigação policial.

O momento adequado para realizar a ação, o registro e a coleta da evidência é essencial na investigação. Segundo Mendroni, podem-se "perder importantes provas por se adiantarem medidas de forma desordenada, que podem acabar "queimando" a providência a ser realizada", apontando que pode haver a quebra do sigilo, dificultando a investigação[344]. Em grande parte dos casos, não há controle do momento, cabendo à oportunidade ditar o andamento da produção.

As fontes abertas configuram um exemplo típico de que uma ação especializada na coleta, na análise e no processamento produz um arcabouço probatório, dentro da legalidade, passível de assessorar a investigação policial, apontando o caminho para ser usado formalmente dentro do inquérito policial. No decorrer da coleta, de maneira

---

[342] Doutrina Nacional de Inteligência de Segurança Pública. Brasília: Ministério da Justiça, Secretaria Nacional de Segurança Pública, 2016, p. 40.

[343] LOPES JÚNIOR, A.; GLOECKNER, R. J. **Investigação preliminar no processo penal.** 6.ed. São Paulo: Saraiva, 2014, p. 326.

[344] MENDRONI, M. B. **Curso de Investigação Criminal.** 3.ed. São Paulo: Atlas, 2012, p. 350.

Fatores Diferenciadores entre a Inteligência Policial Judiciária e a Investigação Policial **175**

fortuita, é possível ainda se deparar com elementos de prova e indícios que podem ser apagados em um segundo momento, sendo, portanto, irrepetíveis. Importante ponderar sempre sobre a legalidade, se a cadeia de custódia foi preservada e todas as demais garantias para a utilização na investigação policial.

Não é qualquer produção de conhecimento que pode ser colocada no RT, não bastando, por exemplo, ilações, dados, algo intangível, teorias, deduções, percepções, ou mesmo um conhecimento com nível elevado de certeza. Esses tipos de conhecimento são próprios do mundo da Inteligência para apontar caminhos.

A decisão da formalização do RT tem de ficar a cargo do Chefe da Agência, responsável por analisar fatores como a proporcionalidade e se as perdas com a vulneração do sigilo das fontes, técnicas, ações e identidade do profissional valem a pena do ponto de vista da necessidade da investigação policial e do gestor da investigação, assim como sobre a ótica da IPJ.

A ausência de critérios e requisitos bem definidos para a utilização do RT gera interpretações equivocadas e conflitantes com a doutrina. Um exemplo de uma interpretação nefasta é a Recomendação Conjunta nº 01/2017, do Ministério Público do Distrito Federal, que determina no item 1.1:

> [...] aos policiais militares designados para o serviço velado, que, **em caso de realização de prisões em flagrante ou em caso de apreensões de adolescente**, elaborem Relatório Técnico que aborde as circunstâncias do seu trabalho, nos termos propostos pela Doutrina Nacional de Inteligência de Segurança Pública [...], de modo que suas ações, materializadas em documento próprio, possam **instruir as investigações e os processos penais correlatos** e possam ter sua legitimidade avaliada pelo Ministério Público e pelo Poder Judiciário. (Grifos nossos).

Essa Recomendação tem várias incongruências. A primeira se associa ao aspecto jurídico, pois cria, altera e revoga normas processuais penais, sem dispor de poder para tanto, já que não é lei. As demais são de ordem doutrinária, até porque o RT deve ser utilizado de forma excepcional, mas é tratado como ação ordinária. Outro ponto é o RT estar inserido como um modo de a IPJ assessorar a investigação policial e não como uma forma de competir ou servir de fiscalização para o órgão ministerial[345].

---

[345] Recomendação Conjunta nº 01, de 28 de junho de 2017. Diário Oficial da União, Seção 1, nº 122, Ministério Público do Distrito Federal, 2017, p. 58.

176 Inteligência Policial Judiciária

Um aspecto que deve ser observado é se a assessoria é direcionada a uma investigação com foco em uma organização criminosa complexa e se aquele elemento de prova não pode ser produzido de outra forma, sendo repetível.

Importante também avaliar a legalidade, se é sustentável o elemento de prova, bem como a possibilidade de revelar a fonte do dado ou conhecimento como elemento de prova na fase processual, analisando as complexidades do contraditório e da ampla defesa.

5.5. Consequências negativas da assessoria às investigações policiais

Em regra, para a atividade de Inteligência Clássica, mencionar a possibilidade de participar de uma ação ostensiva, como a coleta de indícios, elementos de prova, entre outras, constitui uma espécie de heresia doutrinária. A mitigação do princípio do **Sigilo** e, como consequência, a vulneração dos ativos da atividade de inteligência, em especial os métodos e seus elementos operacionais, devem ser enfrentadas como um enfraquecimento da atividade como um todo. Portanto, a excepcionalidade não pode se transformar em regra, nem se tornar corriqueira, sob pena de descaracterização e perda de eficiência.

Scarpelli alerta para os problemas advindos da aproximação da IPJ da investigação:

> Essa tentativa de mesclar a atividade de inteligência com a atividade investigativa policial é temerosa. O caráter duplo da atividade de inteligência policial, entendida como a atribuição de um órgão de inteligência policial, ao mesmo tempo em que produz conhecimentos para assessorar o processo decisório, atuar em investigações criminais, certamente implicarão em problemas tanto na área de Inteligência como na persecução penal[346].

Quando a IPJ assessora determinada investigação policial no plano operacional, com dados e certezas no sentido de orientar o caminho a percorrer, está fazendo IPJ, e as regras e normas que permeiam suas ações e produtos são as da inteligência. No momento em que participa da colheita da prova, faz, então, investigação, e as normas são as do Código de Processo Penal e a fiscalização, do Ministério Público.

---

[346] REVISTA BRASILEIRA DE SEGURANÇA PÚBLICA & CIDADANIA. Vol. 3, n. 1 e 2. Brasília: ANP/PF, 2010, p. 39.

Isso ocorre porque o policial civil ou federal lotado na atividade de inteligência tem a missão constitucional de apurar as infrações penais. A atividade de IPJ é só uma divisão administrativa dentro das polícias, mas regrada por um ordenamento jurídico e doutrinário próprio.

O assessoramento às investigações gera alguns problemas de exposição. A atividade de IPJ possui como princípio doutrinário o sigilo, que protege a imagem e a identidade dos seus profissionais, as técnicas utilizadas, bem como as suas ações, a fim de preservar o órgão e a própria ação. Em caráter excepcional, esse princípio basilar fica mitigado, e a sua vulneração suscita a perda da eficiência de suas ações, uma vez que a atividade e os seus integrantes não poderão agir sem serem percebidos.

Tal vulneração naturalmente fragiliza a atividade de IPJ, pois os seus agentes, métodos e técnicas serão abertos na fase processual, no momento do contraditório. Um dos aspectos da alta eficiência da atividade é conseguir realizar ações nos mais variados ambientes operacionais sem ser percebido. Portanto, a utilização da IPJ na produção da prova tem de ser de caráter excepcionalíssimo, pois debilita a sua eficiência.

Na excepcionalidade, quando a IPJ produz a prova, em qualquer circunstância, realiza uma ação típica da investigação policial, ou seja, extrapola a missão da atividade de inteligência e realiza atos da investigação policial. Várias consequências jurídicas resultam no aprofundamento do processo. Além de seus elementos operacionais serem relacionados no rol de testemunhas e chamados na Justiça, há resultantes no âmbito da própria Polícia Judiciária, pois, ao virar rotina a produção, a IPJ acaba gerando uma competição com a investigação policial, perdendo, assim, o seu principal insumo informacional, que é a própria Polícia Judiciária. Quando há competição não há cooperação.

Em determinados momentos, na busca de certezas, a IPJ se depara com provas. Nessas ocasiões, em casos concretos, é importante que sejam analisadas a indispensabilidade e a extrema necessidade da prova, ou seja, a legalidade das circunstâncias da produção da prova e se a prova por outros meios poderia ser produzida, ou ainda se aquele momento e circunstâncias podem ser repetidos.

Ao cotejar determinado documento com qualquer elemento em um auto de inquérito policial e, em consequência, no processo, o autor será, de forma inevitável, arrolado para explicar as circunstâncias desse documento. Será dele cobrado demonstrar como se deram o registro dos dados e as conjunturas, enfim, quais as fontes utilizadas.

178 Inteligência Policial Judiciária

No tocante à vulneração das fontes humanas, é possível utilizar-se do direito constitucional de preservação do sigilo da fonte[347]. Caso isso ocorra, a situação fragiliza o valor probante. Na Itália, o Código de Processo Penal italiano, no seu Art. 203, dispõe, de forma literal, que o juiz não pode obrigar os agentes de polícia, membros dos serviços de inteligência, a revelar os nomes dos informantes[348].

O excesso de formalização procedimental, a falta de estrutura humana, a ausência de especialização de determinadas técnicas operacionais e a excessiva ostensividade das estruturas físicas das Polícias Judiciárias ocasionam uma significativa dificuldade operacional, pois as delegacias são abertas ao público e os investigadores cruzam, conduzem, prendem, intimam e atendem pessoas que figuram como testemunhas, acusados, advogados, jornalistas e vítimas que acabam dificultando as ações encobertas da IPJ.

Nesse contexto, muitas vezes a atividade de IPJ é utilizada para suprir certas deficiências materiais, técnicas e, até mesmo, de escassez de recursos humanos, resultando no aumento da eficiência de suas ações, já que o sigilo e a ação especializada são amálgamas inevitáveis da atividade.

---

[347] Constituição Federal do Brasil de 1988 – Artigo 5º, inciso XIV: "É assegurado a todos o acesso à informação e resguardado o sigilo da fonte, quando necessário ao exercício profissional".

[348] Codicedi procedura penale italiano. Art. 203. Informatori della polizia giudiziaria e dei servizi di sicurezza. 1. Il giudice non può obbligare gli ufficiali e gli agenti di polizia giudiziaria non ché il personale dipendente dai servizi per le informazioni e la sicurezza militare o democratica a rivelare i nomi dei loro informatori. Se questi non sono esaminati come testimoni, le informazioni da essi fornite non posso no esse reacquisite né utilizzate. 1-bis. L'inutilizzabilità opera anche nelle fasi diverse dal dibattimento, se gli informatori non sono stati interrogati né assunti a sommari e informazioni.

Considerações Finais

A necessidade de informação para o assessoramento do poder decisório é muito antiga, remontando às primeiras civilizações. A Inteligência Policial, nomenclatura corriqueira na literatura brasileira, teve o início de sua jornada orientada pelo policiamento político. Com a sedimentação da democracia, acabou por direcionar as suas ações em estreita ligação com a legalidade.

De forma geral, a atividade de inteligência possui caráter de assessoria junto a um tomador de decisão, ofertando ações especializadas, métodos, procedimentos e metodologia próprios, com o intuito de reunir, processar e difundir conhecimentos com o maior nível de certeza possível.

Esses conhecimentos podem subsidiar a tomada de decisão em vários níveis da esfera política, passando pelos patamares estratégico, tático e operacional – cada um dispondo de suas necessidades informacionais, graus de profundidade e velocidade de resposta. Nos níveis mais altos de assessoramento, concentrado no planejamento e no desenvolvimento de políticas públicas e estratégias de ações, todos os tipos de atividades de inteligência comportam similitudes. No campo operacional, as diferenças se acentuam, pois o assessoramento transcorre direcionado para a atividade fim, considerando as especificidades da missão e os objetivos da instituição originária.

Como gênero, a atividade de Inteligência de Segurança Pública apresenta várias espécies, entre as quais se destaca a Inteligência Policial Judiciária. No plano operacional, esta guarda uma semelhança umbilical com a investigação policial, característica que nenhum outro tipo de inteligência tem, haja vista que a sua atribuição originária é assessorar a Polícia Judiciária e as investigações policiais.

Em regra, as ações especializadas desempenhadas pela IPJ no assessoramento às investigações policiais intentam apontar certezas, probabilidades, caminhos, rea-

180 Inteligência Policial Judiciária

lizando análises. Para tanto, recorrem à metodologia de conhecimento e a ações especializadas de busca por meio de técnicas operacionais.

Algumas características da IPJ facilitam e aumentam a eficiência dessas ações, como o sigilo e a preservação da identidade de viaturas, equipamentos e métodos e dos agentes de operações de inteligência, o que permite realizar ações de vigilância sem vulnerar a operação; a utilização sistemática de compartimentação; os métodos de organização e de processamento de grande quantidade de dados; o desenvolvimento de suas ações em um sistema que acelera o fluxo de informação; a utilização de técnicas de análise de vínculos, a organização da informação e o uso de ações especializadas no assessoramento ao planejamento.

A investigação policial com foco no crime organizado conserva uma perspectiva diferente da realizada com o objetivo de apurar os crimes decorrentes da criminalidade de massa. A complexidade das organizações criminosas se evidencia em suas características, como estrutura gerencial, alto poder financeiro, diversificação de atividades, grande poder de corrupção, divisão bem definida de tarefas, ações violentas, transnacionalidade e lavagem de dinheiro.

Tal complexidade suscita a necessidade de a investigação policial se valer de mecanismos diferenciados e ações especializadas para se contrapor à especialização dessas organizações. Nesse contexto, muitas polícias no mundo recorrem à Inteligência para aumentar a eficiência da investigação policial com vista a desmantelar mais profundamente as organizações criminosas e terroristas.

A título de exemplo, o FBI criou o Centro Internacional de Inteligência e Operações de Crime Organizado (IOC-2), e o procurador geral dos EUA, Eric Holder, assim se referiu ao centro:

> *Estamos respondendo a essa ameaça ao desenvolver um programa de crime organizado do século XXI que será ágil e sofisticado o suficiente para combater o perigo representado por esses criminosos. O IOC-2 nos dá a capacidade de coletar, sintetizar e divulgar informações e inteligência de múltiplas fontes para permitir o combate ao crime organizado nos Estados Unidos.*[349]

---

[349] US DEPARTMENT OF JUSTICE. **Attorney General Announces Center to Fight International Organized Crime.** May 29, 2009. Disponível em: <https://www.justice.gov/opa/pr/attorney-general-announces-center-fight-international-organized-crime>. Acesso em: 17 maio 2019.

Nessa perspectiva, a principal atribuição da IPJ é o assessoramento à investigação policial, buscando levantar conhecimentos para auxiliar os caminhos da investigação e encontrando certezas e esclarecimentos que subsidiam a direção para a investigação policial.

No decorrer do assessoramento, entretanto, a IPJ pode se deparar, registrar e coletar elementos de prova, que, na maioria das vezes, são relatados por meio de documentos de inteligência, com o intuito de apontar caminhos. Em alguns casos, excepcionalmente, a coleta e o registro do elemento de prova são imprescindíveis, não podendo ser repetidos, razão pela qual terá de ser acostado e enviado aos autos do inquérito policial, a ser utilizado em um documento chamado Relatório Técnico (RT), respeitadas a legalidade e as regras processuais penais.

Essa materialização da assessoria acostada aos autos de uma investigação policial através do RT é plenamente legal, considerando não haver proibição na legislação brasileira, e em consonância com os princípios da eficiência, oportunidade, proporcionalidade, da livre convicção e da liberdade da prova.

Em relação à validade das provas obtidas nas buscas (operação de inteligência), Pacheco defende que:

> [...] todas as "provas" obtidas pelas atividades de inteligência em geral e pelas operações de inteligência podem, em princípio, ser utilizadas na investigação criminal, desde que sujeitas às limitações de conteúdo e de forma estabelecida pela lei processual penal[350].

Nesse sentido, o autor exemplifica, citando que uma "filmagem com som, feita em público, em que o indiciado declara que irá fugir, inclusive com o detalhamento da fuga, servirá para que um juiz criminal decrete sua prisão temporária ou preventiva", não sendo relevante se essa filmagem provém de uma operação de inteligência ou da investigação criminal.

Contudo, adentrar formalmente na ação penal gera consequências jurídicas que acarretam uma mitigação de um princípio doutrinário da ISP, ou seja, o sigilo vulnerando a imagem, os métodos e diminuindo, em médio prazo, eficiência das ações especializadas da atividade de IPJ.

---

[350] PACHECO, D. F. Atividades de inteligência e processo penal. *In*: **IV Jornada Jurídica da Justiça Militar da União – Auditoria da 4ª CJM**. Juiz de Fora, 2005, p. 3.

182 Inteligência Policial Judiciária

A regulamentação dos limites e da utilização dos elementos colhidos pela IPJ por meio do RT se apresenta como essencial, a fim de evitar a indevida utilização e as vulnerações da atividade, métodos e dos profissionais que atuam na atividade.

O objetivo central do presente trabalho, como mencionado na Introdução, consiste na afirmação de que o assessoramento especializado da IPJ à investigação policial, nos limites legais da Doutrina Nacional de Inteligência de Segurança Pública (DNISP), propicia maior eficácia ao trabalho dos agentes e sistemas policiais contra as organizações criminosas, considerando-se as características, a metodologia e as eficiências das ações de IPJ.

No decorrer da atividade de IPJ, sobremaneira, com o propósito de aumentar a eficiência do seu assessoramento, é mister participar de ações passíveis de desencadear o registro e a identificação de provas dentro dos parâmetros doutrinários e em harmonia com os princípios do direito e ordenamento legal brasileiro.

A IPJ, no assessoramento à investigação policial com foco nas organizações criminosas, utiliza técnicas e ações especializadas capazes de registrar e identificar provas, o que pode gerar consequências legais para os seus profissionais, bem como causar inobservância a alguns princípios doutrinários da atividade, competição e invasão às atribuições da Polícia Judiciária, devendo-se analisar, caso a caso, se esse registro pode ser repetido e se é indispensável para a investigação com foco nas organizações criminosas.

Referências Bibliográficas

ABDO, H. 6 reflexões para entender o pensamento de Carl Jung. **Revista Galileu**, 23 fev. 2017. Disponível em: <https://revistagalileu.globo.com/Ciencia/noticia/2017/02/6-reflexoes-para-entender-o-pensamento-de-carl-jung.html>. Acesso em: 16 maio 2019.

AGÊNCIA BRASILEIRA DE INTELIGÊNCIA. **Revista Brasileira de Inteligência**, vol. 1. Brasília: ABIN, 2005.

AGÊNCIA BRASILEIRA DE INTELIGÊNCIA. **Revista Brasileira de Inteligência**, vol. 2. Brasília: ABIN, 2005.

AGÊNCIA BRASILEIRA DE INTELIGÊNCIA. **Revista Brasileira de Inteligência**, vol. 3. Brasília: ABIN, 2006.

AGÊNCIA BRASILEIRA DE INTELIGÊNCIA. **Revista Brasileira de Inteligência**, vol. 4. Brasília: ABIN, 2007.

AGRELL, W. When everything is intelligence – nothing is intelligence. The Sherman Kent Center for Intelligence Analysis. **Occasional Papers**, vol. 1, n. 4, Sweden: University of Lund, 2002.

ALEXY, R. **Teoria dos Direitos Fundamentais.** Trad. Afonso da Silva. 2. ed. São Paulo: Malheiros Editores, 2005.

ALMEIDA JÚNIOR, O. F. Paradigmas e paradigmas: reflexões para ampliar a discussão. *In*: **Simpósio Brasil-Sul de Informação**, Londrina, 1996.

ALMEIDA NETO, W. R. **Inteligência e contrainteligência no Ministério Público.** Belo Horizonte: Dictum, 2009.

ALMEIDA, C. A. S. **Medidas cautelares e de polícia do processo penal em direito comparado.** Coimbra: Almedina, 2006.

AMILCAR, N. S.; ESPINDULA, A. S. **Manual de atendimento a locais de morte violenta:** investigação pericial e policial. 2.ed. Campinas: Millennium, 2016.

184 Inteligência Policial Judiciária

AMORIM, C. **Comando vermelho:** a história secreta do crime organizado. 4.ed. Rio de Janeiro: Record, 1993.

AMORIM, C. **CV e PCC:** a irmandade do crime. Rio de Janeiro: Record, 2003.

ANDRADE, L. A. S. Inteligência e ação penal. **Revista Eletrônica do Ministério Público Federal**, ano I, n. 1, 2009.

ANDRADE, M. C. **Sobre as proibições de prova em processo penal.** Coimbra: Coimbra Editora, 2013.

ANSELMO, M. A. **Colaboração premiada e o novo paradigma do processo penal brasileiro.** Rio de Janeiro: Mallet, 2016.

ANTAQ. **Anuário Estatístico 2007.** Disponível em: <http://web.antaq.gov.br/Portal/Anuarios/Portuario2007/Index.htm>. Acesso em: 15 maio 2019.

ANTUNES, P. **SNI e ABIN:** uma leitura da atuação dos serviços secretos brasileiros ao longo do século 20. Rio de Janeiro: FGV, 2002.

ANYFANTIS, S. **Provas audiovisuais:** sua valoração no processo penal. Belo Horizonte: Fórum, 2008.

ARAÚJO, J. L. **Intimidade, vida privada e direito penal.** São Paulo: Habeas, 2000.

ARLACCHI, P. **Adeus à máfia:** as confissões de Tommaso Buscetta. Trad. R. Cattani e L. Wataghin. São Paulo: Ática, 1997.

AVOLIO, L. F. T. **Provas Ilícitas:** interceptações telefônicas, ambientais e gravações clandestinas. 5.ed. São Paulo: Editora Revistas dos Tribunais, 2010.

AZEVEDO, J. S. F. **Técnica Delphi um Guia Passo a Passo.** Adaptado de Haughey Duncan, PMP. Disponível em: <https://www.trf5.jus.br/downloads/Artigo_23_Tecnica_Delphi_um_Guia_Passo_a_Passo.pdf>. Acesso em: 08 maio 2019.

BARCELLOS, C. **Abusado:** o dono do morro D. Marta. Rio de Janeiro: Record, 2003.

BARRETO, A. G.; WENDT, E. **Inteligência Digital:** uma análise de fontes abertas na produção de conhecimento e de provas em investigações criminais e processos. Rio de Janeiro: Brasport, 2013.

BARRETO, A. G.; WENDT, E.; CASELLI, G. **Investigação Digital em Fontes Abertas.** Rio de Janeiro: Brasport, 2017.

BARROS, M. A. **Lavagem de capitais e obrigações civis correlatas.** 2.ed. São Paulo: Editora Revistas dos Tribunais, 2008.

BASTOS, M.; MONKEN, M. H. Tráfico S/A: Lucro da Maconha ultrapassa 1500%. **R7**, 27 dez. 2010. Disponível em: <http://noticias.r7.com/rio-de-janeiro/noticias/lucro-com-a-maconha-ultrapassa-os-1-500-em-favelas-do-rio-20101227.html>. Acesso em: 08 maio 2019.

BAUMAN, Z. **Globalização:** as consequências humanas. Trad. M. Penchel. Rio de Janeiro: Jorge Zahar, 1999.

BAUMAN, Z. **Modernidade Líquida.** Trad. P. Dentzien. Rio de Janeiro: Zahar, 2003.

BAZARIAN, J. **O problema da verdade.** São Paulo: Círculo do Livro, 1994.

BEAL, A. **Gestão estratégica da informação.** São Paulo: Atlas, 2008.

BEZERRA, C. S.; AGNOLETTO, G. C. (coords.). **Combate ao crime cibernético, doutrina e prática:** a visão do delegado de polícia. Rio de Janeiro: Mallet, 2016.

BITENCOURT, R. C.; BUSATO, P. C. **Comentários à Lei de Organização Criminosa Lei nº 12.850/2013.** São Paulo: Saraiva, 2014.

BONILLA, D. N. **Inteligencia y análisis retrospectivo.** Valencia: Tirant Editorial, 2014.

BORGES, P.C.C. **O crime organizado.** São Paulo: Editora da Unesp, 2012.

BRAGA, N. C. **Espionagem e Contra-Espionagem Eletrônica.** São Paulo: Saber, 2005.

BRANDÃO, P. C. A inteligência criminal no Brasil: um diagnóstico. *In*: **Latin American Studies Association International Congress**, 29 Oct. 2010, Toronto, Canadá.

BRANDÃO, P. C. **Serviços secretos e democracia no Cone Sul:** premissas para uma convivência legítima, eficiente e profissional. Niterói: Impetus, 2010.

BRANDÃO, P.; CEPIK, M. (coords.). **Inteligência de segurança pública:** teoria e prática no controle da criminalidade. Niterói: Impetus, 2013.

BRANDÃO, S. Perguntas poderosas. **Administradores.com**, 23 nov. 2014. Disponível em: <http://www.administradores.com.br/artigos/empreendedorismo/perguntas-poderosas/82874/>. Acesso em: 08 maio 2019.

CALADO, A. M. F. **Legalidade e oportunidade na investigação criminal.** Coimbra: Editora, 2009.

CANOTILHO, J. J. G. **Direito Constitucional e Teoria da Constituição.** 7.ed. Coimbra: Almedina, 2003.

CARDOSO, P. As informações em Portugal. Revista **Nação e Defesa**, Lisboa, 1980.

CARMONA, T. **Segredos da Espionagem Digital.** São Paulo: Digerati, 2005.

CARTER, D. L. **Law Enforcement Intelligence:** a guide for state, local, and tribal law enforcement agencies. US Department of Justice, 2004.

CARTER, D. L. **Law Enforcement Intelligence:** a guide for state, local, and tribal law enforcement agencies. 2.ed. US Department of Justice, 2009. Disponível em: <https://fas.org/irp/agency/doj/lei.pdf>. Acesso em: 10 maio 2019.

CARVALHO, C. Estratégia x Tática. **Administradores.com**, jul. 2014. Disponível em: <http://www.administradores.com.br/artigos/marketing/estrategia-x-tatica/79337/>. Acesso em: 08 maio 2019.

CASTRO, C. A. (coord.). **Inteligência de segurança pública:** um xeque-mate na criminalidade. Curitiba: Juruá, 2012

CAVALCANTI, M.; GOMES, E. **Inteligência Empresarial:** um novo modelo de gestão para a nova economia. Disponível em: <http://www.scielo.br/pdf/prod/v10n2/v10n2a05>. Acesso em: 08 maio 2019.

CEPIK, M. **Espionagem e democracia:** agilidade e transparência como dilemas na institucionalização dos serviços de inteligência. Rio de Janeiro: FGV, 2003.

CEPIK, M. Inteligência de Segurança Pública em Seis Países: mandatos legais e estrutura organizacional. *In*: RATTON JR, J. L.; BARROS, M. (orgs.). **Democracia e Sociedade.** Rio de Janeiro: Lumen Juris, 2006.

CEPIK, M. **Serviços de Inteligência:** agilidade e transparência como dilema de institucionalização. Instituto Universitário de Pesquisas do Rio de Janeiro, 2001.

CEPIK, M. **Sistemas nacionais de inteligência:** origens, lógica de expansão e configuração atual. Rio de Janeiro: Instituto Universitário de Pesquisas do Rio de Janeiro, 2006.

CERNICCHIARO, V. Crime Organizado. **Revista CEJ**, vol. 1, n. 2, maio/ago. 1997. Disponível em: <http://www.jf.jus.br/ojs2/index.php/revcej/article/viewArticle/101/144>. Acesso em: 08 maio 2019.

CHOUKR, F. H. **Garantias Constitucionais na Investigação Criminal.** Rio de Janeiro: Lumen Juris, 2006.

CLARKE, R. V.; ECK, J. E. **Intelligence Analysis for Problem Solvers.** Community Oriented Policing Services, US Department of Justice, 2013.

CLEMENTE, P. J. L. **Cidadania, Polícia e Segurança.** Lisboa: ISCPSI, 2015.

COLLEGE OF POLICING. **Intelligence management:** Analysis. 23 Oct. 2013. Disponível em: <https://www.app.college.police.uk/app-content/intelligence-management/analysis/>. Acesso em: 08 maio 2019.

COLOMBIA. Policía Nacional. Dirección de Inteligencia. La inteligencia accionable frente a los nuevos retos del servicio. 2005.

CONFIRA quais são as marcas mais valiosas do mundo. **Época Negócios**, 07 fev. 2018. Disponível em: <https://epocanegocios.globo.com/Marketing/noticia/2018/02/confira-quais-sao-marcas-mais-valiosas-do-mundo.html>. Acesso em: 08 maio 2019.

CORREIA, E. P. (coord.) **Liberdade e segurança.** Org. Instituto Superior de Ciências Policiais e Segurança Interna e Observatório Político. Lisboa: ISCPSI-ICPOL, 2015.

COSTA, J. F. **Direito Penal e Globalização.** Coimbra: Coimbra Editora, 2010.

COSTA, R. J. C. C. **A questão da violência urbana:** a ameaça do crime organizado à segurança interna. ESG, 2009.

COSTA, R. J. C. C.; LUNA, J. L. U. **Manual de Operações Eletrônicas.** Centro Integrado de Inteligência de Defesa Social da Secretaria de Defesa Social de Pernambuco. 2012.

COSTA, R. J. C. C.; NOGUEIRA, J. C. C. **Manual de Análise de Interceptação.** Centro Integrado de Inteligência de Defesa Social da Secretaria de Defesa Social de Pernambuco. 2012.

CRIME organizado transnacional gera 870 bilhões de dólares por ano, alerta campanha do UNODC. **Nações Unidas Brasil**, 16 jul. 2012. Disponível em: <http://nacoesunidas.org/crime-organizado-transnacional-gera-870-bilhoes-de-dolares-por-ano-alerta-campanha-do-unodc/>.Acesso em: 13 maio 2019.

CUSSAC, J. L. G. **Inteligencia.** Valencia: Tirant Editorial, 2012.

DANTAS, G. F. L; SOUZA, N. G. **As bases introdutórias da análise criminal na inteligência policial,** 2004, p. 5. Disponível em: <https://www.justica.gov.br/central-de-conteudo/seguranca-publica/artigos/art_as-bases-introdutorias.pdf>. Acesso em: 16 maio 2019.

DAYLLIN, D. Brasil dobra número de presos em 11 anos para 726 mil detentos. **GP1**, 08 dez. 2017. Disponível em: <https://www.gp1.com.br/noticias/brasil-dobra-numero-de-presos-em-11-anos-para-726-mil-detentos-425173.html>. Acesso em: 16 maio 2019

DESCARTES, R. **Discurso do Método.** 1637, Domínio público.

DIAS, H. V. **Metamorfoses da Polícia, novos paradigmas de Segurança e Liberdade.** Instituto Superior de Ciências Policiais e Segurança Interna. Coimbra: Almedina, 2015.

DIAS, J. F.; ANDRADE, M. C. **Criminologia:** o homem delinquente e a sociedade criminógena. Coimbra: Coimbra Editora, 1997.

DOMINGUES, B. G. **Investigação criminal:** técnica e táctica nos crimes contra as pessoas. Lisboa: Escola prática de ciências criminais, 1963.

DOMINGUES, M.; HEUBEL, M. T. C. D.; ABEL, I. J. **Bases metodológicas para o trabalho científico.** São Paulo: Edusc, 2003.

DOUGLAS, W.; GOMES, A. F.; PRADO, G. **Crime organizado e suas conexões com o poder público.** Niterói: Impetus, 2000.

Doutrina de Inteligência de Segurança Pública do Estado do Rio de Janeiro – DISPERJ, Rio de Janeiro, 2005.

Doutrina Nacional da Atividade de Inteligência: Fundamentos Doutrinários. Brasília: ABIN, 2016.

Doutrina Nacional de Inteligência de Segurança Pública – DNISP. 2.ed. Brasília: Ministério da Justiça, Secretaria Nacional de Segurança Pública, 2009.

Doutrina Nacional de Inteligência de Segurança Pública – DNISP. 3.ed. rev. Brasília: Ministério da Justiça, Secretaria Nacional de Segurança Pública, 2014.

Doutrina Nacional de Inteligência de Segurança Pública, rev., DNISP. 5.ed. Brasília: Ministério da Justiça, Secretaria Nacional de Segurança Pública, 2016.

DRUCKER, P. F. **O melhor de Peter Drucker.** São Paulo: Sciulli, 2002.

DULLES, A. **A Arte das Informações.** Distrito Federal, 1997.

DVIR, A. **Espionagem Empresarial.** São Paulo: Novatec, 2004.

ESCOLA SUPERIOR DE GUERRA (BRASIL); MINISTÉRIO DA DEFESA. **Método para o planejamento estratégico.** Rio de Janeiro: A Escola, 2009.

ESCRITÓRIO DE PROJETOS DO EXÉRCITO BRASILEIRO. **SISFRON.** Disponível em: <http://www.epex.eb.mil.br/index.php/sisfron>. Acesso em: 16 maio 2019.

ESCUTAS legais representam 1% das investigações, diz Ajufe. **Consultor Jurídico**, 05 set. 2008. Disponível em: <https://www.conjur.com.br/2008-set-05/escutas_legais_representam_investigacoes>. Acesso em: 29 maio 2019.

EUROPEAN COMMISSION. **Cross-Impact Analysis.** 2006. Disponível em: <http://forlearn.jrc.ec.europa.eu/guide/2_scoping/meth_cross-impact-analysis.htm>. Acesso em: 08 maio 2019.

FARIAS, A. C. F. **Atividade de Inteligência:** o ciclo da produção de conhecimento. Belém: Editora Sagrada Família, 2018.

FEDERAL BUREAU OF INVESTIGATION. **Intelligence Branch.** Disponível em: <https://www.fbi.gov/about/leadership-and-structure/intelligence-branch>. Acesso em: 09 maio 2019.

FEDERAL BUREAU OF INVESTIGATION. **What we investigate.** Disponível em: <https://www.fbi.gov/investigate>. Acesso em: 09 maio 2019.

FERNANDES, A. S.; ALMEIDA, J. R. G.; MORAES, M. Z. (coords.). **Crime Organizado:** aspectos processuais. São Paulo: Editora Revista dos Tribunais, 2009.

FERRO JÚNIOR, C. M. **A inteligência e a gestão da informação policial.** Brasília: Fortium, 2008.

FERRO, A. L. A. **Crime organizado e organizações criminosas mundiais.** Curitiba: Juruá, 2009.

FIÃES, L. F. A prevenção da criminalidade. **II Colóquio de Segurança Interna.** Coimbra: Almedina, 2006.

FIÃES, L. F. As "novas" ameaças como instrumento de mutação do conceito "segurança". *In*: **I Colóquio de Segurança Interna.** Coimbra: Almedina, 2005.

FIÃES, L. F. **Intelligence e Segurança Interna.** Lisboa: ISCPSI, 2014.

FIGUEIREDO, L. **Ministério do Silêncio.** Rio de Janeiro: Record, 2005.

FILHO, E. D. O **Vácuo do Poder e o Crime Organizado:** Brasil, início do século XXI. Goiânia: AB Editora, 2002.

FONTES, E. **Segurança da Informação.** São Paulo: Saraiva, 2006.

FRANTINI, E. **Mossad – Os carrascos do Kidon:** a história do terrível grupo de operações especiais de Israel. Adapt. Alessandra Miranda. São Paulo: Seoman, 2014.

GANDRITA, A. Conhecimento: a gênese do sucesso. **RH Online**, 11 jul. 2017. Disponível em: <http://www.rhonline.pt/artigos/formacao_e_desenvolvimento/2017/07/11/conhecimento-a-genese-do-sucesso/>. Acesso em: 09 maio 2019.

GARCIA, J. **Infiltrado:** o FBI e a Máfia. Trad. Vera Martin. São Paulo: Larousse, 2009.

GIL, J. P. (coord.). **El proceso penal em La sociedad de La información:** las nuevas tecnologías para investigar y probar el delito. Madrid: La Ley, 2012.

GILL, P.; ANDREGG, M. M. Comparing the Democratization of Intelligence. **Intelligence and National Security**, vol. 29, n. 4, 2014. Disponível em: <http://www.tandfonline.com/doi/abs/10.1080/02684527.2014.915174>. Acesso em: 09 maio 2019.

GLADWELL, M. **Blink:** a decisão num piscar de olhos. Rio de Janeiro: Rocco, 2005.

GLENNY, M. **McMáfia:** crimes sem fronteiras. Trad. Lucia Boldrini. São Paulo: Companhia das Letras, 2008.

GLOBAL JUSTICE INFORMATION SHARING INITIATIVE; INTERNATIONAL ASSOCIATION OF LAW ENFORCEMENT INTELLIGENCE ANALYSTS. **Law Enforcement Analytic Standards**. 2.ed. US Department of Justice, Apr. 2012.

GOMES, L. F.; CERVINI, R. **Crime organizado:** enfoque criminológico, jurídico (Lei n. 9.034/95) e político-criminal. 2.ed. São Paulo: Editora Revista dos Tribunais, 1997.

GOMES, R. C. **O crime organizado na visão da Convenção de Palermo.** Belo Horizonte: Del Rey, 2008.

GOMES, R. C. Prevenir o crime organizado: inteligência policial, democracia e difusão do conhecimento. **Revista do Tribunal Regional Federal da 1ª Região,** vol. 21, n. 8, ago. 2009. Disponível em: <https://www2.mppa.mp.br/sistemas/gcsubsites/upload/60/prevenir_crime_organizado_inteligencia.pdf>. Acesso em: 29 maio 2019.

GONÇALVES, J. B. A atividade de inteligência no combate ao crime organizado: o caso do Brasil. **Research and Education in Defense and Security Studies**, Center for Hemispheric Defense Studies. Santiago, out. 2003

GONÇALVES, J. B. **Atividade de Inteligência e legislação correlata.** Niterói: Impetus, 2009.

GONÇALVES, J. B. **Conhecimento e poder:** a atividade de inteligência e a constituição brasileira. Disponível em: <https://www12.senado.leg.br/publicacoes/estudos-legislativos/tipos-de-estudos/outras-publicacoes/volume-iii-constituicao-de-1988-o-brasil-20-anos-depois.-a-consolidacao-das-instituicoes/seguranca-publica-e-defesa-nacional-conhecimento-e-poder-a-atividade-de-inteligencia-e-a-constituicao-brasileira>. Acesso em: 09 maio 2019.

GONÇALVES, J. B. **Políticos e espiões:** controle da atividade de inteligência. Niterói: Impetus, 2010.

GORDON, T. J. **Metodologia de Pesquisa de Futuros:** método de impacto cruzado. Washington: Millennium Project, American Council for the United Nations University, 1994.

GOTTLIEB, S. L.; ARENBERG, S.; SINGH, R. **Crime analysis:** from first report to final arrest: study guide and workbook. Montclair: Alpha Publishing, 2002.

GRUPO DE TRABAJO DEL AEI SOBRE EL CRIMEN ORGANIZADO TRANSNACIONAL EN LAS AMÉRICAS. **Capos y corrupción:** atacando el crimen organizado transnacional en las américas. American Enterprise Institute, June 26, 2017.

GUIDI, J. A. M. **Delação premiada no combate ao crime organizado.** São Paulo: Lemos & Cruz, 2006.

HESSEN, J. **Teoria do Conhecimento.** 2.ed. São Paulo: Martins Fontes, 2003.

HEUER JR, R. J. **Psychology of Intelligence Analysis.** Center for the Study of Intelligence, Central Intelligence Agency, 1999.

HEUER, R. J. J.; PHERSON, R. H. **Técnicas Analíticas Estructuradas para El análisis de inteligencia.** Madrid: Plaza y Valdés, 2015.

HOLZMANN, G. P. **Sistema de Inteligencia em el Estado Chileno:** Reflexiones acerca de su función. Intelligence Resource Program, 2004. Disponível em: <https://fas.org/irp/world/chile/holzmann.htm>. Acesso em: 09 maio 2019.

INTERNATIONAL ASSOCIATION OF CHIEFS OF POLICE. **Criminal intelligence:** model policy. Virginia, 2003. Disponível em: <https://www.it.ojp.gov/documents/IACP_Criminal_Intell_Model_Policy.pdf>. Acesso em: 14 maio 2019.

ITÁLIA prende 39 mafiosos em operação nacional. **Extra**, 10 dez. 2010. Disponível em: <https://extra.globo.com/noticias/mundo/italia-prende-39-mafiosos-em-operacao-nacional-271742.html>. Acesso em: 15 maio 2019.JESUS, F. M. **Os meios de obtenção da prova em processo penal.** Coimbra: Almedina, 2015.

JOINT MILITARY INTELLIGENCE COLLEGE. **Intelligence Essentials for Everyone.** Occasional Paper Number Six, 1999. Disponível em: <http://www.dtic.mil/dtic/tr/fulltext/u2/a476726.pdf>. Acesso em: 09 maio 2019.

JUNQUEIRA, D. Com preço alto da cocaína, surfistas brasileiros se arriscam como 'mulas' na Indonésia. **R7**, 19 jan. 2015. Disponível em: <https://noticias.r7.com/internacional/com-preco-alto-da-cocaina-surfistas-brasileiros-se-arriscam-como-mulas-na-indonesia-20012015>. Acesso em: 09 maio 2019.

JUSTO, M. As cinco atividades do crime organizado que rendem mais dinheiro no mundo. **BBC Brasil**, 01 abr. 2016. Disponível em: <http://www.bbc.com/portuguese/noticias/2016/04/160331_atividades_crime_organizado_fn>. Acesso em: 13 maio 2019.

KEITA, R. O conceito de Gestão do Conhecimento. **Instituto Empreendedores Universitários**, s.d. Disponível em: <http://www.institutoeu.org/o-conceito-de-gestao-do-conhecimento/>. Acesso em: 09 maio 2019.

KENT, S. **Informações estratégicas.** Rio de Janeiro: Bibliex, 1967.

LAHNEMAN, W. J. The Need for a New Intelligence Paradigm. **International Journal of Intelligence and CounterIntelligence**, vol. 23, n. 2, London, 2010. Disponível em: <http://www.tandfonline.com/doi/abs/10.1080/08850600903565589>. Acesso em: 09 maio 2019.

LAKATOS, E. M.; MARCONI, M. A. **Fundamentos de metodologia científica.** 5.ed. São Paulo: Atlas, 2003.

LASTRES, H. M. M.; ALBAGLI, S. (orgs.). **Informação e globalização na era do conhecimento.** Rio de Janeiro: Campus, 1999.

LAVORENTI, W.; SILVA, J. G. **Crime organizado na atualidade.** Campinas: Bookseller, 2000.

LEITE, F.; BRANCATELLI, R. Ociosidade atinge 70% dos principais aeroportos do País. **Estadão**, 07 ago. 2012. Disponível em: <https://brasil.estadao.com.br/noticias/geral,ociosidade-atinge-70-dos-principais-aeroportos-do-pais,33412>. Acesso em: 29 maio 2019.

LIMA, A. V. F.; LUCENA, M. F.; GONÇALVES, R. J. M. **Inteligência estratégica:** os olhos de Argos. Brasília: Editora do Autor, 2009.

LIMA, W. S. **Quatrocentos contra um:** uma história do Comando Vermelho. 2.ed. São Paulo: Labortexto Editorial, 2001.

LINSTONE, H. A.; TUROFF, M. (eds.) **The Delphi Method:** techniques and applications. Upper Saddle River: Addison-Wesley, 1975.

LIPINSKI, A. C. **Crime Organizado e a Prova Penal.** Curitiba: Juruá, 2003.

LOPES JÚNIOR, A.; GLOECKNER, R. J. **Investigação preliminar no processo penal.** 6.ed. São Paulo: Saraiva, 2014.

LUIZ, G. Brasil piora em ranking de percepção de corrupção em 2018. **G1**, 29 jan. 2019. Disponível em: <https://g1.globo.com/mundo/noticia/2019/01/29/brasil-fica-cai-para-105o-lugar-em-ranking-de-2018-dos-paises-menos-corruptos.ghtml>. Acesso em: 29 maio 2019.

LUPO, S. **História da máfia:** das origens aos nossos dias. Trad. Álvaro Lorencine. São Paulo: Editora da Unesp, 2002.

MAGALHÃES, M. **O narcotráfico.** São Paulo: Publifolha, 2000.

MAIA, R. T. **Lavagem de dinheiro** (Lavagem de ativos provenientes de crime): anotações às disposições criminais da Lei Federal nº 9.613/98. Rio de Janeiro: Malheiros, 1999.

MAIA, R. T. **O Estado desorganizado contra o Crime Organizado:** anotações à Lei Federal nº 9.034/95 (Organizações Criminosas). Rio de Janeiro: Lumen Juris, 1997.

MAILLARD, J. **Crimes e leis.** Trad. Olímpio Ferreira. Lisboa: Instituto Piaget, 1995.

MANETTO, F. Cultivo de coca na Colômbia aumentou mais de 50% em 2016. **El País**, 15 jul. 2017. Disponível em: <https://brasil.elpais.com/brasil/2017/07/15/internacional/1500075179_746891.html>. Acesso em: 16 maio 2019.

MANGIO, A. C. **Intelligence analysis:** once again. Air Force Research Laboratory, 2008.

MANZANO; BECHARA. In: FERNANDES, A. S.; ALMEIDA, J. R. G.; MORAES, M. Z. (coords.). **Crime Organizado:** aspectos processuais. São Paulo: Editora Revistas dos Tribunais, 2009.

MARTINS, I. G. S. (coord.). **Princípio da eficiência em matéria tributária.** São Paulo: Editora Revista dos Tribunais, 2006.

MATFESS, H.; MIKLAUCIC, M. (eds.). **Beyond convergence:** World Without Order. Washington: Center for Complex Operations, Institute for National Strategic Studies, National Defense University, 2016.

MATIC, G.; BERRY, M. Cross-Impact Analysis as a Research Pattern. **Design Research Techniques**, s.d. Disponível em: <http://designresearchtechniques.com/casestudies/cross-impact-analysis-as-a-research-pattern/>. Acesso em: 09 maio 2019.

MATOS, H. J. A Chegada do Califado Universal à Europa. *In*: CORREIA, E. P. (Coord.) **Liberdade e segurança.** Org. Instituto Superior de Ciências Policiais e Segurança Interna e Observatório Político. Lisboa: ISCPSI-ICPOL, 2015.

MATOS, H. J. Contraterrorismo: o papel da Intelligence na acção preventiva e ofensiva. *In*: **Livro de Actas do VII Congresso Nacional de Sociologia.** Porto: Faculdade de Letras da Universidade do Porto, 2012.

MATOS, H. J. E depois de Bin Laden? Implicações estratégicas no fenômeno terrorista internacional. *In*: **Politeia**, Revista do ISCPSI, ano VIII. Lisboa: ISCPSI, 2011.

MENDRONI, M. B. **Crime Organizado:** aspectos gerais e mecanismos legais. São Paulo: Editora Juarez de Oliveira, 2002.

194 Inteligência Policial Judiciária

MENDRONI, M. B. **Crimes de Lavagem de Dinheiro.** São Paulo: Atlas, 2015.

MENDRONI, M. B. **Curso de Investigação Criminal.** 3.ed. São Paulo: Atlas, 2012.

MENDRONI, M. B. **Provas no processo penal:** estudo sobre a valoração das provas penais. 2.ed. São Paulo: Atlas, 2015.

MENESES, R. L. L. **Manual de planejamento e gestão da investigação policial.** Olinda: Livro Rápido, 2012.

MESSIAS, I. P. **Da prova penal.** Campinas: Bookseller, 1999.

MIGUEL, C. R. **Servicios de inteligencia y seguridad del Estado Constitucional.** Madrid: Editorial Tecnos, 2002.

MIKLAUCIC, M.; BREWER, J. (eds.). **Convergence:** illicit network and national security in the age of globalization. Washington: Center for Complex Operations, Institute for National Strategic Studies by National Defense University Press, 2013.

MINGARDI, G. **O Estado e o crime organizado.** São Paulo: Editora IBCCrim, 1998.

MINGARDI, G. **O trabalho da Inteligência no controle do Crime Organizado:** estudos avançados. São Paulo: Editora Universidade de São Paulo, 2007.

MINISTÉRIO DA DEFESA. **Doutrina de Inteligência de Defesa.** MD52-N-01. 2005.

MINISTÉRIO DA DEFESA; EXÉRCITO BRASILEIRO; COMANDO DE OPERAÇÕES TERRESTRES. **Manual de Campanha:** operações. EB70-MC-10.223, 5.ed., 2017.

MINISTÉRIO DA JUSTIÇA. **Laboratório de Tecnologia contra Lavagem de Dinheiro (LAB-LD).** Disponível em: <http://www.justica.gov.br/sua-protecao/lavagem-de-dinheiro/LAB-LD>. Acesso em: 16 maio 2019.

MINISTÉRIO PÚBLICO DE SÃO PAULO. **Roteiro para investigação criminal no crime de lavagem de dinheiro.** São Paulo, 2007.

MIRANDA, J. (coord.). **O direito constitucional e os desafios do século XXI.** Lisboa: Editora AAFDL, 2015.

MONTEROS, R. Z. E. **El policial infiltrado:** los presupuestos jurídicos em el proceso penal español. Valencia: Tirant Editorial, 2010.

MONTOYA, M. D. **Máfia e Crime Organizado.** Rio de Janeiro: Lumen Juris, 2007.

MORAES, R. I. **Inteligência criminal e denúncia anônima.** Belo Horizonte: Arraes Editores, 2011.

MORALES, J. P. C.; MARTÍNEZ, J. J. C.; RUEDA, M. G. N.; LEGUIZAMÓN, V. C. O.; SALAZAR, M. P. V. La información reservada en el ordenamiento jurídico colombiano: reflexiones, prácticas e implicaciones para el derecho disciplinario. **Derecho Penal y Criminología**, vol. 34, n. 96. 2013, p. 145-185.

MOREIRA. J. C. B. Inteligência policial como meio de prova: considerações sobre sua utilização. **Segurança Pública & Cidadania**, vol. 6, n. 1. Brasília, 2013, p. 85-114.

MORRISON, J. L.; RENFRO, W. L.; BOUCHER, W. I. **Futures Research and the Strategic Planning Process:** implications for higher education. ASHE-ERIC Higher Educations Research Reports, 1984 Disponível em: <http://horizon.unc.edu/projects/seminars/futuresresearch/contents.html>. Acesso em: 09 maio 2019.

MUNARETTO, L. F.; CORRÊA, H. L.; CUNHA, C. J. A. C. **Um estudo sobre as características do método Delphi e de grupo focal, como técnicas na obtenção de dados em pesquisas exploratórias.** Santa Maria: UFSM, 2013.

NATIONAL CRIME AGENCY. **Annual Plan 2015/16.** National Crime Agency, 2015.

NATIONAL CRIME AGENCY. **National Strategic Assessment of Serious and Organized Crime 2015.** National Crime Agency, 2015.

NATIONAL CRIME AGENCY. Site. Disponível em: <https://nationalcrimeagency.gov.uk/>. Acesso em: 14 maio 2019.

NAVARRO, M. A. E.; BONILLA, D. N. **Terrorismo Global, Gestión de Información y Servicios de Inteligencia.** Madrid: Editora Plaza y Valdés, 2007.

NUMERIANO, R. **Serviços Secretos:** a sobrevivência dos legados autoritários. Recife: Editora Universitária, 2011.

OCIOSIDADE atinge 70% dos principais aeroportos. **G1**, 12 ago. 2007. Disponível em: <http://g1.globo.com/Noticias/Brasil/0,,MUL86760-5598,00.html>. Acessado em: 15 maio 2019.

ONETO, I. **O agente infiltrado:** contributo para a compreensão do regime jurídico das acções encobertas. Coimbra: Coimbra Editora, 2005.

PACHECO, D. F. Atividades de inteligência e processo penal. *In*: **IV Jornada Jurídica da Justiça Militar da União – Auditoria da 4ª CJM.** Juiz de Fora, 2005.

PACHECO, D. F. **Operações de Inteligência, ações de busca e técnicas operacionais como provas.** 8.ed. Niterói: Impetus, 2011.

PACHECO. R. **Crime organizado:** medidas de controle e infiltração policial. Curitiba: Juruá, 2007.

196 Inteligência Policial Judiciária

PARLAMENTO EUROPEU. **Criminalidade organizada, corrupção e branqueamento de capitais.** Jornal Oficial da União Europeia, 18 out. 2013.

PARTE do muro que separa os EUA do México já existe há duas décadas. **Gazeta do Povo,** 25 jan. 2017. Disponível em: <http://www.gazetadopovo.com.br/mundo/parte-do-muro-que-separa-os-eua-do-mexico-ja-existe-ha-duas-decadas-3lf4cek26ehz6k9dvbv1vjr4c>. Acesso em: 09 maio 2019.

PASCUAL, D. S. R. Analysis of Criminal Intelligence from a Criminological Perspective: the future of the fight against organized crime. **Journal of Law and Criminal Justice,** vol. 3, n. 1, American Research Institute for Policy Development, June 2015.

PEDROSO. F. A. **Prova Penal.** São Paulo: Editora Revista dos Tribunais, 2005.

PELLEGRINI, A. **Criminalidade organizada.** 2.ed. São Paulo: Atlas, 2008.

PEREIRA, E. S. **Teoria da Investigação Criminal.** Coimbra: Almedina, 2010.

PEREIRA, F. C. **Crime organizado e suas infiltrações nas instituições governamentais.** São Paulo: Atlas, 2014.

PEREIRA, P. Os Estados Unidos e a ameaça do crime organizado transacional nos anos 1990. **Rev. Bras. Polít. Int.,** n. 58, vol. 1, 2015, p. 84-107.

PHILIPE, G. O que é um infográfico? **Oficina da Net,** 16 maio 2014. Disponível em: <https://www.oficinadanet.com.br/post/12736-o-que-e-um-infografico>. Acesso em: 09 maio 2019.

PLATT, W. **A produção de informações estratégicas.** Rio de Janeiro: Agir/Bibliex, 1978.

POLÍCIA CIVIL. **Uma breve exposição da História da Polícia Civil:** início da colonização até dezembro de 1994. Disponível em: <http://www.policiacivil.rj.gov.br/historia.asp>. Acesso em: 14 maio 2019.

POLÍCIA FEDERAL. **Manual de Doutrina de Inteligência Policial.** Vol. I. Brasília: ANP, 1979.

POLÍCIA FEDERAL. **Manual de Doutrina de Inteligência Policial.** Vol. I. Brasília: ANP, 2005.

POLÍCIA FEDERAL. **Manual de Doutrina de Inteligência Policial.** Vol. I. Brasília: ANP, 2015.

PORCINO, W. C. **Inteligência Geoespacial seu impacto e contribuições nos modelos de gestão policial.** Rio de Janeiro: Mallet, 2016.

PORTILLO, J. Quais são as maiores economias do mundo? **El País**, 10 out. 2018. Disponível em: <https://brasil.elpais.com/brasil/2018/10/10/economia/1539180659_703785.html>. Acesso em: 24 jun. 2019.

PRADO, G.; VALENTE, M. M. G.; GIACOMOLLI, N. J.; SILVEIRA, E. D. **Prova Penal:** estado democrático de direito. Florianópolis: Empório do Direito, 2015.

QUAGLIA, G.; FREITAS, C.; PUNGS, R.; EICHHORN, S. **Marco Estratégico, Brasil 2006-2009**. UNODC, 2006.

RATCLIFFE, J. H. **Integrated Intelligence and Crime Analysis:** enhanced information management for law enforcement leaders. Washington: Police Foundation, 2007.

REVISTA BRASILEIRA DE CIÊNCIAS POLICIAIS. RBCP. Vol. 1, n. 1 e 2. Brasília: ANP/PF, 2010.

REVISTA BRASILEIRA DE CIÊNCIAS POLICIAIS. Vol. 3, n. 1 e 2. Brasília: ANP/PF, 2012.

REVISTA BRASILEIRA DE SEGURANÇA PÚBLICA & CIDADANIA. Vol. 3, n. 1 e 2. Brasília: ANP/PF, 2010.

REVISTA BRASILEIRA DE SEGURANÇA PÚBLICA & CIDADANIA. Vol.5, n. 1. Brasília: ANP/PF, 2012.

ROCHA, L. C. **Investigação Policial:** teoria e prática. São Paulo: Saraiva, 1998.

ROMEU, A. F. Disciplina 01: Fundamentos Doutrinários, Unidade Didática 01.01. Rio de Janeiro: ESISPERJ, 2016.

ROMEU, A. F. Disciplina 02: Produção de conhecimento, Unidade Didática 02.01: Metodologia. Rio de Janeiro: ESISPERJ, 2016.

SÁFADI, C. M. Q. Delphi: um estudo sobre sua aceitação. **V SemeAD**, São Paulo, jun. 2001. Disponível em: <http://sistema.semead.com.br/5semead/MKT/Delphi.pdf>. Acesso em: 10 maio 2019.

SANCTIS, F. M. **Crime organizado e lavagem de dinheiro:** destinação dos bens apreendidos, delação premiada e responsabilidade social. São Paulo: Saraiva, 2009.

SANT'ANNA, J. A. **Rede básica de transportes da Amazônia**. IPEA, jun. 1998, p. 14.

SANTOS, C. J. **Investigação Criminal Especial:** seu regime no marco do estado democrático de direito. Porto Alegre: Núria Fabris, 2013.

SANTOS, D. L. Organizações criminosas: conceitos no decorrer da evolução legislativa brasileira. **Conteúdo Jurídico**, 22 maio 2014, p. 2. Disponível em: <http://www.conteudojuridico.com.br/artigo,organizacoes-criminosas-conceitos-no-decorrer-da-evolucao-legislativa-brasileira,48208.html>. Acesso em: 10 maio 2019

SILVA, C. A. **Lavagem de Dinheiro:** uma nova perspectiva penal. Porto Alegre: Livraria do Advogado, 2001.

SILVA, E. A. **Crime Organizado:** procedimento probatório. São Paulo: Atlas, 2003.

SILVA, E. A. **Organizações Criminosas:** aspectos penais e processuais da Lei nº 12.850/13. São Paulo: Atlas, 2014.

SILVA, I. L. **Crime organizado:** aspectos jurídicos e criminológicos. Belo Horizonte: Nova Alvorada, 1998.

SILVA, J. G. **O inquérito policial e a Polícia Judiciária.** Campinas: Bookseller, 2000.

SOARES, P. A. F. **Meios de obtenção de prova no âmbito das medidas cautelares e de polícia.** Coimbra: Almedina, 2014.

SOUZA, M. **Crime organizado e infiltração policial:** parâmetros para a validação de prova colhida no combate às organizações criminosas. São Paulo: Atlas, 2015.

SOUZA, P. **Narcoditadura:** o caso Tim Lopes, crime organizado e jornalismo investigativo no Brasil. São Paulo: Labortexto Editorial, 2002.

SPIELMANN, K. Using Enhanced Analytic Techniques for Threat Analysis: a case study illustration. **International Journal of Intelligence and Counter Intelligence,** vol. 27, n. 1, 2014. Disponível em: <http://www.tandfonline.com/doi/abs/10.1080/08 850607.2014.842810>. Acesso em: 10 maio 2019.

STAIR, R. M.; REYNOLDS, G. W. **Princípios de Sistemas de Informação.** 4.ed. Rio de Janeiro: LTC, 2015.

STERLING, C. **A máfia globalizada:** a nova ordem mundial do crime organizado. Rio de Janeiro: Revan, 1997.

SUPREMO TRIBUNAL FEDERAL. Informativo n. 907/2018. STF, 2018. Disponível em: <http://stf.jus.br/portal/jurisprudencia/listarJurisprudencia.asp?s1=%285508+A DI%29&base=baseInformativo&url=http://tinyurl.com/ybfxpr9s>. Acesso em: 16 maio 2019.

SWENSON, R. G. (ed.). **Bringing Intelligence About:** practitioners reflect on best practices. Joint Military Intelligence College, May 2003. Disponível em: <http://www. au.af.mil/au/awc/awcgate/dia/bring_intel_about.pdf>. Acesso em: 10 maio 2019.

SWENSON, R. G. Reflexiones sobre inteligencia: la autonomía de decisión, la rendición democrática de cuentas y los fundamentos para la supervisión. **Insyde Ideas,** 2014. Disponível em: <http://insyde.org.mx/wp-content/uploads/2014/03/ Reflexiones_sobre_inteligencia_Russell_G_Swenson.pdf>. Acesso em: 10 maio 2019.

SWENSON, R. G.; HIRANE, C. S. **Intelligence Management in the Americas.** Washington: National Intelligence University, 2015.

SWENSON, R. G.; HUGHES, F. J. Projeto de Pesquisa. Brasília: Escola de Inteligência, ABIN, 2006.

TARAPANOFF, K. **Inteligência Organizacional e Competitiva.** Brasília: UnB, 2001.

TEIXERA, C. A. **Princípio da Oportunidade, manifestações em sede processual penal e a sua conformação jurídico-constitucional.** Coimbra: Almedina, 2006.

THOMAS, F. **O Mundo é Plano:** breve história do século XXI. Rio de Janeiro: Objetiva, 2005.

TOGNOLLI, C. J. Entrevista: Roberto Porto, promotor de justiça em São Paulo. **Consultor Jurídico,** 22 mar. 2007. Disponível em: <http://www.conjur.com.br/2007-mar-22/promotor_lanca_livro_crime_organizado_presidios>. Acesso em: 16 maio 2019.

TONRY, M.; MORRIS, N. (orgs.) **Policiamento moderno.** São Paulo: Editora da Universidade de São Paulo, 2003.

TOWNSLEY, M.; MANN, M.; GARRETT, K. The missing link of crime analysis: a systematic approach to testing competing hypotheses. **Policing: A Journal of Policy and Practice,** vol. 5, n. 2, June 2011.

UGARTE, J. M. Control público de la actividad de inteligencia: Europa y América Latina, una visión comparativa. **Congreso Internacional: Post-Globalización: Redefinición de la Seguridad y la Defensa Regional en el Cono Sur,** Centro de Estudios Internacionales para el Desarrollo, Buenos Aires, 2002. Disponível em: https://fas.org/irp/world/argentina/ugarte2.html>. Acesso em: 13 maio 2019.

UNITED NATIONS OFFICE ON DRUGS AND CRIME. **Compendio de casos de delincuencia organizada:** Recopilación comentada de casos y experiencias adquiridas, 2012. Disponível em: <https://www.unodc.org/documents/organized-crime/SpanishDigest_Final291012.pdf>. Acesso em: 13 maio 2019.

UNITED NATIONS OFFICE ON DRUGS AND CRIME. **Criminal Intelligence:** manual for analysts. Vienna: UNODC, 2011.

UNITED NATIONS OFFICE ON DRUGS AND CRIME. **Criminal Intelligence:** manual for front-line law enforcement. Vienna: UNODC, 2010.

UNITED NATIONS OFFICE ON DRUGS AND CRIME. **Cuestiones Intersectoriales:** información sobre la justicia penal. Manual de instrucciones para la evaluación de la justicia penal n. 1. Vienna: UNODC, 2010.

200 Inteligência Policial Judiciária

UNITED NATIONS OFFICE ON DRUGS AND CRIME. **Model Legislative Provisions against Organized Crime.** Vienna: UNODC, 2012.

UNITED NATIONS OFFICE ON DRUGS AND CRIME. **Policía:** sistemas policiales de información e inteligencia. Manual de instrucciones para la evaluación de la justicia penal n. 4. Vienna: UNODC, 2010.

UNITED NATIONS OFFICE ON DRUGS AND CRIME. **Relatório Mundial sobre Drogas 2008 do UNODC.** UNODC, 2008. Disponível em: <https://www.antidrogas.com.br/conteudo_unodc/PrincipaisPontosRelatorio2008.pdf>. Acesso em: 15 maio 2019.

UNITED NATIONS OFFICE ON DRUGS AND CRIME. **The Globalization of Crime:** a transnational organized crime threat assessment. Vienna: UNODC, 2010.

UNITED NATIONS OFFICE ON DRUGS AND CRIME. **World Drug Report 2016.** Vienna: UNODC, 2016. Disponível em: <http://www.unodc.org/doc/wdr2016/WORLD_DRUG_REPORT_2016_web.pdf>. Acesso em:13 maio 2019.

UNODC marca o Dia Nacional de Prevenção à Lavagem de Dinheiro. **UNODC – Escritório de Ligação e Parceria no Brasil**, 29 out. 2013. Disponível em: <http://www.unodc.org/lpo-brazil/pt/frontpage/2013/10/29-unodc-marca-dia-nacional-de-prevencao-a-lavagem-de-dinheiro.html>. Acesso em: 13 maio 2019.

US DEPARTMENT OF JUSTICE. **Attorney General Announces Center to Fight International Organized Crime.** May 29, 2009. Disponível em: <https://www.justice.gov/opa/pr/attorney-general-announces-center-fight-international-organized-crime>. Acesso em: 17 maio 2019.

US DEPARTMENT OF JUSTICE. **Criminal Intelligence Resources Guide:** a collection of intelligence information sharing products and resources. Global Justice Information Sharing Initiative, July 2012.

US DEPARTMENT OF JUSTICE. **The National Criminal Intelligence Sharing Plan:** solutions and approaches for a cohesive plan to improve our nation's ability to develop and share criminal intelligence. Oct. 2003.

US DEPARTMENT OF THE ARMY. **Intelligence.** Washington: US Army Intelligence Center of Excellence, 2010.

US GOVERNMENT. **A Tradecraft Primer:** structured analytic techniques for improving intelligence analysis. Mar. 2009.

VALENTE, M. M. G. (coord.). **Criminalidade organizada e criminalidade de massa:** interferências e ingerências mútuas. Coimbra: Almedina, 2009.

Referências Bibliográficas **201**

VALENTE, M. M. G. **Direito penal do inimigo e o terrorismo:** o progresso do retrocesso. Coimbra: Almedina, 2010.

VALENTE, M. M. G. **Do ministério público e da polícia:** prevenção criminal e acção penal como execução de uma política criminal do ser humano. Lisboa: Universidade Católica Editora, 2012.

VALENTE, M. M. G. **Escutas telefónicas:** da excepcionalidade à vulgaridade. 2.ed. Coimbra: Almedina, 2008.

VALENTE, M. M. G. **Teoria Geral do Direito Policial.** Coimbra: Almedina, 2014.

VALLEJO, D. A. M. **La cocaína:** el combustible de la guerra. Lulu.com, 2011.

VIAPIANA, L. T. **Brasil acossado pelo crime.** Porto Alegre: Diálogo Editorial, 2012.

VIDIGAL, A. A. F. Inteligência e Interesses Nacionais. *In:* Encontro de Estudos. **Desafios para a atividade de inteligência no século XXI.** Brasília: Gabinete de Segurança Institucional; Secretaria de Acompanhamento e Estudos Institucionais, set. 2004.

VILLALOBOS, M. C. P. **Derechos Fundamentales y Servicios de Inteligencia:** un estudio a la luz de la nueva legislación. Valencia: Tirant Editorial, 2002.

WENDT, E.; LOPES, F. M. (coords.) **Investigação Criminal:** provas. Porto Alegre: Livraria do Advogado, 2015.

WURMAN, R. S. **Ansiedade da informação 2:** um guia para quem comunica e dá instruções. São Paulo: Cultura, 2005.

ZIEGLER, J. **Os senhores do crime:** as novas máfias contra a democracia. Trad. Marques, C. Rio de Janeiro: Record, 2003.

ZIONI, C. O custo da corrupção. **Problemas Brasileiros,** n. 330, nov. 1998. Disponível em: <https://www.sescsp.org.br/online/artigo/101_O+CUSTO+DA+CORRUPCAO>. Acesso em: 29 maio 2019.

Legislação consultada

Código de Processo Penal de Portugal, de 17 de fevereiro de 1987. Disponível em: <http://www.pgdlisboa.pt/leis/lei_mostra_articulado.php?ficha=101&artigo_id=&nid=199&pagina=2&tabela=leis&nversao=&so_miolo=>. Acesso em: 13 maio 2019.

Código de Processo Penal, de 03 de outubro de 1941. Disponível em: <http://www.planalto.gov.br/ccivil_03/decreto-lei/Del3689.htm>. Acesso em: 13 maio 2019.

Código Penal, de 07 de dezembro de 1940. Disponível em: <http://www.planalto.gov.br/ccivil_03/decreto-lei/Del2848.htm>. Acesso em: 13 maio 2019.

Constituição da República Federativa do Brasil, de 05 de outubro de 1988. Disponível em: <http://www.planalto.gov.br/ccivil_03/Constituicao/Constituicao.htm>. Acesso em: 13 maio 2019.

Decisão-quadro 2006/960/JAI do Conselho da União Europeia, de 18 de dezembro de 2006. Disponível em: <https://publications.europa.eu/pt/publication-detail/-/publication/cc614cd4-ea25-4bbe-900e-4f185d260038>. Acesso em: 13 maio 2019.

Decreto do Estado de Pernambuco nº 36109, de 20 de janeiro de 2011. Disponível em: <http://legis.alepe.pe.gov.br/arquivoTexto.aspx?tiponorma=6&numero=36109&complemento=0&ano=2011&tipo=>. Acesso em: 13 maio 2019.

Decreto nº 14.079 de 25 de fevereiro de 1920. Disponível em: <http://www2.camara.leg.br/legin/fed/decret/1920-1929/decreto-14079-25-fevereiro-1920-515945-norma-pe.html>. Acesso em: 13 maio 2019.

Decreto nº 17.999, de 29 de novembro de 1927. Disponível em: <http://www2.camara.leg.br/legin/fed/decret/1920-1929/decreto-17999-29-novembro-1927-503528-publicacaooriginal-1-pe.html>. Acesso em: 13 maio 2019.

Decreto nº 3.695, de 21 de dezembro de 2000. Disponível em: <http://www.planalto.gov.br/ccivil_03/decreto/D3695.htm>. Acesso em: 13 maio 2019.

Decreto nº 5.015, de 12 de março de 2004. Disponível em: <http://www.planalto.gov.br/ccivil_03/_ato2004-2006/2004/decreto/d5015.htm>. Acesso em: 13 maio 2019.

Decreto nº 8.793, de 29 de junho de 2016. Disponível em: <http://www.planalto.gov.br/ccivil_03/_Ato2015-2018/2016/Decreto/D8793.htm>. Acesso em: 13 maio 2019.

Diretiva 2014/42/EU do Parlamento Europeu e do Conselho, de 03 de abril de 2014. Disponível em: <http://eur-lex.europa.eu/legal-content/PT/TXT/PDF/?uri=CELEX:32014L0042&from=PT>. Acesso em: 13 maio 2019.

Lei do Estado de Pernambuco nº 13.241, de 29 de maio de 2007. Disponível em: <http://legis.alepe.pe.gov.br/arquivoTexto.aspx?tiponorma=1&numero=13241&complemento=0&ano=2007&tipo=&url=>. Acesso em: 13 maio 2019.

Lei Federal nº 12.850, de 02 de agosto de 2013. Disponível em: <http://www.planalto.gov.br/ccivil_03/_ato2011-2014/2013/lei/l12850.htm>. Acesso em: 13 maio 2019.

Lei nº 13.675, de 11 de junho de 2018. Disponível em: <http://www.planalto.gov.br/ccivil_03/_ato2015-2018/2018/lei/L13675.htm>. Acesso em: 13 maio 2019.

Lei nº 4.341, de 13 de junho de 1964. Disponível em: <https://www.planalto.gov.br/ccivil_03/LEIS/L4341.htm>. Acesso em: 13 maio 2019.

Lei nº 9.034, de 03 de maio de 1995. Disponível em: <http://www.planalto.gov.br/ccivil_03/leis/L9034.htm>. Acesso em: 13 maio 2019.

Lei nº 9.296, de 24 de julho de 1996. Disponível em: <http://www.planalto.gov.br/ccivil_03/leis/L9296.htm>. Acesso em: 13 maio 2019.

Lei nº 9.883, de 07 de dezembro de 1999. Disponível em: <http://www.planalto.gov.br/ccivil_03/leis/L9883.htm>. Acesso em: 13 maio 2019.

Lei Orgânica nº 4, de 06 de novembro de 2004. Disponível em: <http://www.pgdlisboa.pt/leis/lei_mostra_articulado.php?nid=768&tabela=leis>. Acesso em: 13 maio 2019.

Ley de Inteligencia Nacional nº 25.520, de 27 de noviembre de 2001. Disponível em: <http://servicios.infoleg.gob.ar/infolegInternet/anexos/70000-74999/70496/norma.htm>. Acesso em: 13 maio 2019.

Ley Estatutaria nº 1.621, de 17 de abril de 2013. Disponível em: <http://wsp.presidencia.gov.co/Normativa/Leyes/Documents/2013/LEY%201621%20DEL%2017%20DE%20ABRIL%20DE%202013.pdf>. Acesso em: 29 maio 2019.

Portaria GAB/SDS Nº 3168, de 25 de novembro de 2011. Página 10 do DOEPE (DOEPE) de 29 de novembro de 2011. Disponível em: <https://www.jusbrasil.com.br/diarios/44514510/doepe-29-11-2011-pg-10>. Acesso em: 13 maio 2019.

Recomendação Conjunta nº 01, de 28 de junho de 2017. Diário Oficial da União, Seção 1, nº 122, Ministério Público do Distrito Federal. Disponível em: <http://www.in.gov.br/materia/-/asset_publisher/Kujrw0TZC2Mb/content/id/19144390/do1-2017-06-28-recomendacao-conjunta-n-1-de-16-de-junho-de-2017-19144262>. Acesso em: 13 maio 2019.

Resolução do Parlamento Europeu, de 23 de outubro de 2013, sobre a criminalidade organizada, a corrupção e o branqueamento de capitais: recomendações sobre medidas e iniciativas a desenvolver (relatório final). Disponível em: <http://eur-lex.europa.eu/legal-content/PT/TXT/PDF/?uri=CELEX:52013IP0444&from=PT>. Acesso em: 13 maio 2019.

Resolução nº 1, de 15 de julho de 2009, Ministério da Justiça, Secretaria Nacional de Segurança Pública.

Acompanhe a BRASPORT nas redes sociais e receba regularmente informações sobre atualizações, promoções e lançamentos.

 @Brasport

 /brasporteditora

 /editorabrasport

 /editoraBrasport

Sua sugestão será bem-vinda!

Envie uma mensagem para **marketing@brasport.com.br** informando se deseja receber nossas newsletters através do seu e-mail.